SV

Juan Carlos Onetti

Für diese Nacht

Roman

Aus dem Spanischen von
Svenja Becker

Suhrkamp

Die Originalausgabe erschien 1943 unter dem Titel *Para esta noche*.
Nähere Angaben in der Nachbemerkung.

Druck: Memminger MedienCentrum AG
Printed in Germany
Erste Auflage 2009
ISBN 978-3-518-42054-6

1 2 3 4 5 6 – 14 13 12 11 10 09

Für diese Nacht

Für Eduardo Mallea

Vorbemerkung zur ersten Auflage

In vielen Teilen der Welt gab es 1942, als dieser Roman geschrieben wurde, Menschen, die verschiedene Überzeugungen des Autors physisch verteidigten. An der Vorstellung zu kranken, daß nur sie ein wirklich bemerkenswertes Schicksal erfüllten, war erniedrigend und traurig.

Dieses Buch ist aus dem – auf schäbige und risikolose Weise befriedigten – Drang geschrieben, an fremden Schmerzen, Ängsten und Heldentaten teilzuhaben. Es ist folglich ein zynischer Versuch der Befreiung.

Vorbemerkung zur zweiten Auflage

Dieser Roman besitzt sein kleines, beharrliches Schicksal. Er wurde *Auch für den Hund kommt der Tag* getauft, und für den Hund kam er auch. Aber 1943 in Buenos Aires wog der Verleger ab und wollte lieber auf den Roman verzichten und nicht auf seinen Verlag. Die Überschrift einer Rubrik von *Crítica* lieferte den neuen Titel.

Jetzt und hier kommt mir in den Sinn, daß die Ballade des alten Yeats ihre boshafte prophetische Kraft behalten hat.

Sollte es noch jemanden geben, der sich an die erste Auflage erinnert, wird er feststellen, daß die nun von Arca veröffentlichte um einiges kürzer ist. Ich versichere, daß sämtliche Streichungen das persönliche und ausschließliche Verdienst des Autors sind, zwanzig Jahre später.

1

Weiss hatte am Telefon gesagt:

»Sieht aus, als gäbe es eine Passage für Sie. Nicht sicher. Ein Junge von droben, er kennt Sie. Im First and Last. Sagt Ihnen was? Gut, heute abend um neun. Viel Glück, das war's. Schicken Sie welche von diesen Ansichtskarten mit Bucht, auf denen oben ›die Schönheiten der Welt‹ steht. Tschau.«

Ossorio betrachtete den Himmel, an dem er nichts als die Sterne sah. Kein ferner Lärm, der erheblicher gewesen wäre als die Musik in den Cafés und die Satzgeflechte mit ihrem genau in der Mitte plazierten Gelächter, die auf die Straße drangen, wenn für einen Augenblick die Türen geöffnet wurden. Nichts, was dort am Himmel gewesen wäre, kein Licht außer den Sternen, keine Bewegung außer den kleinen, rundlichen Wolken, die langsam vor dem Mond vorbeizogen. Er berührte das Bündel Scheine in seiner Hosentasche und ging geradewegs von der Bordsteinkante auf das erleuchtete Fenster zu, das von der Straße durch ein Kreuz aus Stäben getrennt war. Dort war eine Frau in gelblicher Atmosphäre vor einem Schrank mit Spiegel. Der Arm, angehoben, um die Frisur zu richten, zeigte eine dicke und kräftige Schulter, und in der eingegrabenen Mulde der Achsel glänzten die Härchen; der Rest ihres Körpers war halb nackt, und er war zerbrechlich im Dunkeln und unter den runden Muskeln der großen, angehobenen Schulter. Ossorio glaubte für einen Augenblick, das Parfüm der fast unbekleideten Büste durch die Fensterscheibe zu sehen.

Einen halben Block weiter hing die Ecklaterne, die Maschine des Erdnußverkäufers pfiff zweimal und schickte der Laterne einen flüchtigen Nebel entgegen. Auf dem Schild an der Bartür stand The First and Last, und die Tür war zweiflüglig, eine Schwingtür, die, angestoßen, unruhig vor und zurück klappte, die Bewegung abgeschnittener Köpfe sehen ließ und Beine, die keinen Körper zu tragen hatten. The First and Last, hier war es. ›Und der Mensch ward verurteilt, Nadeln in Heuhaufen zu suchen‹, dachte er.

II

Die Frau hatte ihre Frisur vor dem Spiegel des Kleiderschranks geordnet, ließ den Arm sinken, querte mit kurzen klackenden Schritten auf den hochhackigen neuen Schuhen das Schlafzimmer, strich den Unterrock über den zusammengepreßten Schenkeln glatt und hob das Kleid aus dunkler Seide an, schaute vom Bett aus, ein Knie auf die Matratze gestützt; wieder ihr kleiner, in Unterwäsche gehüllter Körper im Schrankspiegel, und sie lächelte sich zu und dachte: ›Das bin ich, das bin ich. Die dort mit den weißen, nackten Armen bin ich mit den hochgewölbten Brüsten und meinem parfümierten Körper.‹

»Das bin ich«, flüsterte sie, begriff aber nicht ganz, daß sie selbst es war, die dort wieder eine Nacht im Spiegel zubrachte, wartend; und während sie hin und her ging, Schritte und Drehungen ausführte in der nicht endenden Aufgabe, sich anzukleiden, mit der Puderquaste ihr Dekolleté zu streicheln und sich mit dem Zerstäuber Brüste, beide Seiten am Hals und die noch kindliche Haut in den Mulden hinter ihren Ohren zu parfümieren, kreiste ihr Lauschen fortwährend um die eichenfarben gebeizte Tür wie ein Scheinwerfer, der suchend über die Tür glitt und rings um die Tür, näher jetzt, schon über den quadratischen Teppich zwischen Tür und Bett, den Tisch, die Frisierkommode, und auch jenseits der Tür rastlos in den Geräuschen der Nacht im Innenhof suchte, in der Nacht auf der Straße, und erneut auf die Geräusche rings um die Tür achtete, sie untersuchte, und sie richtete ihr Gehör wie einen grellen Scheinwerfer auf jedes kleine oder große Geräusch, um es fast sofort, traurig, mit einer leichten Regung der Befangenheit in ihrem Körper zu verwerfen. Schon angetan mit ihrem dunklen Kleid für die Nacht, betrachtete sie sich wieder im Spiegel, betrachtete ihre Zähne, die Augen, das

Rosa ihrer Wangen; sie drehte die Hände mit ihren Ringen und den Spitzenbündchen, die ihre Handgelenke verdeckten, und ging, jetzt aller Ausflüchte bar, zum Tisch, um sich unter das vom Lampenschirm gedämpfte Licht zu setzen, und bewegte die gealterten Hände und blassen Erinnerungen, bis die erste Bö der gestorbenen Nacht aufkam und ihr die grauen Strähnen über Schläfen und Hinterkopf wehte, aus einer Ferne voller Hufgetrappel, Detonationen, Schreie und dem gleichmäßigen Vibrieren der Motoren. Da wollte sie schon nicht mehr zur Tür schauen, und auch in dieser Nacht begann sie sich allein auszuziehen, und als sie nackt war, spürte sie, wie ihr Gesicht feucht wurde, und sie wollte auch ihren Körper im Spiegel nicht mehr ansehen und betrachtete allein die Stelle der Grotte, die sie in den Stunden mit ihren alten Erinnerungen gegraben hatte.

III

Nach wenigen Schritten in der Wärme blieb Ossorio vor einer Frau stehen, stieß fast an ihren Bauch. Die Frau sah, aufrecht neben ihm, weiter zu ihm hin und hob ihre Fingerspitzen vor ein scheues Lächeln.

»Ich tanze nicht«, sagte Ossorio. Sie lachte und entblößte unvermittelt ihren Mund.

»Heute nacht wird nicht getanzt, niemand tanzt.«

»Wieso heute nacht nicht?«

Er wußte, sie würde lügen, alle logen, als könnten die Dinge dadurch, daß man sie beim Namen nannte, heraufbeschworen werden. Sie log und wandte dabei den Kopf zur Saalmitte.

»Nein«, sagte sie, »es ist sehr voll, und die Tanzfläche ist mit Tischen zugestellt.« Dann fügte sie im Tonfall einer gewagten Frage hinzu: »Wir finden nie und nimmer einen freien Platz«, und hängte sich bei ihm ein.

Ossorio verlagerte das rechte Bein ein wenig, um weiter das Gewicht der Scheine zu spüren. Er redete und betrachtete dabei die Gesichter im Saal. ›Ich kenne nicht einmal den Namen‹, dachte er und sagte dabei zu der Frau:

»Ein Jammer, daß wir keinen Platz finden, wo es soviel zu sagen gäbe ...«

Sie ermunterte ihn, riß begeistert die Augen auf, strich über seinen blanken Hals mit ihren Fingern, die kurz und rosig waren, mit geschwollenen Gelenken. ›Jedes Gesicht könnte es sein‹, dachte Ossorio weiter.

»Sind Sie sicher, daß man sich nirgends hinsetzen kann?«

Die Frau sah ihm neugierig ins Gesicht und lachte gleich darauf.

»Aber ja«, sagte sie. »Gehen wir in eine Nische.«

Während sie gingen, richtete sich sein Argwohn auf die Stimme der Frau, die tief geklungen hatte, ausländisch. Dann tätschelte er ihr die Wange und sagte:

»Wir können uns in irgendeine Nische setzen, und ich halte Sie fest und wärme Ihnen die Hände. Hören Sie, eins nur. Wir werden uns immer, in jedem Fall, siezen.«

Sie nickte. In einer Ecke stand die Bühne für das Orchester; an der abgewandten Seite fanden sie einen freien Tisch und setzten sich mit dem Rücken an die Trennwand aus schwarzem Holz. Ossorio nahm seinen Hut ab und umfaßte die Hände des Mädchens, um sie zu wärmen.

»Noch etwas«, sagte er. »Keinen Alkohol. Ich zahle alles mögliche. Aber keinen Alkohol.«

Sie lächelte weiterhin mit seliger und verkindlichter Miene; sie streckte eine Hand aus und strich Ossorio übers Gesicht, duckte sich zum Lachen zusammen.

»Du bist stoppelig.«

Er zog eine Pfeife und einen Tabaksbeutel aus der Tasche und ließ den Beutel einen Augenblick an einer gelben Schnur tanzend von seinem Finger baumeln.

»Wir hatten ausgemacht, uns nicht zu duzen«, sagte er.

»Oh, ja!« antwortete sie, und der glückliche Ausdruck verbreitete sich über ihr ganzes rundes Gesicht, und sie schlug die Augen nieder und schob die gespitzten Lippen vor. »Sie, Sie, Sie ...«

Das S wand sich ein wenig, ehe es sich vom Gaumen löste. Dann kniff sie ihm ins Kinn und wandte sich lachend dem Kellner zu.

»Für mich Anis. Für ihn, für Sie, keinen Alkohol.«

Ohne sich umzudrehen, klopfte Ossorio mit der Pfeife gegen die Trennwand über seiner Schulter.

»Was ist dort?« fragte er.

Er beugte sich zum Anrauchen vor und lehnte sich mit der Pfeife zwischen den Zähnen, von Rauch umgeben, erneut zurück. Die Frau gab keine Antwort; als der Kellner kam, schob sie Ossorio den Kaffee hin, trank den Anis zur Hälfte und saß eine Weile schweigend nach vorn gelehnt, die Hände vorm Gesicht, die Daumenballen kräftig gegen den Mund gepreßt, während die ausgestreckten kurzen Finger kaum die Brauen erreichten. Er konnte die schmutzigen Fingernägel sehen, die runden, fleischigen Ohren und die gemalten, fast verwischten Linien über den Augen, anstelle der abhanden gekommenen Brauen. »Viens, viens ...«, flüsterte sie; ihr Gesicht war entschlossen und erhitzt. Sie schob ihre Finger zwischen Beine und Sitzfläche und wiegte sich »viens, viens« summend im Rhythmus des Orchesters.

Bedächtig, ohne sie aus den Augen zu lassen, hob Ossorio den Arm und klopfte erneut mit dem Pfeifenholm gegen die Trennwand; da verstummte die Frau und saß still, verbarg ihren Blick und sagte schließlich undeutlich:

»Die Séparées sind da.«

Dann sang sie weiter. Er beugte sich über den Tisch und rührte in seinem Kaffee. ›Ich muß ihn finden, ehe es hell wird‹, dachte er. ›Verrecken gut und schön, aber ich hätte es gerne nicht jetzt und nicht hier.‹ Er sah geistesabwesend auf den Kaffeedampf vor dem Rauch über den Tischen. Plötzlich, als hätte jemand genau hinter seinem Kopf den Mund an die Trennwand gedrückt, hörte er eine Baßstimme bedächtig einen Satz beenden: » ... daß jeder einzelne seinen Traum erfüllt«. Jemand, der in einem Séparée trank und sich unterhielt und sich eben umgedreht und zu guter Letzt gegen die Holzwand geredet hatte. Er wandte sich der Frau zu, die ihm mit ihrem heiteren Blick entgegensah.

»Du hast nichts gesagt, oder?«

Sie steckte einen Finger zwischen ihre Brüste und hob die aufgemalten Brauen.

»Ich?« fragte sie eingeschnappt.

»Gut, wer hat also vom Traum geredet? Ich weiß ja, daß es hier dahinter war.«

»Was weiß denn ich«, sagte sie. »Irgendein Betrunkener. Du willst nichts trinken und redest nicht einmal mit mir, und dann hörst du noch den Betrunkenen zu.«

Sie schob die Hände wieder zwischen Stuhl und Beine und sah zu zwei Musikern hin. Ossorio trank den Kaffee in einem Schluck und streckte den Arm nach der Frau aus:

»Gib her. Ich wärm dir die Hände.«

Sie wollte sich nicht umdrehen, hob die Nase und murmelte:

»Ich wärm sie mir lieber so.«

Jetzt schmurgelte der Rauch in der Pfeife und war zu heiß. Die fünf schwarzen Musiker warteten an einem Tisch in der Mitte des Saals auf ihren Einsatz. Der hellste und dickste Schwarze sang lächelnd einen Refrain auf englisch, bewegte den Kopf und das Glas, aus dem er niemals trank, und die anderen lachten und fielen zwischendurch jäh in melancholisches Schweigen, in dem ihre Blicke umherwanderten, als suchten sie jemand. ›Es kann auch ein Schwarzer sein‹, dachte Ossorio, ›und wenn er *never more in Alabama* sagt, meint er vielleicht mich damit und sucht nach mir.‹ Er pfiff sachte den Refrain des Schwarzen mit.

»Klar«, sagte die Frau und drehte sich um. »Du willst nichts trinken, und dann fängst du an und hörst Unsinn.«

Aber sie ließ sich eine Hand anfassen, die linke, gerötet

und mit einem blutleeren Streifen, den das Gewicht des Beins hinterlassen hatte.

»Gut, wenn es das ist«, sagte er.

Er rief den Kellner, bestellte Klaren und kippte ihn in einem Zug, sog danach die Luft durch den geöffneten Mund, während sie schallend lachte, ihr bleiches Zahnfleisch sehen ließ, einige dünne, schimmernde Speichelfäden zwischen ihren Kiefern. Sie schnitt das Lachen mit der Hand ab und schenkte ihm nach, sah ihn herausfordernd an, ließ die Zunge über die Lippen huschen.

»Du kommst nie hierher. Ich kann mich nicht erinnern, daß ich dich hier je gesehen habe, aber an dein Gesicht schon. Woher kenne ich dich?«

Er dachte, während er trank: ›Sie will wissen, weshalb ich hier bin, sie will mich betrunken machen, sie will, daß ich mich nicht um die Séparées kümmere.‹ Und als er eben das Glas absetzte, hörte er die Baßstimme im Séparée sagen: »Wer sich selbst sehen könnte.« Gemächlich streckte er die Hand mit dem leeren Glas aus. Die Frau lächelte immer weiter; es hatte keinen Sinn, sie zu fragen, und Ossorio stützte sein Gesicht auf beide Hände und spürte, daß es hager und unrasiert war. Als die Musik endete, sagte die Stimme: »Es gibt kein Entrinnen, niemand kann sich rühren.« Ossorio schob den Oberkörper vor, weg von der Wand. ›Es kann bloß ein Betrunkener sein‹, dachte er. ›Irgendein Unglücksvogel, der sein Ende nahen sieht wie ich, eine in die Enge getriebene Ratte, und dann stöbert er in der Apokalypse. Aber man kann auch nicht ausschließen, daß die Nadel im Heuhaufen mich sticht.‹

Ossorio stand auf und sagte: »Bin gleich wieder da.« Vorne drückte er dem Kellner einen Schein in die Hand, suchte im Vorübergehen in den Gesichtern, die er sah, und hob den grünlichen Vorhang an, der die Séparées vom Saal trennte und über den das im Türsturz eingelassene Licht glitt. Er trat in den Korridor, dunkel, mit Lichtstreifen unter einigen der

Türen rechts und links; er stieß an einen Spucknapf und blieb stehen, um sich klarzuwerden, woher die Stimme gekommen sein mußte. Behutsam öffnete er die Tür zum Séparée, das grell ausgeleuchtet war. Am Boden lag ein Mann, ausgestreckt, mit dem Gesicht nach oben, schwarz gekleidet, mit einer großen Brille, starr, die Hände dicht behaart und vor der Brust gekreuzt. Eine Frau saß weinend in einer Ecke, der Oberkörper schlaff gegen die lederne Lehne des Diwans gesunken, ausdruckslos; eine zweite kniete neben dem Mann und weinte ebenfalls. Ossorio schloß die Tür und wartete. Der Kopf auf dem Boden war weiß und glattrasiert und schien außergewöhnlich schwer auf dem Teppich mit den roten Rosen zu lasten. Keine der beiden Frauen schenkte Ossorio Beachtung. Er fragte:

»War er es, der geredet hat? Gerade eben?«

Sie antworteten ihm nicht, und Ossorio kaute auf seiner Pfeife und betrachtete die gewaltigen Schuhe des Mannes am Boden. Die kniende Frau stand auf, immerzu weinend, und wühlte mit den Fingern auf der Höhe des Bundes in den Rockfalten ihres langen blumengemusterten Abendkleids. Sie war sehr klein, und ihr gealtertes und schlaues Gesicht schien unter der fast starren Oberfläche der Schminke zu grimassieren.

»Was schauen Sie ihn so an?« sagte sie. »Man muß sein Gesicht zudecken.«

Die andere stand auf, trat zum Tisch und griff nach einem Glas. Sie hielt es einen Augenblick nah an Ossorios Gesicht in die Höhe und sagte dann:

»Wird er jetzt gleich mitgenommen? Er hat sich umgebracht. Er hat gesagt, wenn keiner käme, der ihm was bringt, es sei die letzte Frist, hat er gesagt. Getrunken hat er nichts, aber er war wie besoffen. Er hat gesungen und Zeug geredet, und dann hat er sich umgebracht.«

Mit der freien Hand packte die Frau Ossorio am Jackenaufschlag und schüttelte ihn wortlos, zeigte ihre zornig aufeinandergebissenen Zähne. Unvermittelt ließ sie ihn wieder los und stieg mit einem Schritt über den Toten, streifte seine Hände mit dem Saum ihres Kleides und drehte sich um, als der reglose Körper zwischen ihnen war, so daß ihre Worte, um Ossorio zu erreichen, den hingestreckten Mann überqueren mußten:

»Aber er war besser als alle«, sagte sie. »Die kann's bestätigen. Deshalb weinen wir auch.«

Sie war schlank, groß, mit ebenmäßigen Schultern zwischen den Falten ihres himmelblauen Kleides. Unaufhaltsam begann das Gesicht am Boden einem Marmorkopf zu gleichen, hart, absichtlich unbewegt. Die Augen waren in die Höhlen gesunken, und die geschwollenen Lider betonten die Wölbung der Pupille. Ossorio klopfte die Pfeife am Holz der Wand aus.

»Was hat er über das Schiff gesagt?« fragte er, ohne die beiden anzusehen.

Die kleine Frau trat mit dem karierten Tischtuch näher und breitete es über das Gesicht des Toten.

»Nein«, sagte sie vom Boden aus. »Was wird er gesagt haben über das Schiff, der Ärmste, wo sie ja doch keinen drauflassen! Er hat gewußt, daß er gesucht wird, und hat gewartet, daß einer von droben kommt, der ihm vielleicht geholfen hätte, weil er ihm mal das Leben gerettet hat. Aber er hat gesagt, daß er diese Nacht nicht übersteht, daß er nichts mehr hat, wo er hinkann.«

Sie stand auf und rührte sich nicht, betrachtete das Aussehen des Toten; mechanisch stocherte ihre Hand wieder im Rockbund. Dann gab sie mit gegen die Zähne gepreßter Oberlippe ein Sauggeräusch von sich und löste ihr Tuch vom Hals. Auf den zugedeckten Leichnam schauend, kratzte sie sich am Kopf und machte noch einmal das Geräusch mit dem Mund. Sie wandte sich Ossorio zu:

»Und Sie?«

Aus ihrer Kleinheit hob sie den Blick.

»Was soll mit mir sein? Ich bin nicht von ungefähr da.«

Die Frau zuckte die Achseln und achtete nicht weiter auf ihn. Schließlich setzte sie sich breitbeinig in eine Ecke und ließ den Kopf sinken, blickte jetzt müde und schlaff drein. Die andere sprach mit bedächtiger Stimme, sah ihn geistesabwesend an und wiegte die Schultern:

»Sie gehen besser, ehe die hier sind. Ich meine nur. Falls jemand reinkommt.«

Ossorio antwortete nicht und ging in einem Bogen, um nicht über den Leichnam zu steigen, zu einem Stuhl am Tisch. Die großgewachsene Frau drehte sich um, beharrte:

»Sie gehen besser. Was schauen Sie so?«

»Nichts. Ich habe nur geschaut.«

»Jetzt sind wir geliefert. Nicht zu merken, daß in dem Fläschchen Gift sein mußte! Wenn jemand damit anfängt, wir hätten ihn vergiftet ...«

»Gut«, sagte Ossorio. »Besser für Sie beide. Sie bekommen einen Prostituiertenausweis. Mit Foto vom Chef und mit Wappen.«

Die Frau mit dem alten Gesicht strich seufzend ihren Rock über den Beinen glatt.

»Sie, junger Mann, sind Sie wegen ihm hier?«

»Nein. Ich habe die Stimme gehört.«

»Was soll man da machen!« redete die Frau in Himmelblau im Stehen weiter. »Das konnte doch keiner ahnen. Gut, er hat es gesagt. Aber er hat oft gesagt, daß er sich umbringt, wenn keiner kommt, und sich nicht umgebracht und gesagt, dann morgen.«

Die Ältere saugte wieder an ihren Zähnen und drückte eine Handfläche auf ihre Augen. Die andere Hand streckte sie aus:

»Haben Sie eine Zigarette?«

Ossorio klopfte auf seine Taschen, wußte, daß er keine hatte; da lachte die Frau mit den weißen Schultern verhalten und sagte:

»Ich habe welche.«

Von wer weiß woher hielt sie plötzlich dieses flache Etui aus mattem Metall in der Hand und ließ es aufschnappen. Mit einem langen, anmutigen Schritt stieg sie über die Brust des Toten. Beide Frauen steckten sich eine an. Die in Himmelblau ging mit der Zigarette in der hängenden Hand auf und ab, lächelnd. Die Kleine pustete den Rauch aus, rückte ihren Stuhl heran, stützte die Ellbogen auf den Tisch und redete schnell, mit einem rhythmischen Zucken, das ihren Mund verzerrte, einer rastlosen Brandung, die unter der Haut hinablief, von der schmalen Stirn abwärts, den Mund verziehend, bis sie in den harten Sehnen am Hals erzitterte und im Ausschnitt zur Ruhe kam:

»Ich weiß nicht, aber der war weder besoffen noch verrückt. Er hat gesagt, er wartet auf einen, der ihn retten würde, und hat geredet und geredet. Gut, es war Unsinn, habe ich zu der da gesagt; oder irgendeine Losung, damit der, auf den er wartet, ihn hört und herkommt, um ihn zu retten, wie er gesagt hat. Durch Zufall hätte er ihn hören können, vielleicht, und dann hätten sie sich getroffen. Aber zu uns war er sehr gut, und wenn er nicht mehr fürs Trinken bezahlt hat und dafür, daß wir bei ihm waren, dann, weil er nicht mehr hatte. Er ist keinem zur Last gefallen und hat sich rausgehalten, hat die ganze Zeit geredet und geredet.«

Weiter umhergehend sagte die andere:

»Mir hat es gefallen, was er gesagt hat. Ich weiß nicht, was es war, und manchmal hat es mir angst gemacht; aber es hat mir gefallen.«

Sie lachte schlicht, wiegte die Schultern, eine unter dem Schein der Lampe, eine gerundet im Dunkeln. Sie knickte die Zigarettenasche mit dem Fingernagel ab und lachte wieder.

»Die hat ihm nicht zugehört.«

»Was weißt du, ob ich ihm zugehört habe?« entgegnete die kleine Frau, ohne ihre Haltung zu verändern. »Aber du hast auch nicht verstanden, wovon er redet. Und ich habe mich um ihn gekümmert, und das hat er sehr wohl gemerkt, keine Sorge. Aber manchmal ist er auch böse geworden. Manchmal war das Café voller Leute, und irgendwer kam samstags und hat an die Tür geklopft, und er ist aufgestanden und hat keinen Ton gesagt, bis der andere die Tür aufmacht und er sein Gesicht sehen kann. Und wenn er reinkam, hat er ihn mit verschränkten Armen angeschaut ohne ein Wort; und dann hat er ihn hereingewunken und ihm einen Platz angeboten, sich aber die ganze Zeit dumm gestellt, dabei war er dem Kerl haushoch überlegen. Und wenn er ihn sich eine Weile genau angeschaut hatte, hat er ihn rausgeworfen wie einen Hund. Ohne Ekel hat er sie rausgeworfen. Klar, er hat auf einen gewartet und gesehen, daß der es nicht ist, und die Wut bekommen.«

Sie stützte den Kopf auf eine Hand, rauchend, und betrachtete den halb unter den Tüchern verborgenen Mann am Boden.

»Aber das gibt Ärger«, sagte sie.

Die andere stand noch immer, wiegte sich und schob eine Schulter in den Schatten, zog sie wieder heraus und schob die andere hinein.

»Aber gut. Du wirst nicht behaupten wollen, daß er mich nicht auch bemerkt hat. Er hat mich gern gehabt wie eine Tochter, und einmal hat er mir das gesagt.«

Sie lächelte mit gedankenverlorenem Blick. Sie drehte sich zu Ossorio um, und der nickte zwinkernd und bewunderte dieses eigenartige, dranglose Begehren, das von der Frau ausging und ihn glauben machte, man könne mit ihr schlafen und zugleich mit den Gedanken woanders sein. Die Kleine schnaubte; die Zigarette, schon sehr niedergebrannt, bewegte sich, befeuchtet, zwischen den Lippen:

»Was ein Schlamassel ... Mordsärger jetzt.«

Auf den Gesichtern der beiden Frauen, über die Lächeln und Ablenkungen gegangen waren, erkannte man noch die Spuren des Weinens, und ohne die Trauer fand Ossorio das

Glitzern der Tränen und die schlecht abgewischte Rotze abstoßend.

»Hören Sie, ich an Ihrer Stelle würde gehen«, fing die Kleinere wieder an. »Man wird Nachforschungen anstellen, und es gibt Ärger.«

»Wegen der Verwicklungen«, bestätigte die andere. »Sie sind jeden Moment hier. Hätten wir besser auf ihn aufgepaßt, wer weiß.«

Ossorio sah sie nacheinander an; dann klemmte er die Pfeife zwischen die Zähne und fragte:

»Und wem müßt ihr jetzt Bescheid geben? Keine Sorge; übel wäre gewesen, wenn der euch abgehauen wäre.«

Die Kleinere sah ihn zornig an:

»Und wer hat dir gesagt, daß du dich einmischen sollst? Ich weiß selber, was zu tun ist. Wenn du hierbleiben willst, sieh allein zu, wie du klarkommst.«

»Sicher. Aber wenn man's recht bedenkt, ist es gerade so, als wäre er abgehauen. Ihr hättet auf ihn aufpassen sollen und ihn abliefern, wenn er verlangt wird.«

Die Kleinere musterte ihn mißtrauisch. Die andere flüsterte verängstigt:

»Ich hab's dir gesagt ...«

»Ja, du hast es gesagt, das hast du. Er hat sich umgebracht und fertig, da war nichts zu machen, wer kann ahnen, was er für eine Schweinerei in dem Fläschchen hat. Und in letzter Zeit habe immer ich auf ihn aufgepaßt und bin ihm nachgelaufen, wenn er raus ist, und du nie. Du hast nur hier gesessen, in aller Ruhe.«

Da verschränkte die Frau mit den ebenmäßigen Schultern die Arme im Rücken und legte für die andere ein unerschütterliches, weißes Lächeln bloß.

»Gut«, sagte sie, weiter lächelnd, als würde sie an etwas zurückdenken. »Gut. Soll ich dir was sagen? Jetzt wo er tot ist. Nur, daß du's weißt, einmal hat er angefangen, mir den Rock hochzuheben. So ein bißchen.«

Die andere spuckte den Zigarettenstummel aus, wischte sich über den Mund und zeigte mit dem Finger:

»Er?«

»Ja. Da kannst du mal sehen.«

»Hat angefangen, ihn hochzuheben? Und dann?«

Die Frau lachte aufrecht, schaukelte hin und her, schön und heiter.

»Was weiß ich, was dann. Er hat mich von sich weggestoßen und weiter Unsinn geredet. Aber angehoben hat er ihn, das hat er. Ich weiß noch, daß es eine Regennacht war.«

Ossorio richtete sich auf und steckte die Pfeife ein, betrachtete das Lachen der Frau und dachte an eine Regennacht. Die andere begann hastig zu sprechen, verschränkte die Arme vor der Brust und ließ das Lachen der Frau in Himmelblau nicht aus den Augen.

»Hör zu, es gibt Dinge, von denen verstehst du nichts. Du denkst, weil er deinen Rock angehoben hat, ist er auch so gewesen wie jeder Kunde, der kommt und zahlt. Du merkst nicht, daß er anders gewesen ist, daß er Dinge getan und gesagt hat, die nie das waren, wonach sie ausgesehen haben. Und wenn er gesagt hat, daß du schön bist, dann nicht wegen dem Gesicht, das du hast. Immer hat er was anderes gesucht als das, wovon er geredet hat.«

Die andere wiegte sich noch immer, sanft und unergründlich.

»Möglich«, sagte sie. »Aber wenn er meinen Rock angehoben hat, wird er sicher gewußt haben, was er findet.«

Ossorio sah die beiden aufmerksam an, die eine, die auf dem Stuhl eine intelligente Affenmiene aufgesetzt hatte, und die andere, die über dem Toten ihre Brüste und ihr Lachen wiegte. Dann ging er hinaus.

Er folgte dem dunklen Korridor, hörte auf die Geräusche im Saal, und am Vorhang vor dem Durchgang drehte er sich um. Ein beleibter Mann klopfte an die Tür zum Séparée. Fast sofort wurde geöffnet, wortlos, eine Stimme fragte etwas, und im flüchtigen Lichtschein konnte er den Mann sehen, seine beringten Finger, den schwarzen, schrägsitzenden Hut, ein staubiges und mürrisches Gesicht mit kräftigen Brauen, wie er mit schweren, verächtlichen Schritten durch die Tür ging. Ossorio wartete kurz und trat dann in den Saal, der nun fast bis auf den letzten Platz gefüllt war, und in seine stickige Luft. Er blieb stehen, besah prüfend die Gesichter, suchte nach der Frau von gerade eben, und an der Theke erkannte er Martins, der ihn mit dem Blick grüßte ohne eine Regung im Gesicht, sich dann gleichgültig ins Profil drehte. Ossorio trat an die Theke und bestellte ein Glas Wein; sie standen Schulter an Schulter, jeder mit seinem Glas in der Hand, und schauten mit leeren Augen auf die Etiketten der Flaschen im Regal.

»Alles erledigt?« fragte Ossorio leise.

Der andere stützte die Wange in die Hand und wartete, daß der Barkeeper sich entfernte.

»Und ob«, sagte er in portugiesischem Singsang. »Es gibt keine Front, keine Grenzlinie. Ein Fetzen Watte auf einem klaffenden Schlund. Keine zwei Tage, dann ...« Seinen Gedanken fortspinnend, strich er sich mit den Fingern über den Hals.

Ossorio nahm einen Schluck und hielt seine Lippe mit der Hand fest, um sie zu trocknen. Er steckte seine Pfeife an, während der Barkeeper am Regal lehnte und die Augen halb schloß, für einen Moment, um die Müdigkeit zu hintergehen, ehe er den Kopf schüttelte und den Hebel der Kaffeemaschine zur Seite schob.

»Und hier?« fragte Martins. »Bin eben erst angekommen.«

»Alles faul.« Er kehrte Martins den Rücken zu und schaute nach hinten in den Saal.

»Ich habe Dicke en masse gesehen, viele von denen, von der Leine gelassen«, bemerkte Martins' schleppende Stimme an seiner Schulter.

Er lehnte sich wieder an die Theke und leerte sein Glas.

»Alles faul. Doch, der Gestank ist schon unverkennbar. Mit dem ersten Flugzeug, das hier auftaucht, ist Schluß mit der Stadt. Sie sind geliefert.«

»Genug«, sagte Martins.

Sie schwiegen, während die Eingangstür aufschwang und Stimmen und Schritte hinter ihnen vorbeizogen. Ein weiteres Glas tranken sie schweigend und warfen die Münzen auf die Theke.

»Dort wird ein Tisch frei«, sagte Martins. »Warte, und komm dann nach. Ist besser als hier.«

Ossorio ließ ihn sich setzen, trat wenig später zu ihm und bat mit lauter Stimme darum, Platz nehmen zu dürfen. Martins zuckte wortlos die Achseln; nach einer Weile sagte er:

»Was ist das für eine Geschichte mit den Flüchtlingsschiffen?«

Er konnte so nicht reden, ohne Martins anzusehen, ohne etwas im Glas zur Tarnung. Er bestellte weiteren Wein; jetzt spürte er, daß er nicht gehen würde, daß alles verloren war, daß man ihn bei Tagesanbruch umbringen würde.

»Versprochen waren drei Schiffe«, sagte er. »Gekommen ist nur die *Bouver*; sie läuft am frühen Morgen aus. Die Regierung hat jeden Passierschein ausgestellt, um den sie gebeten wurde, die ganze Stadt hat einen Passierschein in der Tasche. Aber es gibt keine Passagen. Die Regierung war für die Passagen zuständig, aber jetzt gibt es weder eine Regierung noch Passagen. Dafür gibt es diese Falle, in der man warten darf, bis man abgeschlachtet wird. Irgendwer hat und verkauft die Passagen.«

Er betrachtete Martins' unbewegtes Gesicht, gealtert, mit seinem albernen Schnurrbärtchen. Wie sollte er ihm sagen, daß er Himmel und Erde in Bewegung gesetzt hatte, um eine Passage zu bekommen, daß er gefleht hatte, seine Angst zu erkennen gegeben hatte, das Geld von Martins und all den anderen, die in dieser Nacht oder bei Tagesanbruch sterben würden, gestohlen hatte, um eine Passage zu kaufen und abzuhauen. Martins zuckte die Achseln.

»Ich bin sehr müde«, sagte er.

Ossorio spürte, daß ihm schwindlig war, und bestellte noch einen Wein, ein großes Glas.

»Ich bin sehr müde«, sagte der andere wieder. »Dort gab es keine Waffen, kein Essen und Kampfgeist auch nicht. Jetzt gibt es noch dazu keine Schiffe. Hier werden sie auch nicht kämpfen. Ich habe eine Frau zum Schlafen, und die nehme ich mit ins Parteihaus. Müde. Dort kämpfen sie vielleicht; dann werde ich wach.«

Er schlug abschließend mit der flachen Hand auf den Tisch. Ossorio betrachtete die Hand: ›Ihm fehlt noch immer ein Finger‹, dachte er und trank seinen Wein aus. Er nickte.

»Ja«, sagte er. »Ich werde mich betrinken. Seit einer Woche weiß ich, daß hier alles erledigt ist; man ergibt sich für ein Schiff, das beladen ist mit Haien.«

Er schrieb mit seiner Pfeife ein Kreuz in die Luft. Martins seufzte:

»Sehr müde.«

»Viele Freunde draufgegangen?« fragte Ossorio.

»Pah«, sagte der andere. »Von jetzt bis morgen alle. Aber für dich gab es was. Jetzt trinke ich doch einen mit.«

Er gab dem Kellner ein Zeichen und zog sich wartend in sein Schweigen zurück wie in einen Schildkrötenpanzer, bis die Gläser kamen.

»Zum Wohl«, sagte er und trank.

»Zum Wohl«, antwortete Ossorio.

Den Blick wie zuvor von der Theke auf die Farben der Flaschen im Regal gerichtet, sah Martins wieder aus, als redete er mit sich selbst, als er sagte:

»Die Korporalin ...«

»Ja«, bemerkte Ossorio.

»Haben sie tanzen lassen.«

»Schweinehunde.«

Ossorios Gesicht und seine Stimme wurden plötzlich sanft und heiter.

»Schon viele Tage her?«

Martins hob die Arme und ließ sie fallen.

»Wer weiß das, jetzt. Eine Woche, zwei. Sie haben sie tanzen lassen, allein, auf ihrem Karren, das Pferd haben sie getötet.«

»Am neunten war ich mit ihr zusammen«, sagte Ossorio und überlegte, was das heißen sollte: ›Am neunten war ich mit ihr zusammen.‹

»Ich bin sehr müde«, sagte Martins und stand auf.

Sie sahen einander an, Martins schürzte sein Bärtchen und ging rasch, die Tür mit der Schulter aufstoßend, hinaus. Ossorio lehnte sich auf dem Stuhl zurück und schlug ein Bein über das andere. ›Wir haben viele tanzen lassen‹, dachte er. Jemand hatte sie die Korporalin genannt, weil ihr Haar und die Nase an Napoleon erinnerten. Die Korporalin Luisa war allein im ausgestorbenen Kasernenraum, im Kasino, saß am Tisch, und ihre Hände bewegten sich zwischen Wattepacken, und als er eintrat, sah sie ihn lächelnd an, sie hatte tief in den Höhlen sitzende runde Augen und sagte: »Grüßdich«. Er hätte sie gern Grüßdich genannt, aber am Ende nannte er sie die Korporalin, wie alle. Ihr Körper war groß und weiß, und manchmal sah man ihr Gesicht übersät von Sommersprossen rings um ihr Lachen und den treuen Blick, und dann wieder vergaß man die Sommersprossen. Wenn die Nacht anbrach, umgeben von fernem Geschützlärm, hielt die Korporalin angestrengt den Mund, lauschte in seinen Armen auf das Wachsen der Nacht, und später, als sie Zutrauen gefaßt hatte, schenkte sie ihm eine Geschichte von Stränden und Herbst, eine feuchte Geschichte, in der ein Mädchen, als tanzte es für sich allein, die zernagte Küstenlinie entlangrannte, und weiter nichts, und jetzt konnte sie ihm nichts weiter geben, war in die dunkle und schmutzige Masse und in den Krieg geraten; und während der Trennungen gab sie ihm zu denken an die Träume und die Laken, in denen die von ihr geträumten Träume zu Grabe getragen worden waren, früher; und an die Küsse, die sich auf ihren Mund gedrückt hatten, früher; und an die Orte, die Bäume, die Wände, die Möbel, die Kleider, die ihre Augen gesehen hatten, früher. Und, früher, ihre Finger, ihre Hüften, ihr Lachen, die Ohren, die Knie, der Geschmack und die Stunde ihrer Tränen. Wieder fand er sie unbegreiflich im Leben und im schweren Geruch von Fäulnis und Tod, und mit ihrem ersten Wort der Begrüßung war alle Vergangenheit von der Korporalin Luisa geflohen. Jetzt sah er sie vor sich sitzen; ein Mädchen mit einem großen Körper, die Hände zwischen Papieren vergraben, und sie sagte »Grüßdich« und sah und lächelte ihn an mit ihren runden Augen. Und all das, was er dachte, war wie ein Gebet für den verunglimpften und durchlöcherten Körper des Mädchens. Von dieser monatelangen Leidenschaft zwischen sinnlosen Toden, von all der Arbeit, dem Hunger, der schmerzenden Müdigkeit, den Reisen, dem Schlamm, dem Blut, der Angst war nur dieses eine geblieben, was sich wie ein unbekannter Gegenstand in Händen halten ließ, nur die Erinnerung an einen Morgen am Strand der weiten Lagune, an der Grenze, mit drei Flugzeugen, die sehr hoch oben kreisten und sich über dem Meer entfernten, und dann war er vollkommen allein bis zum Wasser gegangen und hatte sich in Hemdsärmeln in die Sonne gesetzt und in den Tag geschaut, in den Himmel und aufs Meer, lange, über Stunden, ohne einen einzigen Gedanken, friedlich in der Natur, ungerührt wie ein Tier.

Er zahlte beim Kellner und ging nach hinten in den Saal. Die Musiker warteten an einem Tisch auf ihren Einsatz; der Sänger lächelte und betrachtete seine Fingernägel im Licht. Die Frau saß in derselben Ecke, aber um ihren Tisch hatten sich Männer und eine Frau in einem grünen Kleid geschart. Ossorio schob sich den Hut in den Nacken und setzte sich. Ein blonder Matrose stand kopfschüttelnd auf und setzte sich wieder hin. Alle lachten, alle waren betrunken und er ein bißchen. Die Frau in Grün sah ihn an und sagte:

»Dieses Gesicht sieht krank aus.«

Alle lachten erneut und ließen die Gläser klingen. Er sagte: »Ich darf doch«, füllte aus der Ginflasche, die auf dem Tisch stand, das Glas der Frau und begann zu trinken. Er sah in die Runde und hörte zu, ohne weiter darauf zu achten, was gesagt wurde, füllte das Glas und trank. Er bemerkte eine seltsame Verschiebung an der Tür; etwas Eigenartiges ging vor oder würde gleich geschehen. Es waren neue Leute da, eben gekommen, im Saal verteilt, als warteten sie auf etwas. Der Matrose strich sich über die Brust, bewegte entmutigt den Kopf und warf Ossorio zutrauliche Seitenblicke zu. Neben dem Matrosen hatte ein dicker, teuer gekleideter Mann den Arm um den Hals der Frau in Grün geschlungen, zog behäbig an einer Zigarette mit goldener Spitze, das versonnene Gesicht ohne Regung. Auf der anderen Seite der Frau saß ein kleiner Mann mit einem Gebiß voller Gold und bewegte beim Sprechen den Hals in dem zu weiten Kragen hin und her. Er redete schnell und grub dabei in den Innentaschen seines Sakkos.

»Weil es keine Frage des Gefühls ist«, sagte die Frau in Grün. »Was sollte mich das kümmern. Ihr versteht. Weil die Leute sich die Wahrheit so und so ausmalen, wie sie gern hätten, daß sie aussieht, gerade wie es ihnen paßt. Ja? Eine Wahrheit, die jeder in sich austrägt, die neun dafür vorgesehenen Monate lang, und wenn er sie am Ende, noch ein bißchen zerknautscht, in die Welt entläßt und ihr Heititei vorsingt, na?, dann sieht man doch gleich, daß die Nase ganz der Papa ist, und ein bißchen später dann, ja, ja, genau wie der Opa, wie er die Uhr in der Weste gesucht hat, wenn es am Sonntag auf die Pferderennbahn ging.«

Die beiden Frauen unterdrückten gleichzeitig das Gähnen, der Mann, der die Frau in Grün umfaßt hielt, zwinkerte der Leere zu. Der mit dem vergoldeten Gebiß ließ über die anderen ein feuchtes Lächeln gleiten und beugte sich über die Papiere, die er aus den Taschen gezogen hatte.

»Nein nein«, sagte er. »Wir wollen uns nicht streiten, und ich betreibe auch keine Propaganda. Ich bin nun mal ein schlechter Mensch, stellen Sie sich vor. Ungerechtigkeit und dergleichen sind mir einerlei; komme, was da wolle in der Welt ... Wenn ich so bin, kommt es, wie es kommen muß. Und wenn ich auf die andere Art bin, die Zustände verbessern will, mir um alles Gedanken mache, ebenso. Wie es kommen muß ... Ob ich also etwas tue oder lasse, es bleibt sich gleich. Ich bringe mich nicht für Ideen um.«

Er lachte eine Weile und hob ein Glas an seine spuckefeuchten Lippen. Der dicke Mann zwinkerte noch einmal mit demselben Auge; er zupfte mit zwei Fingern an der Haut der Frau in Grün, oberhalb des Stoffs.

Ossorio trank weiter schweigend, unter den Blicken des Matrosen. Die Frau vom Anfang der Nacht sah ihn hin und wieder forschend an und lächelte, sie beugte sich zu dem kleinen Mann und sagte etwas, er lachte auf und steckte die Papiere weg. Anschließend stieß die Frau mit ihrem Knie an Ossorios Bein.

»Ich dachte gerade an ein Mädchen, das gestorben ist«, sagte Ossorio.

»Und was ist dabei? War sie vielleicht deine Schwester?«

»Nein, sie war nicht meine Schwester.«

»Eine Freundin? Und wie ist sie gestorben?«

Er schüttelte den Kopf. Er sah, wie der Matrose etwas mit Bleistift auf ein vergilbtes Stück Papier schrieb, die Rückseite eines Flugblatts, wie er sich unterbrach, um zu trinken und an die Decke zu sehen.

»Meinst du die Italienerin?« beharrte die Frau. »Die ist neulich gestorben. Sag: War es eine, die hier verkehrt hat, sehr dünn, die den Mund so zusammengekniffen hat, mit einem langen roten Kleid mit einer Blume auf der Brust?«

»Nein. Es war ein Mädchen«, sagte Ossorio.

»Ein Mädchen, das sagtest du bereits«, sagte die Frau verdrossen. »Ich meine, wie sie war.« Sie hob die Stimme, um über den dicken Mann hinweg mit der Frau in Grün zu sprechen. »Jetzt behauptet er, er hat ein Mädchen gehabt, das gestorben ist.«

Die Frau in Grün lächelte ihn freundschaftlich an und nahm die Finger des dicken Mannes und entfernte sie für einen Augenblick, atmete erleichtert auf, während sie sich auf dem Stuhl zurechtsetzte. Der kleine Mann stand auf und ging.

»Dreckschwein«, sagte eine von den beiden.

Der Matrose schrieb immer gelöster mit schweißüberzogener Stirn. Ossorio schüttelte über seinem Schwindelgefühl den Kopf.

›Hier sitzt die Frau‹, dachte er, ›hat zwei Fingerchen mit schmutzigen Nägeln auf meinen Ärmel gelegt, und da sitzt man still, ein bißchen schläfrig, erwidert das demütige Lächeln der Freundin in Grün, die weiter dem dicken Mann ihren Körper leiht; der dicke Mann raucht mit dem einsamen Mund im Gesicht, der vom Gesicht durch zwei Furchen getrennt ist, und streichelt mit den Fingerspitzen die Brust der Frau in Grün; die Frau in Grün verleiht ihren Körper an ihn, während der Matrose schreibt, im Licht schwitzend schreibt, und weiter hinten machen die Männer vom Orchester Pause, und irgendwer stimmt gedankenverloren eine Geige, und im Saal steigt der Rauch vom Tisch an die Decke, und neue Leute kommen herein. Zwei Männer in dunklen Anzügen stehen mit den Händen in den Manteltaschen neben der Tür, und der Wirt hat sich eben hinter die Theke gebückt, und derselbe Mann, den ich im Séparée des Toten gesehen habe, ist jetzt im Saal und geht auf seinen harten Absätzen auf und ab, mit demselben dreckigen Mund, den ich an ihm im Profil im Séparée gesehen habe; fast sofort holt der Wirt sein breit grinsendes Gesicht hinter der Theke hervor, und in den Armen hält er ein Bild, das er hochhebt und auf das Regal stellt, und als man hier durch den Rauch den Porträtierten auf dem Bild erkennt, rufen alle, sie rufen eine Weile weiter, und dazu hört man Stühlerücken und Frauenschreie, sie schreien ‚hoch' und klatschen. Der Wirt hat eine Hand an der Hüfte und eine Faust auf die Theke gestützt und steht da mit angestrengt aufrechtem Oberkörper, das Gesicht weiter entschlossen und grinsend, während der Gernegroß, der ins Séparée des Toten gegangen ist, noch immer mit den Händen in den Taschen durch den Saal stolziert, die Brust ragt nach vorn, die Augen sind halb geschlossen, die Schritte selbst durch den Lärm zu hören. Und nach dem Lärm ein anderer, schwächer und fast Stille, und ich weiß jetzt, daß ich verloren bin, daß dieses Schwein mit der widerlichen Visage, das mit verkniffenen Brauen näher kommt, mich am Arm packen und mir auf der Straße vier Schüsse verpassen lassen kann. Ich bin verloren. Die Frau zittert gegen meinen Arm, und ihre Angst klettert an mir hoch, springt mir auf die Schulter und schmerzt an meinem Hals, und weil ich betrunken bin, fällt mir nichts ein, was mich retten könnte, und nichts, was ich sagen könnte, und keine Bewegungen, die ich machen könnte, wenn dieses Schwein mich töten läßt; aber es wird keinen Morgen geben, an dem ich bereuen könnte, nicht die gebührenden Worte gesagt und die nötigen Gesten vollführt zu haben. Und dieser Hundsfott mit dem griechischen Profil, der aus seinem Bild über den Weinflaschen herabsieht, aus denen ich mit Martins getrunken habe. Aber die Sirenen heulen nicht, und man hört keine Flugzeuge und von der Straße kein Geschrei, kein Hufgetrappel und kein Marschieren von Soldaten. Nichts, nur hier die Stille in diesem von Angst eingekesselten Dreckloch, in dem ich zum Sterben vorgesehen bin, ich, ein Mann, der dieses und jenes vorhatte, gefangen in dieser Falle wie eine Ratte.‹

Der Mann mit den gerunzelten Augenbrauen beendete das Klacken seiner Absätze vor ihrem Tisch und preßte die Lippen aufeinander, drehte sich fast sofort um und ging mit seinen schweren Schritten zurück zum Tresen. An Ossorios Arm hängend, flüsterte die Frau:

»Morasán. Das ist Morasán. Er weiß, daß ich mit Barcala zusammen war. Barcala war bei mir zu Hause. Das ist Morasán, ich hatte ihn nicht erkannt.«

Ossorio sah, daß der Mann aus den Séparées jetzt am Tresen lehnte, zu ihnen hersah und sich eine Zigarette ansteckte. Und als er sie angesteckt hatte und eben das Streichholz schwenkte, um es zu löschen, bewegte er hinter der Rauchwolke, die er ausblies, den Kopf und rief jemanden zu sich, ihn oder jemanden in seiner Nähe, und die Frau zitterte jetzt stärker, ohne Morasáns Namen oder einen anderen zu nennen, mit offenem Mund, an ihm hängend und geschüttelt von Angst. Die Frau in Grün hatte verstanden und senkte den Kopf, während der Dicke, unbeirrbar, die Finger ständig über ihre Brust bewegte und der Matrose das Papier einsteckte, das er mit Wörtern gefüllt hatte, und den Bleistift, und nach dem Einstecken ließ er die Hände in den Taschen und wandte die Augen zur Decke, damit niemand hineinblicken konnte. Die Frau stammelte jetzt:

»Nein, nein, ich will nicht gehen, laß mich nicht gehen.«

Morasán bewegte erneut rufend den Kopf, und Ossorio war sich sicher, daß er ihn rief, daß das Ende gekommen war, und als seine Hand den Griff der Pistole berührte, unter seiner Achsel, wurde er ruhig, noch schwindelig, aber schon ohne Fragen über Sätze oder Gesten, die sich gut machen würden zum Schluß. ›Ich rühre mich nicht, und wenn sie versuchen, mich anzufassen, lege ich so viele um, wie ich kann.‹

Unwillkürlich näherte er seine Hand der Frau, um sie zu streicheln, um die Wärme eines Menschen zu spüren, durch die Kleidung hindurch, weil das wichtiger und stärker war als irgend etwas sonst. Das Orchester spielte ein schnelles Stück mit sehr sanften Modulationen, und es trat ein Augenblick der Ruhe ein, in dem nichts geschah, und Morasán lehnte weiter am Tresen, sah mit breitem und unbeteiligtem Gesicht zu ihnen her, mit seiner Zigarette am Ende einer

Hand, die herabhing. Aber als die Musiker von dem Stück, das sie gespielt hatten, zu einem anderen, schmachtenderen, übergingen, mit Phrasierungen, die an ein Netz erinnerten, das straff unter dem Wasser entlanggezogen wurde, und der Sänger den Schalltrichter hob, um zu singen, aber nicht sang und ihn wieder auf die Höhe seines Oberschenkels sinken ließ, sagte Morasán ein kurzes und zorniges Wort und streckte eine Hand aus, rief erneut, und die Frau ging, richtete sich auf in einer abgehackten Bewegung, als machte sie sich los, zögerlich, als wollte ihr Körper nicht gehen, ihre Beine aber doch, und sie näherte sich der Stelle, an der Morasán stand, dicht bei dem Porträt, das der Wirt eben aufgehängt hatte, entfernte sich unverzüglich wieder, kleiner, mit Schritten, als ginge sie im Schlaf, querte den Saal und tauchte in einem Mantel erneut neben Morasán auf, der sich weder vom Tresen wegbewegt noch den Blick von ihrem Tisch abgewandt hatte. Wieder sprachen sie miteinander, wenige Worte, fast ohne sich zu bewegen, und an den Tischen erhoben sich zwei Männer. Nahe der Tür erhob sich ein weiterer und ging zur Tür; aber die beiden, die dort, rechts und links davon, mit den Händen in den Taschen standen, schüttelten den Kopf, und der Mann bewegte protestierend die Arme und setzte sich wieder stocksteif auf seinen Stuhl, das zornige Gesicht zur Tür gewandt.

Dann senkte die Frau, die mit Morasán sprach, den Kopf und ging, gefolgt von den beiden Männern, die kurz zuvor aufgestanden waren, zur Tür. Gleichzeitig beendete das Orchester das eben gespielte Stück, und der Sänger hob den Schalltrichter, den er auf der Höhe seines Oberschenkels gelassen hatte, und begutachtete ihn, ließ das Licht hindurchfallen, als betrachtete er den Mond durch ein Teleskop. Die Frau passierte die beiden Wachposten, die reglos, mit gelangweilten Mienen dastanden, und verließ, gefolgt von den beiden, die aufgestanden waren, das Lokal. Fast sofort kehrte Morasán den Blick vom Tisch ab, trat vom Tresen weg und ging, um sich an einen Tisch weit entfernt zu setzen, rief dort den Kellner. Der Mann, den die Wachposten an der Tür nicht hatten hinausgehen lassen, lehnte sich zu Morasán hin, redete und gestikulierte mit einer Hand, ohne daß der andere ihm zuzuhören schien. Der Kellner brachte eine Flasche, ein Glas und einen Sodaspender an Morasáns Tisch. Morasán trank gemächlich und sagte etwas zu dem Mann, der auf ihn einredete, worauf der sich sofort krümmte und mit einer Hand in seine Jackentasche griff, um ein Büchlein hervorzuholen, das er Morasán gab.

›Man wird sie treten, und dann bringt man sie um‹, erinnerte Ossorio sich an die Frau, die weggebracht worden war. Er behielt weiter seine heiße Hand unter der Achsel an der Pistole. ›Sie war noch eben ziemlich unausstehlich, aber jetzt ist es, als hätte sie eine Sanftheit hier vergessen, wie man einen Handschuh oder ein Halstuch vergißt, alles Liebenswerte, das vielleicht in ihr war, und das Leben, das alles, was sie nie hat zeigen dürfen.‹ Morasán hielt das Büchlein, das der Mann ihm gegeben hatte, aufgeschlagen vor sich und trank in kleinen Schlucken, während er darauf herabsah.

›Das arme Schwein‹, dachte Ossorio; ›die arme Kleine mit ihren V, die sie so pfeifend ausspricht, ein bißchen schroff wie das Land, aus dem sie vielleicht kommt, eine elende Gegend, wo sie hinter der Herde, die den Hügel herunterkommt, barfuß oder mit klackernden Holzschuhen herläuft, dabei Vogelschreie ausstößt, worauf das Vieh die Hörner schwenkt, und sie wischt, schroffe V hervorbringend, mit einem vibrierenden Weidenstock durch die Luft, das arme Hürchen, das tote und schlichte mit den dicken Schenkeln, die, wenn sie mit ihr fertig sind, sein werden, als hätte sie nie jemand angefaßt.‹

Morasán gab dem Mann wortlos das Büchlein zurück, trank aus und machte den beiden an der Tür wieder ein Zeichen; der Mann stand lächelnd und redend auf und ging rasch hinaus. Jetzt hatte sich der Matrose auf seinem Stuhl zurückgelehnt, und das Pärchen aus dem Dicken und der

Frau in Grün war noch immer durch die träge Bewegung der Finger verbunden. Morasán zog ein Blatt Papier aus der Tasche, faltete es auseinander und sah es einen Moment mit verkniffenen Brauen an; er stand wieder auf und querte den Saal, fand zurück zu seinem vorherigen Platz am Tresen und stützte sich dort auf die Ellbogen. Wieder sah er zu ihrem Tisch hin, bewegte sich nicht unter der Musik, die das Orchester spielte. Ossorio zog die Hand von seiner Brust und füllte bedächtig die vier Gläser.

»Sieht aus, als kämen wir nicht raus«, sagte er.

»Warum?« antwortete die Frau. »Wenn Sie die Papiere haben, kommen Sie raus.«

»Meinetwegen«, sagte der Matrose.

Der Dicke zwinkerte lächelnd und tätschelte, sie loslassend, den Hals der Frau.

»Die Papiere habe ich«, sagte Ossorio. »Aber die hier sind auf Ärger aus.«

Die Frau zuckte die Achseln. Morasán straffte sich, drehte sich um und ging zur Tür, redete mit den Männern, wies dabei mit dem Gesicht in den Saal und ging. Da atmete Ossorio auf und fühlte sich müde und allein, rührte sich aber nicht, und niemand, keiner von den dreien an seinem Tisch hätte merken können, wie glücklich er sich fühlte, weil Morasán gegangen und es ihm möglich war, wieder an die Korporalin Luisa zu denken, und von allem erinnerte er sich nur noch an die Landschaft und daran, wie sie lächelte, ein gütiges Lächeln, das ihre Wangen füllig machte eines Morgens, als er, von irgendwoher kommend, leise, um sie nicht zu wecken, in das warme Bett gekrochen war, in dem Luisa schlief. Weder der Matrose noch der Dicke, noch die Frau in Grün konnten das Lächeln sehen, das ohne Gewaltsamkeit die Wangen der Korporalin Luisa blähte, auch wenn er die drei ansah, während ihm das Bild vor Augen stand. Niemand wußte etwas, nicht hiervon und nicht davon. Er lehnte sich an die Wand zu den Séparées und steckte sich die Pfeife in den Mund.

Auf jeden Fall würde man ihn, ehe die Sonne aufging, umbringen, ob hier oder anderswo, und die Unruhe bei der Vorstellung, wie er die Zahl der Minuten hinter sich bringen würde, die ihn vom Tag trennten, ohne zu wissen, in welcher davon er zermalmt würde, wurde ihm zur Qual, und auf einmal wäre es besser gewesen, er hätte Morasán nicht gehen lassen, wäre aufgestanden, wie die Frau aufgestanden war, um den Tod zu hören und zu sehen in diesem kalten und müden Gesicht, das der Mann ihnen vom Tresen aus zugewandt hatte.

›Hätte ich gewußt, daß der Mann, der an die Tür zum Séparée geklopft hat, wo dieser arme Teufel tot am Boden lag, Morasán ist. Hätte ich geahnt, daß der Mann, den ich im Profil in der Tür zum Séparée gesehen habe, Morasán ist, er im Licht der sich öffnenden Tür und ich im Dunkeln am Vorhang, fünfzehn Meter entfernt.‹ Er beugte sich brüsk über den Tisch, sah in den Saal, versuchte, nicht zu denken, aus Furcht, sich zu irren, ließ den Blick wandern, bewegte die Augen, sah in den Saal, der nach Morasáns Aufbruch wieder voller Menschen schien, als wäre der Mann, der rauchend am Tresen gelehnt hatte, einsam umhergegangen und hätte einen gehindert, etwas anderes wahrzunehmen als seine dunkle, schwere Silhouette. ›Gut‹, dachte er schnaubend. Er betrachtete die Gesichter des Matrosen, der Frau, des Dicken, der mit einem Auge blinkerte wie ein Leuchtturm in der Nacht. Morasán war ihm im Korridor der Séparées nicht entgegengekommen. Morasán hatte eine andere Tür benutzt; es gab eine andere Tür, die irgendwo hinführte. ›Gut, lassen wir das für einen Augenblick ruhen. Aber die Wachhunde an der Tür werden mir keine Bewegung erlauben.‹ Mit einemmal kam ihm der Gedanke, daß die drei an seinem Tisch, die so lange schon schwiegen, wegen ihm hier saßen, daß sie wegen der Frau hier gesessen hatten, die von Morasáns Männern weggebracht worden war, und aufgepaßt hatten, daß sie nicht abhaute, und daß sie jetzt wegen ihm hier sitzen blieben. ›Aber wenn ich nicht versuche hier rauszukommen, in den nächsten ein, zwei Stunden oder gleich jetzt, holen sie mich raus und stellen mich an die Wand.‹

»Wir haben schon länger keine Musik mehr«, sagte er. Der Matrose hob den Blick zum Orchester und betrachtete die Musiker, die sich rauchend miteinander unterhielten. Er antwortete nicht. Die Frau in Grün sagte:

»Ich will nichts sagen und mische mich nirgends ein. Aber Irene kann nichts dafür; sie ist mit Barcala gegangen wie mit jedem anderen. Und ich sage noch zu ihr, sie soll sich nicht in Schwierigkeiten bringen.«

»Pah!« sagte der Dicke.

Unter dem gerundeten Kinn des Dicken traf sich der Blick des Matrosen mit dem der Frau und wandte sich sofort wieder ab. ›Womöglich geschieht es hier, jetzt‹, dachte Ossorio; er schob die Hand unters Revers. Nun war er nicht mehr betrunken, er schüttelte den Kopf, und schwindlig war ihm auch nicht mehr. Er lächelte und strich sich mit den Fingern zwischen Pistole und Hemd über die Brust, zufrieden, daß ihm nicht mehr schwindlig war, entschlossen, jedenfalls dort rauszukommen, sich den Weg notfalls freizuschießen, zu schießen und sich mit Martins oder irgendwem zu treffen und etwas zu tun, nicht nach einer Passage zu suchen, um auf der *Bouver* abzuhauen, zu bleiben, um an ihrer Seite zu sterben, etwas zu tun, anders kann man nicht leben und froh sein.

Die Frau rief mit den Augen nach dem Matrosen, aber der hing weiter auf dem Stuhl, schlief halb, den Kopf gegen die Rückenlehne gesunken. Nur noch einen Augenblick, dann würde er aufstehen, um etwas am Tresen zu trinken, und von dort hätte er die Tür zur Straße, die zu den Séparées und die Verteilung der Hunde an den Tischen im Blick. ›Zu schade, daß man nicht genau weiß, welche Hunde sind und welche nicht; ihnen steht es nicht ins Gesicht geschrieben und uns auch nicht, aber wenn es uns doch ins Gesicht geschrieben stünde, müßte ich mir längst keine Gedanken mehr machen, und Morasán läge auf dem Toten im Séparée.‹ Er steckte die Pfeife ein, knöpfte sein Sakko zu und nahm einen Schluck von seinem Glas, eben genug, um die Wärme auf den Lippen und der Zunge zu spüren. Alle verstummten, drehten sich zur Tür hin; der Wirt stand mit einer Kaffeetasse in der Hand und offenem Mund unter dem Porträt zwischen den Flaschen. Die Sirenen heulten; weitere Sirenen setzten kreischend ein, mischten sich darunter; eine nahe Sirene heulte lang und bebend. Er schob die Hand unter das Revers und sicherte die Pistole. Die Wachposten an der Tür sprachen miteinander, einer ging hinaus und war gleich wieder zurück. Der Wirt ließ die Hand mit der Tasse sinken, sah zum Orchester hin, und die Musiker hoben zu einem Militärmarsch an, mißtönend, ohne Verständigung untereinander. Die Frau in Grün warf einen gesenkten Blick auf das weiche und runde Kinn des Dicken, der sie streichelte, und gleich darauf fand Ossorio die Augen des Matrosen, verlor sie jedoch im Dunkel; Reste von Licht flackerten, dann lag der Saal in Finsternis, war in der Schwärze allein das gedehnte Sirenensignal zu vernehmen, bis sich gleich darauf das Geräusch hastender Schritte und umstürzender Stühle darüber breitete, ein dumpfer und keuchender Lärm, den Ossorio durchquerte, ohne zu rennen, sich mit einer Hand an der Holzwand entlangtastend, und mit dem Kopf schob er den Vorhang auf und rannte, jetzt ja, durch den Korridor zwischen den Séparées, bis er anstieß, erst mit dem Lauf der Pistole, dann mit der Stirn, die seinen Hut flachdrückte. Tastend streckte er die Arme dahin aus, wo er nur Luft zu fassen bekam, rannte weiter durchs Dunkel, durch etwas, das von der Kälte der Straße erfaßt wurde, stieß wieder an, und seine linke, durch die Luft rührende Hand schrammte über einen Riegel, er schob ihn zurück und stand in der Kühle der Nacht, ohne etwas zu sehen, wartend auf Schläge, Stimmen, jemanden. Aber da war nichts als der Geruch der Nacht, und als er nach links losrannte, die Straße hinauf, weg vom Hafen, hörte er einen Schuß, zwei Schüsse, die innen im Lokal hallten, und wie die Sirenen verstummten, um sofort wieder einzusetzen, abgehackt jetzt, und sie heulten noch kurz, als die Lichter wieder aufflammten.

Das Licht flutete in Wellen von der Decke, zeigte Männer am Boden, hinter umgestürzte Tische geduckt, eine Frau, die weinend am Tresen kauerte, während der Wirt hin und her lief und das Porträt nicht mehr zwischen den Flaschen hing. Andere Gäste hatten sich an die Wände gedrückt, und einer der Wachposten stand breitbeinig da, sicherte den Ausgang, hatte Blutspritzer im Gesicht und hielt einen Revolver auf die Hüfte gestützt, während der andere, zusammengekrümmt am Boden, seine Hände unter dem Oberkörper begraben hatte und ein Bein, das linke, immer langsamer streckte und anzog. Der Wirt stand jetzt bei dem Tisch an der Wand zu den Séparées und schüttelte den Kopf, als hätte man ihn geschlagen, sah hierhin und dorthin, zu dem Mann, der den Ausgang sicherte, und zu den Musikern, die das Treppchen herunterkamen. Der Matrose war fort, der Dicke lag über dem Tisch zusammengebrochen, und die umgestürzte Flasche hörte zu rollen auf, fiel und zerschellte am Boden unter dem Stuhl, der einen Schenkel vom Körper des Dicken trug, genau in dem beleuchteten Bodenstück, in das sein Blut tropfte, und die Frau in Grün, zerzaust, zündete sich mit einer eigenartigen Müdigkeit im Gesicht eine Zigarette an und betrachtete den Kopf des Dicken.

»Jetzt kannst du deine Großmutter befummeln«, sagte die Frau.

IV

Morasán klopfte um zehn Uhr abends an die Tür zum Séparée. Als man ihm öffnete, sah er die Umrisse des Körpers am Boden, unter den Farben von Halstuch und Tischdecke, die über ihn gebreitet waren, und ehe er sich um die beiden Frauen kümmerte, zog er die Uhr aus der Westentasche und sah, daß es zehn war. Danach betrachtete er den Toten und spannte die dicken Lippen dabei, schürzte die Oberlippe, bis sie das Bärtchen für einen Moment verbarg. Ihm fiel das gewaltige Paar Schuhe des Toten auf, und er tippte mit dem Fuß gegen die Sohlen, während er zu den Frauen hinspähte. Beide weinten und forschten zugleich in Morasáns Miene.

»Er hat gesagt, er kann nicht länger warten. Wie hätten wir wissen sollen, daß es Gift war ...«, sagte schluchzend die Frau in Himmelblau.

Morasán setzte sich und verlor sich einen Moment im Anblick ihrer Schultern, die sehr weiß waren, vom Weinen geschüttelt wurden.

»Gut«, sagte er. »Ihr habt ihn sich also umbringen lassen. Mehr habt ihr nicht fertiggebracht. Gut. Mal sehen, nehmt ihm das vom Kopf.«

Die ältere Frau bückte sich schnell und deckte das Gesicht des Toten auf. ›Es spielt keine Rolle‹, dachte Morasán, während er in das weiße Gesicht des Toten sah, auf die Haut der Wangen, die gegen den Hals lappte, die großen, gewölbten Lider wie aus Gips. ›Er hätte sich sowieso umgebracht, den hätten wir nicht lebend gekriegt.‹

»Ihr habt ihn sich also umbringen lassen«, sagte er wieder.

»Wie hätte man wissen sollen«, sagte die Frau in Himmelblau.

Die Ältere streckte die Hände von sich:

»Und selbst wenn wir es gewußt hätten, was hätten wir tun sollen.«

»Ja«, sagte Morasán. »Sag mir eins: Warum weint ihr?«

»Was er auch gewesen sein mag«, sagte die in Himmelblau, und eine Schulter verschwand aus Morasáns Blick. »Jedenfalls war er ein feiner Kerl.«

»Es hat überhaupt nichts mit ihm zu tun«, sagte die Ältere und stocherte in ihrem Rockbund. »Aber daß sich einer vor deinen Augen umbringt und jede Nacht damit zu rechnen, daß er sich umbringt oder eine Schießerei anfängt.«

»Gut«, sagte Morasán mit müder Stimme. »Ihr könnt später weinen. Hat er vorher noch was gesagt?«

»Ja«, sagte die Frau in Himmelblau kopfschüttelnd. »Er hat gesagt, daß es die allerletzte Frist ist ...«

»Ich meine nicht den Unsinn, den er geredet hat«, sagte Morasán. »Ich frage dich, hat er was Brauchbares gesagt. Hat er Namen genannt?«

»Er hat von allen Menschen geredet«, sagte die Kleinere.

»Gut, ob er Namen genannt hat, will ich wissen«, sagte Morasán.

»Nein, soweit ich mich erinnere ...«, murmelte die Frau in Himmelblau und sah zur Decke.

»Und du?« sagte Morasán, ohne jemanden anzusehen.

»Nein, Namen hat er nicht genannt«, antwortete die Ältere und setzte sich hin. »Nein. Aber daß er auf einen wartet, das hat er schon gesagt, dasselbe, was ich Ihnen heute früh erzählt habe. Einer, der alles richten würde, weil er ihm einmal das Leben gerettet hatte.«

»Gut. Ihr habt ihn sich also umbringen lassen«, sagte Morasán.

Die in Himmelblau trat mit ausgestrecktem Zeigefinger vor.

»Ja. Gerade war ein Mann da. Sind Sie ihm nicht begegnet?«

»Was hat er gewollt?« fragte Morasán.

»Er hatte den hier reden hören. Ist eben raus. Sind Sie ihm nicht begegnet?«

»Ein Mann«, sagte Morasán. »Wie hat er ausgesehen?«

»Hm ...«, sagte die Ältere. »Eher groß, mit einem grauen Anzug mit Streifen.«

»Er hatte keine Streifen«, sagte die andere.

»Und ob der Anzug graue Streifen hatte«, beharrte die Ältere.

»Gut«, sagte Morasán. »Blond?«

»Nein, nicht blond«, sagte die in Himmelblau. »Eher dunkel.«

»Er hatte helle Augen«, sagte die Ältere.

»Gut«, sagte Morasán. »Was hat dieser Jemand denn gesagt?«

Die beiden Frauen sahen einander an, und die in Himmelblau stieg über den Toten und trat auf die Wand zu, drehte sich einmal um und sah jetzt zum Tisch, mit dem Rücken zur Tür.

»Nichts weiter«, antwortete sie. »Er hat gesagt, wieder einer, der sich umgebracht hat, und daß er den nicht kennt, daß er seine Stimme gehört hat. Er hat gesagt, gerade würden viele Leute sterben, und als er rausging, ist uns aufgefallen, daß er betrunken ist.«

»Sonst nichts?« fragte Morasán und trommelte auf den Tisch.

»Fällt dir noch was ein?« fragte die in Himmelblau.

»Nein, weiter nichts«, antwortete die Ältere.

›Zwei so dämliche Stuten‹, dachte Morasán, während er zusah, wie seine Finger sich auf der Tischplatte bewegten. Wieder warf er die Lippen auf und atmete dreimal geräuschvoll, zog die Luft durch die Nase.

»Gut«, sagte er. »Räumt seine Taschen aus.«

Das Trommeln auf dem Tisch ging weiter. Er hob den Kopf und drehte den Brustkorb ein wenig in Richtung der beiden Frauen.

»Und?« fragte er.

Die in Himmelblau straffte den Körper gegen die Tür, spuckte aus, sah Morasán an und ging neben dem Toten in die Hocke. Morasán legte seinen Hut auf den Tisch und bespuckte das Gesicht der älteren Frau, ein gepudertes Profil, das sich langsam verzog.

»Gib her«, sagte er.

Die Frau in Himmelblau leerte, den Blick auf die Tischkante geheftet, die Taschen des Toten, gab, was sie herausholte, der älteren Frau, die zwischen ihr und Morasán stand und die Sachen mit raschen Handgriffen an den Mann am Tisch durchreichte. Eine silberne Uhr, ein Notizheft mit Berechnungen, Adressen, Telefonnummern, drei Visitenkarten, ein blauer Bleistift und ein schwarzer, stark abgeschrieben, ein Portemonnaie mit wenig Geld und der Fotografie eines Kindes, zu dick und mit einem Männergesicht, nackt auf einem Sofa mit einer Mullwindel zwischen den Beinen; außerdem ein Päckchen Tabak und zwei Heftchen Zigarettenpapier, ein Taschentuch, ein Schlüsselbund, ein Röhrchen Aspirin, drei Münzen, davon eine mit einem Loch in der Mitte, zwei Briefmarken und ein Umschlag, gebraucht, auf dem stand: »Herr Ernesto Batty, Platz 160, Stadt«. Morasán stapelte alles auf dem Tisch, öffnete mit seinem Federmesser die Uhr und sah im Deckel ein Datum aus dem letzten Jahrhundert. Er knallte die Uhr zu und legte sie zuoberst auf den ziemlich hohen Haufen von Sachen, der nichts war, nichts bedeutete, zu nichts zu gebrauchen war. ›Niemand hinterläßt Briefe heutzutage‹, dachte er und lächelte gleich darauf, weil er aber nicht wollte, daß die Frauen ihn lächeln sahen, verbarg er das Lächeln, indem er die Lippen vorschob und geräuschvoll durch die Nase atmete.

»Gut«, sagte er und sah die ältere an. »Du kannst gehen.«

»Und die bleibt hier?«

»Die tut, was ich ihr sage. Du bleibst immer hübsch auf dem Bürgersteig und gehst nicht in die Sonne. Und wenn du morgen nicht neben dem hier liegen willst, hältst du den Mund und redest mit niemand. Und falls dich draußen einer einlädt, mit ihm zu kommen, sagst du, du kannst nicht, deine Mama läßt dich nicht und daß du gewohnt bist, allein zu schlafen. Abmarsch.«

Die Frau stand einen Augenblick reglos da, sagte keinen Ton, aber unter der Schminke brandete der Zorn auf, und erst als alles in ihrem Gesicht zur Ruhe gekommen war, wandte sie sich schnell ab und stand mit gesenktem Kopf vor der anderen in Himmelblau, bis die den Weg freigab, und da trat die Ältere geradewegs zur Tür, ging hinaus, und schon drang kein Geräusch ihrer Schritte mehr ins Séparée. Danach verlor sich Morasán im Betrachten der Ringe an seinen Fingern und schüttelte lustlos den Kopf beim Gedanken an den Haufen von Schwuchteln, die in der Stadt die Bewegung anführten, und daß er sich mit ihnen herumschlagen mußte, mit ihrer Beschränktheit, damit sie nicht alles versauten, und daß er erst gestern erreicht hatte, worum er jetzt seit einem Monat bat, seit dem Morgen, an dem er den Chef an einem Ort getroffen hatte, an den er sich nicht mehr erinnerte, weil es seine Pflicht war, ihn zu vergessen, und auch das erst, nachdem er sich schon zuvor einen Monat durch den Wall aus Schwuchteln und Idioten gekämpft hatte, der den Chef abschirmte; und dort, als er mit dem Rücken zum Fenster stand und das Sonnenlicht auf dem Gesicht des kleinen, uniformierten Mannes betrachtete, auf dem müden Gesicht, das ihm von der Lehne des Sessels hinterm Schreibtisch zunickte, hatte er erklärt, es sei unabdingbar, zu fordern, daß die Polizei der Polizei des Chefs freie Hand ließ; und der Chef hatte dem zugestimmt, und er, Morasán, hatte zweimal während des Gesprächs wiederholt, einmal in leisem Ton und das andere Mal, daß alle es hören konnten, wenn das nicht gelänge, könne er für nichts in der Stadt die Verantwortung übernehmen. Der Chef hatte zugestimmt, aber das war einen Monat her, und erst gestern hatte man ihm volle Bewegungsfreiheit zugebilligt. Wenn also heute nacht der Tanz in der Stadt begann, was offensichtlich ausgemachte Sache war, auch wenn man sich auf nichts verlassen konnte, hätte er bereits wie ein Wahnsinniger hinter einigen Personen hersein müssen. Immer war er für alles zuständig, wofür man sich krummlegen mußte und nichts als Ärger erhoffen durfte. Aber wenn die anderen erledigt wären, würde er sich daranmachen, die Bewegung von Schwuchteln und von Idioten zu säubern. Da war viel Licht, alles Licht des strahlenden Morgens auf dem Gesicht des Chefs, und hinter ihm hing eine gewaltige Landkarte an der Wand. »Sie haben mein vollstes Vertrauen«, hatte der Chef gesagt, aber nur einmal und dieses eine Mal in leisem Ton, als wäre es nicht für die Ohren all der Idioten und Schwuchteln bestimmt. Er setzte seinen Hut wieder auf und sah den Schatten der Frau in Himmelblau, der über dem Tisch lag.

»Gut«, sagte er. »Räum das zusammen, wickel es in irgendwas ein und leg es auf den Verstorbenen.«

Er wollte sie nicht ansehen, während sie den Haufen Zeug auf das Tischtuch packte, die vier Ecken verknotete und sich nur leicht nach vorn beugte, um das Bündel auf der Brust des Toten abzustellen. Erst als sie, auf die Tischkante gestützt, wieder ruhig dastand, hob Morasán den Blick, um sie anzusehen, verbarg ihn jedoch sofort wieder. Dann stand er langsam auf, ging ein paar Schritte, trat der Frau in Himmelblau entgegen und sah sie an. Er sah zuerst auf ihren Mund, und mit dem Blick dort, starr auf die blassere Trennlinie zwischen den Lippen gerichtet, bemerkte er, daß ihre Augen niedergeschlagen waren, die Nasenlöcher geweitet, und daß die Frau wartete. Im nächsten Moment begann sie die Schultern zu bewegen, ein wenig, und Morasán wölbte die Oberlippe über den Schnauzbart und richtete den Blick und die aufgeworfene Schnute auf jede der beiden Schultern, auf jede Schulter einmal, empfand solchen Zorn, als würde er sie küssen. Die Schultern der Frau in Himmelblau bewegten sich noch immer, als er sich von ihr löste und an dem toten Mann entlang und auf dessen gewaltige Schuhe schauend zur Tür ging.

»Komm«, sagte er. »Gehen wir in den Saal, ich will doch sehen, ob du den Kerl findest, der hier war, um Schwachsinn zu reden.«

Er ging durch den dunklen Korridor und spürte die langen Schritte der Frau hinter sich, und die Stille zwischen Schritt und Schritt unterstrich die von den Beinen der Frau beim Gehen zurückgelegte Spanne, und das machte ihn zorniger, als ihre Schultern anzusehen. Am Vorhang blieb er stehen, vergrub die Hände in den Taschen und trat zurück, bis er an der Wand lehnte.

»Los. Geh eine Runde, und sag mir Bescheid.«

Sie ging ohne einen Blick auf ihn und sah sofort, daß der Mann, den sie suchte, an einem Tisch saß, gegenüber von einem älteren mit kleinem, gestutztem Oberlippenbart, der wortlos mit der flachen Hand auf die Tischdecke klopfte. Sie ging durch bis zum Tresen und bestellte ein Glas, und der Barkeeper brachte ihr sofort ein Glas kalten Tee, den sie trank, während sie alles betrachtete, was sie vom Saal einsehen konnte. Sie sah, daß der Mann, der mit dem, der ins Séparée gekommen war, am Tisch saß, rasch hinausging und die Tür dabei mit dem Oberkörper aufstieß. Der andere schaute eine Weile mit dümmlichem Gesichtsausdruck zur Decke, bezahlte beim Kellner und machte Anstalten hinauszugehen, drehte sich dann aber um und ging nach hinten in den Saal, wo er sich an einen Tisch setzte, an dem Irene und Julia mit zwei Typen saßen.

Sie tauschte Begrüßungen mit Frauen und lächelte die Männer an, die sich zum Gruß an die Schläfe tippten. ›Ich bin abartig. Morasán ekelt mich, alles Körperliche an ihm gefällt mir, und es umhüllt den Ekel, der das Stärkste von allem ist, und was mich um den Verstand bringt, ist der Ekel, den ich vor ihm empfinde.‹ Da sie schon den Kopf zu bewegen begonnen hatte in ihrem einsamen Lamento am Tresen nah der Tür, steigerte sie die Bewegung zu einem Schütteln ihrer Ohrgehänge und Heben ihrer Hände, versenkte und bewegte die Finger in ihrem Haar, das sie in entschiedenem Kopfschütteln schwenkte. Dort saß der Mann aus dem Séparée, lehnte am hinteren Tisch an der Wand, hatte die kalte Pfeife im Mund, und der Jude, der die geschmuggelten Strümpfe verkaufte, saß auch mit am Tisch, redete, lachte bei jedem Wort, wie üblich, mit seinen Goldzähnen. Sie löste sich vom Tresen, stieß sich mit der Hand wie ein Schwimmer vom Beckenrand ab und ging, den Körper mit jedem Schritt aufrichtend, eine Hand flach gegen den Hüftknochen gedrückt, zwischen den Tischen hindurch. Sie hob den Vorhang an und sah Morasán nicht sofort im Dunkeln; sie hörte ihn atmen, ehe sie ihn sah, und ließ sich vom Geräusch der durch die Nase gesogenen Luft zu ihm führen.

»Und?« fragte Morasán.

»Er war nicht da. Er muß gleich gegangen sein.«

»War abzusehen«, sagte Morasán. »Und du sagst, er war groß, in einem gestreiften Anzug ...«

Die Frau spürte, daß Morasáns Körper im Dunkeln waberte, wie Gelatine, um den Ekel herum.

»Nein«, sagte sie, die Augen schließend, mit einer gestreckten und unveränderlichen Stimme ohne Modulationen. »Der Anzug des Mannes war nicht gestreift, er war grau, aber ohne Streifen, grau wie Aschestaub.«

»Sicher? Gut. Dunkel oder blond?«

Sie erinnerte sich »grau wie Aschestaub« mit weicher Stimme und sanften Zischlauten gesagt zu haben. Sie schlug die Augen auf und betrachtete Morasáns Schnauzbart im Zwielicht, ließ die Lider etwas sinken, bis sie nichts mehr sah als den aufgeblähten Mund des Mannes.

»Er war dunkel«, hauchte sie.

Er sagte nichts, und da atmete sie tief durch, um sich die Last des Ekels von der Brust zu nehmen, der jetzt stärker war als alles andere. Sie warf die Arme zurück und hob das Kinn, bis ihre Gurgel nah am Mund des Mannes war. Ohne ihn zu sehen, wußte sie, daß der Mann weiter an der Wand lehnte, wußte, daß seine Augen und sein haariger Mund abwechselnd auf ihre Schultern zielten, die zu schwanken begonnen hatten, ohne daß sie es gewollt hätte. Sie hörte nur die Musik und die Stimme des schwarzen Sängers. Gleich darauf hörte sie Morasáns Atem und dachte, er werde sie schlagen. ›Dieser Hundsfott ist ja zu nichts sonst zu gebrauchen.‹ Aber sie rührte sich nicht; sie biß nur die Zähne aufeinander und verhärmte wartend ihren Mund, verlor sich in Gedanken in dem nicht zu verstehenden Gesang des Schwarzen: »The pretty maid is dead, is dead, in love-bed as she lays ...«

»Gut«, sagte Morasán. »Geh.« Und lächelnd: »Sei morgen abend früh hier.«

Sie schob ihren Kopf aus dem Dunkeln, nahm das Gesicht des Mannes in beide Hände und trat näher, bis sie ihn mit der Brust berührte.

»The dog must have his day«, sang der Schwarze, als die Musik endete. Morasán krallte ihr die Finger in die Schultern, drückte, so fest er konnte, dann stieß er sie mit ausgestreckten Armen von sich, daß sie gegen die Wand gegenüber schlug. Er schob den Vorhang zur Seite und trat in den Saal. Der kleine Mann mit den Goldzähnen drehte sich an der Tür um und kam ihm entgegen, lächelnd wie immer, mit einer Zigarette zwischen zwei steifen Fingern.

»Ein Streichholz?« sagte er.

Morasán reichte ihm schweigend die Streichholzschachtel und betrachtete den Widerschein der Flamme auf den Goldzähnen des anderen. Der gab die Schachtel mit einem Dankesnicken zurück und sagte:

»Eine gute Nacht, was? Guter Fang.«

»Kommen Sie später in die Zentrale«, antwortete Morasán, und während der Mann sich entfernte, trat er an die Theke und sah in das fettige Gesicht des Lokalbesitzers, der ihn angrinste.

»Ich habe ein Porträt und Fahnen«, sagte der Wirt leise und aufgeräumt.

»Gut.«

Er drehte sich zum Saal um, suchte unter den Gesichtern. ›Schon fast elf und nichts‹, dachte er; ›alles hin wegen dieser Schwächlinge.‹

»Was möchten Sie trinken?« fragte der Wirt hinter seinem Rücken. Er wehrte mit einem Kopfschütteln ab und drehte sich zu einem Tisch an der Wand neben der Tür um. Zwei Männer in langen Mänteln erhoben sich und stellten sich mit den Händen in den Taschen zu beiden Seiten der Tür auf. Morasán fragte über die Schulter hinweg:

»Alle da?«

»Ja, alle, die Sie genannt haben«, antwortete der Wirt. »Soll ich das Porträt schon herausholen?«

»Holen Sie es heraus«, sagte Morasán und machte sich auf den Weg nach hinten in den Saal, betrachtete die Gesichter, wurde plötzlich überrascht vom Geschrei und den Hochrufen in der Nähe des Tresens. ›Mal sehen, wer sich rührt‹, dachte er. Er ging weiter bis zum letzten Tisch, an dem ein dicker Mann den Arm um den Hals einer grüngekleideten Frau gelegt hatte und ein Matrose mit einem Stift in der Hand zur Decke hinaufsah und ein weiterer Mann neben einer Frau saß, deren Gesicht zuckte, als sie ihn näher kommen sah. Er blieb bei ihnen stehen und betrachtete sie; vielleicht hatte er das Gesicht des Mannes schon einmal gesehen, der gleichgültig an der Wand lehnte, ihn mit ruhigem, leicht betrunkenem Blick ansah und dabei auf einer Pfeife kaute, die kurz war, schwarz, glänzend, gebogen. Aber neben dem Pfeifenkopf war das Gesicht der Frau, die sich erschreckt hatte, das Gesicht von Irene, der Geliebten von Barcala. ›Guten Abend‹, dachte er. ›Der Russe hatte recht, guter Fang. Was habe ich mit dem Flittchen nicht alles zu reden.‹ Er drehte sich um und ging zurück zu seinem Platz am Tresen, stellte sich bequem hin und sah weiter zu der Gruppe am hinteren Tisch des Saals. ›Wenn Barcala in der Stadt ist, hole ich es aus Irene heraus, und wenn ich sie auspressen muß. Du sagst es mir bestimmt, Flittchen, ganz bestimmt.‹ Er zündete sich eine Zigarette an. ›Und wenn ich Barcala heute nacht habe, habe ich alles, die anderen sind kaum von Bedeutung, der einzige, der in der Stadt ernsthaft was bewirken kann, ist Barcala.‹ Wieder sah er zu der Frau hin, mit unbewegter Miene, mit diesem Gefühl von Gelangweiltsein, das er in sich hervorrief, um seine Macht stärker auszukosten, und als sich der Zigarettenrauch zwischen ihm und der Frau auflöste, rief er sie mit einer kleinen wohlberechneten Kopfbewegung und hielt den Blick dann auf ihren offenen Mund gerichtet, ihren vor Angst herabhängenden Mund, der in einen unfaßbaren Aufruhr versetzt wurde, als verzerrte er ihn kraft einer Liebkosung. ›Und das nur so‹, dachte er, ›nur weil ich von weitem den Kopf ein bißchen bewege.‹ Aber die Frau rührte sich nicht, nicht weil sie nicht gehorchen wollte, sondern weil seine Macht zuviel für sie war; seine Gegenwart schüchterte sie ein wie einen bedrohten Hund, und sie konnte nicht tun, was ihr befohlen wurde, ihr Körper vor Schreck wie gelähmt. Er sah sie an, zornig über sich selbst, in dunkler Weise zornig über seine allzu große Kraft. »Komm«, schnaubte er und rief sie jetzt mit der Hand. Da sah er, erneut in absichtliche Reglosigkeit verfallen, wie sie auf der Stelle gehorchte, die Gruppe am Tisch verließ und Schritt für Schritt auf ihn zukam. Er ließ sie herankommen, bis sie sich fast berührten, und sah sie dann mit vorgeschobenen Lippen an, spürte, wie sein Schnauzbart die Nase streifte, während er zornig das einzige an ihr betrachtete, das an ihr zu betrachten war, ein rundes und erschrockenes Gesicht, durch und durch ein Frauengesicht, in dem die rosige Zungenspitze sich auf den Rand der Zähne stützte, die Schlitzaugen einen Kinderblick auf ihn richteten.

»Geh deine Sachen holen«, sagte er, ohne die Angst der Frau aus den Augen zu lassen, und bewegte die Lippen sowenig wie möglich dazu. Sie nahm rasch ihr Gesicht weg, und Morasán sah wieder den Tisch ganz hinten mit den drei reglosen Männern und der Frau in Grün im Profil. ›Den Mann da habe ich schon irgendwo gesehen‹, dachte er wieder beharrlich. Er mühte sich, die Gesichtszüge des an der Wand lehnenden Mannes abzuwandeln, der großen, rund zulaufenden Nase eine etwas andere Form zu geben, dem vollen Mund, dem kleinen, geteilten Kinn, den hellen, schrägstehenden Augen, der Stirn, an der das Haar zu weichen begann. Er stellte sich vor, ihm einen Schnurrbart und eine Brille zu verpassen, zog ihm eine Uniform an, hellte seine Haut auf, brachte ihn zum Lächeln, zum Reden, Schlafen, Gehen, dazu, die Hände in die Taschen zu stecken, den Kopf zu drehen, bis er deutlich im Profil zu sehen war, vor dem gebeizten Holz der Wand, vor einem verhangenen Himmel, vor dem Verdeck eines Autos, vor einer schlechtgekleideten Menschenmenge, vor einer rasch vorbeiziehenden Baumreihe. Doch der hutbedeckte Kopf des Betrunkenen, der träge an der Wand zu den Séparées lehnte, paßte zu keinem der Gesichter und in keine der Situationen. Der Mann verschwand aus seinem Blick, verborgen hinter Irenes Gesicht, die sich einen dunkelblauen Mantel angezogen hatte und eine Hand mit der Tasche hängen ließ. Der Mantel war nicht zugeknöpft, sie hatte ihn sich über die Schultern geworfen und sah Morasán jetzt mit einer mundverschlossenen Miene an, bleich, nervös, aber schon ohne den ungezügelten Schrecken von gerade eben. Und er begriff, daß er es eben jetzt brauchte, die Angst der Frau zu sehen, und flüsterte, um das zu erreichen:

»Jetzt gehen wir uns unterhalten. Du weißt, was Barcala hier getan hat, im Sommer, als der Krieg anfing, ja? Gut. Dann kommst du mir auch nicht mit Mitleid oder bittebitte oder sei doch nicht so.«

Er zog an seiner Zigarette, ohne den Blick von ihr zu wenden; in den Augen stand dieselbe Furcht wie zuvor, aber der Mund entschloß sich nicht, sich zu öffnen, zitterte nur leicht in den Mundwinkeln. Er versüßte seine Stimme und entließ die Worte zusammen mit dem Rauch:

»Heute nacht werden viele von diesen miesen ... wünschen, sie wären nie geboren. Du aber allen voran, das garantiere ich dir.«

Mit einem Aufatmen wandte er seinen Blick von dem Mund, der erneut zitterte in einer animalischen Angst, die beide Kiefer auseinandertrieb, und sah zu den beiden Männern hin, zu Vivar und einem, den er nicht kannte, die nahebei standen.

»Bringt sie in die Zentrale«, sagte er bedächtig. »Ich komme nach.«

Sie ließ den Kopf sinken und erkannte das Ausmaß ihrer Angst, dachte, sie könne sie ertragen. Sie setzte sich in Gang, mit den Schritten der beiden Männer hinter sich, passierte das Porträt des Chefs, der sein Profil zwischen den Flaschen reckte, die Kaffeemaschine, die wie ein fernes Horn pfiff, das Schweigen an den Tischen und die Blicke der am Tresen lehnenden Trinker, zwischen den beiden reglosen Männern hindurch, die den Ausgang bewachten, stieß sanft mit der Hand die Schwingtür auf und hielt sie fest, bis sie spürte, daß die Männer, die ihr folgten, sich dagegen gelehnt hatten, und trat in die Kühle der Straße hinaus, sah einen Moment zum bewölkten Himmel, den ein unsichtbarer Mond weißlich färbte, und hielt, dem Druck einer Hand an ihrem Arm folgend, nach links ohne Eile auf den Wagen zu, der zu vibrieren begann, als der Motor warmlief, am Ende der Häuserzeile, und das gemessene Auftreten der vier Füße ihrer Begleiter hallte in ihren Ohren und brach die schauerlichen Gedanken, von denen die Angst sich nährte, in gleichmäßig große Stükke. Morasán lehnte weiter am Tresen, bis die Erinnerung an den halbgeöffneten Mund und den hoffnungslosen Blick, die die Frau ihm gezeigt hatte, verblaßte; er rauchte wieder und setzte sich an einen Tisch, spürte die Müdigkeit auf seinen Beinen und seinem Bauch lasten. Als er den Kellner rief, sah er den Schatten von einem, der sich über ihn beugte, und hörte gleich darauf den abgehackten Satz:

»Die wollen mich nicht gehen lassen, weil Sie das angeblich angeordnet hätten. Die kennen mich nicht. Ich bin Buxareo, von der Lastwagenflotte, und immer auf eurer Seite gewesen, und zur Zeit fahren fünf von meinen Lastwagen für euch. Ich habe morgen früh zu tun, und diese Männer ...«

»Dann«, unterbrach Morasán, »werden Sie den Ausweis haben und den Stempel in den Papieren.«

Der andere zog ein Büchlein aus der Jackentasche und reichte es Morasán; der legte es auf den Tisch, aufgeschlagen, und klemmte es unter den Teller voll Eis, den der Kellner eben gebracht hatte, schenkte sich ein, füllte sein Glas mit Soda auf und besah sich trinkend den Ausweis. Da war der Stempel der Zentrale auf der Fotografie des Mannes. ›Dreiundfünfzig Jahre alt‹, dachte er. ›Und er besitzt bestimmt an die eine Million Peso. Juan F. Buxareo. Einer von denen ‚für alle Fälle', von denen, die beiden Seiten Geld geben, man kann ja nie wissen, was rauskommt.‹ Mit über das Büchlein gebeugtem Kopf sah er es nicht weiter an, wußte auf verschwommene und befriedigende Weise, daß der Mann wartete, und dachte an die Nacht, an die zwei oder drei grundlegenden Dinge, die er in dieser Nacht tun würde, und an ein unbestimmtes Gefühl für den Augenblick, wie er es gerade am Tresen erlebt hatte, als er in Irenes Gesicht sah. ›Wenn sie weiß, wo Barcala ist, kriege ich Barcala heute nacht und hole aus ihm heraus, was drin ist. Dann entkommt mir keiner. Und dazu dieser Plan mit dem Schiff, auf den von diesen Dummköpfen in hundert Jahren keiner gekommen wäre. Und ich werde sie nicht vom Schiff runter in die Zentrale bringen. Ich gehe selbst an Bord, und das Schiff wird noch zu einer kleinen Vergnügungsfahrt durch die Bucht ablegen, und auf dem Rückweg trinke ich in der Messe einen Whisky, und das Orchester spielt den *Januarmarsch* dazu. Für alles, was Barcala im Sommer getan hat, werden sie in dieser Nacht bezahlen. Lange habe ich auf diese Nacht gewartet, aber immer in der Sicherheit, daß sie kommt, daß sie eins zu eins für alles bezahlen werden.‹

Der Mann neben ihm fiel ihm wieder ein, und er gab ihm das Büchlein zurück, machte den beiden Gestalten an der Tür ein Zeichen. Wieder sah er zum letzten Tisch, an dem der Dicke mit dem Rücken zu ihm noch immer den Hals der Frau umschlungen hielt, der Matrose sich auf dem Stuhl ausgestreckt und den Kopf gegen die Rückenlehne gelegt hatte, und dieses Gesicht, das so sehr einem nicht näher zu bestimmenden, schon einmal gesehenen Gesicht ähnelte, weiterhin an der Wand lehnte mit einem außerordentlichen Ausdruck von Dummheit. Morasán steckte die Hand in die

Innentasche seines Sakkos und suchte sich durch die Papiere, bis er einen Zeitungsausschnitt fand. Darauf eine Fotografie unter dem Wort Ossorio. Ein bärtiges Gesicht, energisch, mit vorspringender Kinnlade und im Dunkel der Höhlen verschwundenen Augen. ›Mir schien er ähnlich‹, dachte Morasán und betrachtete den gegen die Wand gelehnten Kopf des Betrunkenen über das weiße Zeug des Matrosen hinweg. ›Er ist es nicht; aber diesen Hundsfott habe ich schon irgendwo gesehen.‹ Er stand auf und ging geradewegs zum Tresen, stützte den Arm auf das kühle, gebogene Abdeckblech, sah zum hinteren Tisch wie einen Moment zuvor, als er die Frau zum Aufstehen und Zittern gebracht hatte durch nichts weiter als eine leichte Kopfbewegung. Er sah, wie das Gesicht des Betrunkenen sich von der Wand löste und sich lächelnd über den Tisch beugte. Die Hand des Betrunkenen verließ das Dunkel, griff nach der Flasche und füllte die Gläser auf dem Tisch, während durch die anderen eine Bewegung ging, als erwachten sie aus dem Schlaf, und sie kurze Sätze wechselten, die es nicht durch die vom Orchester herabprasselnde Musik schafften. Diese Armbewegung, mit der er aus der Flasche nachschenkte, entfernte den Betrunkenen endgültig von jeder Erinnerung. Morasán drehte sich um, sah auf die Uhr an seinem Handgelenk und auf den Kopf des Chefs im Regal. ›Zwanzig nach elf fast. Wegen dieses Säufers Zeit zu verlieren. Gut, der Chef hatte etwas an dem Morgen, als er vor der großen Landkarte gesessen und gesagt hat, ich hätte sein vollstes Vertrauen. Zu dumm diese Wolke aus Schmeißfliegen ringsum, all diese Kretins und Muttersöhnchen. Ich gäbe was dafür, zu wissen, an wen mich dieser Schwachkopf dort erinnert hat vor dem Einschenken. Es war ein Gesicht, von dem ich nichts wissen kann, das ich aber ganz bestimmt gern noch einmal sehen würde.‹ An der Tür blieb er stehen:

»Daß niemand das Lokal verläßt, bis Bescheid aus der Zentrale kommt, niemand ohne Papiere mit dem Stempel der Zentrale.«

Die beiden Männer nickten und strafften sich, und Morasán ging zwischen ihnen hindurch, stieß die Tür mit dem Knie auf und blieb, die Nacht in der Straße betrachtend, auf der Schwelle stehen. Ein Horn hallte, sehr kurz, im Hafen, und ein Auto mit zwei Männern auf der vorderen Sitzbank fuhr vor und stoppte. Der Fahrer streckte den Arm durchs Fenster nach hinten und öffnete die Fondtür. Morasán querte den Gehweg, stieg in den Wagen, schlug die Tür zu, legte den Revolver auf den Sitz neben seine Hand, zündete sich eine Zigarette an und lehnte den Kopf zurück gegen das Polster. Als wäre der Verlauf des Lebens unvermittelt zum Stillstand gekommen und ein bodenloser Abgrund, durch den der Wagen schnurrte, trennte ihn von der Nacht und von den aufreibenden Tagen und Wochen, die der Nacht vorausgegangen waren, und als wäre der Rest seines Lebens im Begriff, dort zu beginnen, auf der anderen Seite, sobald der Abgrund durchquert wäre, gab er sich der Täuschung hin, mit Barcala in einem Restaurant in der Nähe des Parteihauses zu sitzen, in Hemdsärmeln beim Mittagessen, nicht in diesem letzten Sommer, den er versteckt auf einem Dachboden verbringen mußte, unbewaffnet, wie nackt vor einer Tür, die keinem Tritt standgehalten hätte, und jeden Augenblick damit rechnete, daß sie kämen, ihn zu holen und vor Barcala zu bringen, daß er ihn auf diese Art wiedersehen würde, Barcala stärker als er, das einzige, was er fürchtete auf der Welt, weil er wußte, daß er dem Gesicht des anderen unmöglich würde widerstehen können, wenn er es vor sich hätte, es ihn still ansähe aus seinen traurigen Mulattenaugen, ohne ein Wort zu sagen, genau so, wie Barcala, das wußte er, ihn ansehen würde, sollten sie sich je wiedersehen. Nicht in diesem letzten Sommer, sondern in dem davor, ehe er mit der Partei gebrochen und sich denen angeschlossen hatte, die er »die Hunde« genannt hatte, mit mehr Abscheu in der Stimme als jeder andere, als würde er ausspucken. Im Sommer davor, hemdsärmlig beim Essen im »Golf von Neapel«, an der Ecke vom Parteihaus, mit Barcala im Gespräch über vergangenes Geschehen und anderes, als einzige zu begreifen in der Lage, was morgen sein würde, am Montag, im nächsten Sommer, eines Tages. Beim Schlürfen der Nudeln, und dabei so fest überzeugt, daß Leben ebendas war, die Partei und die Kameraden, jede Möglichkeit von Schwierigkeiten, die mit ihnen nichts zu tun hatten, ausgeschlossen war, im Gespräch und lachend mit Barcala, bis Max der Strumpfverkäufer mit dem glitzernden Lächeln auftauchte und Barcala verstummte, weil er meinte, der Jude sei ein Spitzel. Und an jenem Mittag war Max in Begleitung eines Jungen gekommen, den er ihnen vorstellte, der seine schwarzen, unbedingten Augen auf Barcala heftete, in Bewunderung verharrte, mit über den Knien verschränkten Händen. Einmal hatte Barcala gesagt: »Eigenartig. Die strahlendste Person, die mir je begegnet ist, und dieser Drang stets ins Dunkel hinein.« Er hatte nichts darauf geantwortet; Esteban war so, aber er ertrug Barcalas Bewunderung nicht, ertrug es nicht, daß Barcala »strahlend« sagte, wenn er von Esteban sprach.

Und er hatte alles ertragen müssen. Er hatte gelitten, war ihm mit einem schmutzigen Glück auf die Pelle gerückt, hatte gefleht, hatte Estebans Zähne gesehen, wenn der sich über seine Eifersucht amüsierte, im Café, auf den Versammlungen, in seinem Zimmer, wenn er die Unterhaltung hinbog, bis er von Barcala sprechen konnte, Barcala attackieren konnte in einer bleichen Hoffnung, am nächsten Abend werde Estebans Blick seinen finden und ihm, nur ihm sagen, was er der Welt durch Barcalas Stirn sagte. Aber die Klugheit des Jungen wich allen Fallgruben aus, und seine kohlschwarzen Augen blieben, fanden sich am nächsten Abend wieder auf Barcalas blasser Stirn, lösten sich nicht von ihr.

Später dann konnte er ihn haben, jederzeit, als Barcala in den Norden gegangen war und er mit ruhiger Verzweiflung sein Geld darauf verwandte, daß Esteban allein in das neue Gebäude übersiedelte, in dem die Bibliothek war und wo er ihn ständig besuchte, unter absurden Vorwänden zunächst, ohne andere Ausreden als seine Besessenheit am Ende. Er wußte, daß die tierische Substanz, die den Körper des Jungen beseelte, die am Leben erhaltene Flamme, die in ihm wuchs, als einziges frei war von dem dichten Nebel, der das Leben umschloß, das einzige war, wofür er, Morasán, noch erwartungsfroh und lebendig blieb. Er begriff ebenfalls, noch während er sich seines Verlangens bewußt war, daß es ihm genügen würde, den Jungen zu berühren, eine Sekunde Estebans Augen für sich allein zu haben, die sich ohne Unterlaß in einem Blick verzehrten, der immer wie der letzte anmutete – als sähe er, wie der Tod den Arm hob, um ihn zu schlagen, und würde seinen letzten Blick auf den gedrängten Kosmos richten, der zufällig der seine gewesen war, und blickte, ohne die Bedeutung seines Blicks abwandeln zu können, der stumm sein unwiderrufliches Begreifen der Welt offenbarte, seine Liebe, seine Verachtung, in sorgloser Neugier –, damit die Bedeutung des Jungen, die verlockende Hoffnung auf Verständigung und Entdecktwerden, die der Junge verkörperte, für immer mundtot und blind würde, welk wie ein Gesicht, über das die Jahre gegangen sind.

Später dann nichts; später war eines Morgens ein Brief von Barcala gekommen mit dem Briefkopf der Partei, und Morasán sah den Jungen lautlos, traumverloren wie ein Stück Vieh, das den Ruf eines Bruders aus der Wildnis vernommen hat, mit präzisen Handgriffen einen Koffer füllen, im Zimmer hin und her gehen mit einem eigenartigen Gang, den Erschöpfung niemals hätte verändern können; er sah ihn still lächeln in der von roten Lichtern durchkreuzten Nacht, die in ihr Taxi zum Bahnhof drangen; er sah ihn nervös und glücklich lachen auf dem Bahnsteig, als er ihm die Hand gab, sah, wie er mit zwei Sprüngen auf die Plattform des Zuges kletterte, der sich fast sofort in Bewegung setzte, und später sagte man ihm, er sei erschossen worden, und das sagte ihm, oder er machte sich verzweifelt daran, sich zu sagen, daß, hätte Barcala den Jungen nicht gerufen, er noch am Leben wäre, ihm zuhören würde in dem Gebäude, in dem die Bibliothek war, aufhören würde, ihm zuzuhören, um auf mysteriöse Stimmen zu horchen, die ihn dazu brachten, die Stirn zu runzeln über dem Blick, der die Glut durch die Luft stieß.

Der Wagen bremste vor dem beleuchteten Eingang der Zentrale, der Fahrer streckte den Arm nach hinten und öffnete die Fondtür. Morasán schob den Revolver in die Jakkentasche, schnippte die Zigarette fort, die ihm die Finger versengte, stieg aus dem Wagen und passierte unter raschen Kopfbewegungen den Gruß der Männer in langen, dunklen Mänteln, die den Eingang bewachten, und der Männer in grünlichen Uniformen, wadenhohen Stiefeln, Koppelzeug und rundem Barett, die mit der Hand an der Schläfe Haltung annahmen, als er vorbeiging.

V

Die drei Wagen fuhren schnell am Platz entlang, groß und dunkel der erste, mit Männern auf den Trittbrettern und einem unausgesetzten Sirenengeheul, sie bogen weit ausladend um die Ecke und dann noch einmal, diesmal nach links, zwischen den gekrümmten Straßenbahnschienen hinein in die breite Straße, mit einem kalten, lautlosen Wahnsinn unter dem Getöse. Ossorio dachte, daß das sich entfernende Sirenengeheul ihn stärker aufwühlte als die überstandene Gefahr, entdeckt zu werden. Er wartete die Stille ab, um aus dem Schatten des Hauseingangs zu treten, und ging weiter, blickte über den Platz, der riesig dalag in der leeren Nacht, die bläulichweiße Masse des Denkmals in der Mitte, die schwarzen Bereiche, die hohen Gebäude ringsum, tot, Mondlicht auf den Simsen und ein tiefer Widerschein in dem einen oder anderen Fenster, das man zu verdunkeln vergessen hatte. ›Die Nacht‹, dachte er. ›Mit jedem Schritt in der Nacht werde ich mich wissentlich weiter in die Falle begeben, einzig aus Angst, allein in der Nacht zu sterben.‹ Von der Ecke aus sah er die Tür und die Fenster des Parteihauses, mit dem Polizeikommando davor, den Pferden, den Motorrädern; nicht eine Stimme auf der Straße. Er ging weiter, langsamer jetzt, geängstigt von dem Gedanken, daß zweifellos eine Möglichkeit zur Flucht bestand und er sie vertun würde wegen einer Schwäche seines Hirns, seines Erinnerungsvermögens, weil er nicht ein bißchen klüger war, als er war. ›Das ist von jeher abgemachte Sache. Ich gehöre zum Drüsentyp X dreißig. Rettung ausgeschlossen. Wenn ich zum zweiundzwanzig J gehörte, wüßte ich, wie ich rauskommen kann, oder hätte mich nie reinbegeben. Wenn ich zum zweiundzwanzig J gehörte, würde ich mir ein Herz fassen und allein krepieren.‹ Er querte die Straße und den Geruch nach Pferd, Mist und Sprit. Die Tür war angelehnt, entließ etwas gelbes Licht nach draußen. Ein Uniformierter löste sich aus der Gruppe von Polizisten und trat neben ihn, wortlos, die Hände im Koppelzeug eingehängt; Ossorio betrachtete das junge Gesicht, die kurze Nase und den langen, geschwungenen Mund. »Kann man rein?« fragte er. Der andere öffnete die Lippen und lächelte, ohne etwas zu sagen, und zuckte, ihn nicht aus den Augen lassend, die Achseln. Ossorio drückte die Tür auf und trat ein. Im Hof saßen auf einer langen Bank, ihm gegenüber, unter dem spärlichen Licht, das sich verflüchtigte, ehe es auf die Wand traf, drei Männer mit Mausergewehren zwischen den Knien, rauchten und unterhielten sich leise, bewegten sich kaum, und sie zeigten sich nicht alarmiert, als sie ihn hereinkommen sahen, hoben verstummend die Köpfe und schauten ihn an, während aus dem Büro, etwas verborgen zur Linken, ein weiterer Mann trat, in Mechanikerkluft und mit einer Pistole am Gürtel, Zigarette im Mund, darüber ein langer, dichter, regloser Schnurrbart, und mit langsamen, knallenden Schritten ging er auf Ossorio zu und ließ das bleiche Gesicht ruckweise, zum Schwanken des Gangs, erst aus dem

Lichtschein seines Büros kommen, das Dunkel am Rand des Hofs passieren und dann erneut im Licht des Hauseingangs neben Ossorio auftauchen, sehr nah, mit seinem lächelnden und geistesabwesenden Ausdruck, bis das Licht im Eingang und die Wände – in Ockerfarben bemalt mit aufragenden, rauchenden Schloten und Männern, die sich zwischen Heugarben und riesigen Schraubenmuttern und Zahnrädern die Hand gaben – Ossorios Gesicht und das des Mannes mit der Pistole zusammenführten und Auge in Auge voneinander schieden.

»Zu wem wollten Sie?« sagte der Mann in einem Tonfall, als ginge ihm eine andere Frage durch den Kopf.

Irgendwo im Haus weinte ein Kind.

»Ossorio. Mein Name ist Ossorio. Ich muß zu Martins.«

»Martins«, wiederholte der Mann in leidenschaftslosem Ton. »Weiß nicht. Wie war gleich Ihr Name?«

Er antwortete nicht. Er steckte die Hand in die Tasche und zog das Parteibuch heraus, an das er den Passierschein des Hauptquartiers geheftet hatte. Er hielt es dem Mann aufgeschlagen hin, der nahm es mit zwei Fingern und sah Ossorio dabei weiter in die Augen. Von Anfang an hatte er nichts anderes getan, hatte in seine Augen gesehen wie jemand, der durch ein Fenster eine ferne Landschaft betrachtet. Ossorio ging rückwärts, bis sein Rücken die Wand berührte, und sah flüchtig zur angelehnten Tür und suchte dann mit dem Blick Halt bei den drei Männern, die mitten auf der langen Bank im Hof saßen, mit den Mausergewehren zwischen den Knien. Für einen Moment war es still, und von neuem hörte man das Weinen des Kindes und undeutlich die Stimme eines Mannes von oben. Dann hob der mit der Pistole die Papiere vor sein Gesicht und besah sie sich. ›Hier ist keiner‹, dachte Ossorio. ›Nichts ist organisiert. Niemand sollte hier reinkommen, wie ich reingekommen bin. Martins kann nicht hiersein, auch hier ist alles verloren.‹ Das Bürotelefon klingelte, und der Mann mit der Pistole entfernte sich mit seinen gemessenen Schritten, Ossorios Papiere in der hängenden Hand.

Ossorio betrachtete die Bilder an den Wänden, das auf die Mauer gemalte Gesicht des Giganten mit Schirmmütze, die über den Ellbogen aufgerollten Hemdsärmel, die dreieckig entblößte Brust über dem muskulösen Unterarm, auf den die Hand einer roten Frau mit Kopftuch herabfiel. Kleine Flugzeuge mit halbmenschlichen Gesichtern dort, wo die Propeller saßen, stießen aus den oberen Ecken schräg und bedrohlich herab. Er betrachtete die Malereien mit sichtbar leeren und reglos hinter dem Rücken umfaßten Händen, hatte seinen Körper den Männern mit den Mausergewehren zugewandt, die im Hof wieder gedämpft miteinander sprachen. Er hörte das Kind nicht weinen, nur die Stimme des Mannes am Telefon, lau, gelangweilt:

»Erledigt. Was sollen wir denn deiner Ansicht nach tun, ist erledigt. Von hier aus nicht. Mach, was du willst. Auf eigene Rechnung, was du kannst.«

›Dämlich, das auf eine Wand zu malen, die keine Perspektive hat‹, dachte Ossorio und betrachtete die Augen des Mannes im Zentrum des Bildes. ›Nichts ist vorbereitet, alles ist verloren. Verloren ist jetzt noch dazu die Form, in der alles verloren ist.‹ Er hörte das Schellen des Telefons beim Auflegen und die Schritte des Mannes, der zu ihm zurückkam, die Papiere weiter in der hängenden Hand. Als sein Gesicht nah bei Ossorio war, lächelte er müde und klopfte ihm auf die Schulter.

»Ich hatte den Namen verstanden«, sagte er. »Wollte aber wissen, ob Sie der Ossorio sind. Nehmen Sie es mir nicht übel. Martins ist oben, Sie können gleich zu ihm.‹ Er gab ihm die Papiere zurück und wiederholte sein Lächeln. Jetzt sah er ihm in die Augen wie jemand, der interessiert etwas betrachtet, das sich in der Landschaft hinter dem Fenster abspielt. »Wie sieht's denn aus?« fragte er, ließ die Arme hängen, begleitete die Frage mit keiner Geste.

»Könnte besser laufen«, und damit steckte er die Dokumente ein.

»Gut, mußte so kommen«, sagte der Mann, lächelnd, und blinzelte. »Gut, das ist jetzt nicht der Moment ... Martins ist oben; wenn Sie die Treppe hinauf ...« Er deutete mit einer zögerlichen Kopfbewegung nach oben und sagte sanft: »Ich habe lange nicht geschlafen.«

Ossorio tippte sich an die Schläfe, und der Mann hielt sein Lächeln aufrecht und wurde sofort ernst, als Ossorio ansetzte, den Hof zu überqueren.

»Salü«, sagten die Männer auf der Bank.

»Salü, 'n Abend«, antwortete Ossorio und stieg die frisch gebohnerte Treppe hinauf, bei der auf halber Höhe die ungeraden Stufen knarrten. Die Treppe hinauf zu der gefliesten Galerie, die unter einem festen Glasdach im Karree um den Hof führte, von der gleich aussehende Türen abgingen, düster, in regelmäßigem Abstand, mit nackten Figuren und Früchten in einem Stuckdreieck über jedem Türsturz. Er blieb stehen, sehr nah beim Weinen des Kindes, und sah auf die Männer auf der Bank hinab, die sich lachend und rauchend unterhielten, ohne ihr geducktes Hinterhaltgebaren vollständig aufzugeben, das Streicheln ihrer Hände stets an einer Stelle dicht beim Abzug ihrer Gewehre beendeten. Aus dem Raum mit Telefon, der von dem Mann mit Pistole am Gürtel benutzt wurde, fiel Licht und der breite Schatten des Mannes, sein gesenkter Kopf, ein lustlos sich bewegender Arm, der gleich darauf verschwand. Ein paar Schritte weiter drückte er eine angelehnte Tür auf und betrat den ersten Raum, in dem Licht brannte und wo das Kind weinte. Ein Mann im Pullover saß an einem Schreibtisch, kramte in Papieren, hob den Kopf, um ihn anzusehen, und hielt dabei die Hände still. Ossorio kam nicht auf seinen Namen.

»'n Abend. Ossorio«, sagte er.

Der andere stand auf, er trug keine sichtbare Waffe, war blaß, mager, ungekämmt, mit Überbiß, und benahm sich, viel stärker als der Mann aus dem Büro unten, auf geistesabwesende Weise, war in Gedanken bei etwas anderem, Fernem und Erfreulichem, das seinen Blick sanft machte. Er reichte Ossorio lächelnd die Hand.

»Ja«, sagte er, »ich habe Sie gleich erkannt. Wir haben im Norden mit Pferdefutter gekämpft. Futtermittelorganisation.«

Er sprach mit einer spöttischen und falschen Bescheidenheit, die sich auf nichts bezog, nicht einmal auf ihn selbst.

»Ja, ich erinnere mich«, sagte Ossorio. »Sie sind Fernández. Aber ich hätte geschworen, daß Sie damals eine Brille trugen.«

»Die ist hin«, erklärte er und machte ein seltsam nostalgisches Gesicht dazu. »Muß mir eine kaufen.«

Sie lächelten einander traurig an, und Fernández zuckte die Achseln.

»War eine dunkle Brille, zuviel Licht tut mir anscheinend nicht gut.«

Dann weinte das Kind wieder, und Ossorio ging, um hinter den Bücherschrank zu schauen, der von der Wand weggeschoben worden war.

»Sehen Sie nur«, sagte Fernández.

Da lag ein Kind auf einem Sofa, das Gesicht zur ledernen Lehne hin verborgen, und ein blonder Junge, sehr jung, der unregelmäßige Bartflaum über den Lippen noch lückenhaft, mit jüdischem Profil und nach vorn fallendem verwuscheltem Haar, saß auf einem Stapel Bücher, rauchte mit der Zigarette im Mundwinkel und war von kleinen, sich an der Hand haltenden Mädchen umringt, die er mit einer langen Schere aus Zeitungspapier ausschnitt. Girlanden aus an Händen und Rockspitzen verbundenen Mädchen mit Schleife im Haar erstreckten sich über das Sofa, auf dem das Kind weinte – eben genug Weinen, um die kleine Höhlung zwischen seinen Händen und dem Mund zu füllen –, fielen von den Knien des Jungen auf den Boden und hingen ihm von der Schulter.

Er hob lächelnd den Blick, reckte sich und schnitt weiter, zügig, Papiermädchen aus, hielt zum Überlegen jedesmal für einen Augenblick inne, wenn die Schere die Richtung ändern mußte.

»Man hat den Kleinen allein gefunden«, sagte Fernández. »Er spricht nicht, sagt nichts, mal sagt er ja, wenn er was gefragt wird, und dann sagt er nein auf dieselbe Frage.«

Er streckte die Hand aus und zog ihm die Strümpfe hoch, die sich über den Schuhen knüllten. Der Kleine wurde still, rollte sich seufzend zusammen und weinte dann ruhig weiter, ohne Eile, mit einem Ton, der, gedehnt und spitz wie von einem verletzten Hund, in seinem Weinen steckte und es kalt durchbohrte wie eine Injektionsnadel.

»Und dieser Trottel da«, sagte Fernández, »findet keinen Weg, ihn ruhigzustellen. ›Gebt ihn mir‹, hat er gesagt, als man ihn herbrachte, als wollte er ihm die Brust geben. Er hat sich hingesetzt und Figürchen für ihn ausgeschnitten, aber inzwischen macht er sie für sich selbst und zeigt sie dem Kleinen nicht mal.«

»Ich zeige sie ihm, und er erschrickt«, sagte der Junge und zog ein Band schmaltaillierter Mädchen auseinander, die sich an den Händen hielten, ließ sie im Kreis tanzen, begutachtete sie mit mißmutigem Gesicht und ließ sie aufs Sofa fallen, um wieder eine Zeitung vom Stapel zwischen dem Bücherschrank und seinem Bein zu nehmen.

»Lange her, daß man ihn gefunden hat?« fragte Ossorio.

»Am Nachmittag, ich war nicht hier«, antwortete Fernández; er gähnte und kehrte zum Schreibtisch zurück. »Er hat nichts gegessen«, sagte er von dort aus, in den Papieren kramend.

»Das ist, wie wenn man als Kind einen Hund findet«, sagte der Junge und suckelte an dem Finger, den die Schere gedrückt hatte. »Man muß ihn in Ruhe lassen, bis er Hunger kriegt. Wenn er erst ißt, fehlt ihm nicht mehr soviel.«

»Er muß zwei oder drei Jahre alt sein«, sagte Ossorio.

»Weiß nicht. Drei oder vier«, sagte Fernández.

»Ist Martins da?« fragte Ossorio.

»Gesehen habe ich ihn nicht, aber ich glaube, er ist heute nacht gekommen. Ist Martins da?« fragte er mit zum Bücherschrank erhobener Stimme.

»Ja«, antwortete der Junge; man hörte ihn lachen. »Hat sich eingeschlossen, um die Verproviantierungsfront zu erörtern.«

»Laß den Blödsinn«, sagte Fernández, unbeteiligt.

»Er hat sich mit Adelaida eingeschlossen«, sagte der Junge hinter dem Schrank lachend.

»Er ist bestimmt bei ihr«, bestätigte Fernández, ohne zu lachen. »Aber er hat mir gesagt ...«, er sah zur Wanduhr. »Er müßte gleich hiersein. Wir müssen heute nacht zusammenarbeiten. Möchten Sie sich setzen? Dort, hinter Ihnen ...«

Ossorio zog den Stuhl heran und setzte sich, während Fernández sein Gesicht mit einem Blick auf den Schreibtisch herab verbarg und das Kind unter Speichelblubbern weinte.

»Klasse«, nuschelte der unsichtbare Junge. »Und diese Typen bringen sich dort um.«

»Haben Sie zu der Begleitmusik gearbeitet?« fragte Ossorio.

»Ich höre das schon nicht mehr«, antwortete Fernández. »Hätten Sie nichts gesagt, ich hätte es nicht gehört.«

Ossorio bemerkte, wie das Hantieren des anderen mit den Papieren zusehends artifiziell wurde und er jetzt nicht mehr geistesabwesend wirkte, sondern aufmerksam und unschlüssig, sich auch der eigenen Unschlüssigkeit bewußt und bestrebt, sie zu beseitigen, erst durch Reglosigkeit, dann indem er von der Wand an die Schreibtischkante kam, als stieße er dort an eine verhärtete Grenze, auf eine unantastbare Distanz zwischen ihnen, über die er nicht hinweggehen konnte und die er gleich mit Worten zu überqueren versuchen und ein wenig zum Nachgeben bringen würde wie ein kräftiges Gummiband, das sich unter dem überraschenden Schlag dehnt, um sich sofort in niederschmetternder Weise davon zu erholen.

»Denken Sie an irgendeine Nacht, Ossorio, in der wir verloren oder gewonnen haben, keine Ahnung. Die wir diesem Leben entwendet haben, soviel steht fest. Irgendeine dieser Nächte, in denen wir Mate getrunken und geredet und gestritten haben bis in den Morgen. Viele sind es nicht gewesen. Jetzt. Ich fasele nicht, denken Sie an das Wort *jetzt*. Das kann eine Sekunde sein und alle Teilchen der Zeit und all das, was in einer Sekunde geschehen kann. Dann kann es, jetzt, auch der Seelenzustand sein, wie wir, wie jeder einzelne von uns das Leben empfindet.«

»Ja. Weiter«, sagte Ossorio und sah zu Boden. ›Zu sehr wie aus einem Guß, um Angst zu sein‹, dachte er.

»Ich rede von dem, worüber wir bis in den Morgen geredet haben, damit Sie sich erinnern, daß mit meinem Kopf alles in Ordnung ist. Sie wissen schon.« Er lachte und ging zurück, setzte sich wieder an den Schreibtisch, beugte sich über die Papiere, wiederholte die Haltung, in der Ossorio ihn zuerst angetroffen hatte. Dann hob er den Kopf und blickte zum Hof. »Gut«, sagte er, »wenn ich Ihnen also jetzt sagen müßte, wie ich das Leben empfinde. Seltsam auch, daß ich Ihnen dieses Empfinden mitteilen muß, aber es drängt mich, und sonst ist keiner zur Hand. Ich würde Ihnen sagen, wie ich mich gezwungen sehe, mich auf zweierlei zu stützen, beides nicht von großer Bedeutung, auch nicht miteinander verbunden. Das eine: Meine Mutter wollte die Welt verstehen oder glaubte, sie zu verstehen, indem sie die Kurzmeldungen in der Zeitung las. Sie nahm die eine Sackgasse, bog in die nächste ein, in die nächste und immer so weiter, bis sie die Seite mit den Kurzmeldungen ausgelesen hatte. Das war völlig sinnlos, aber sie legte sich in der Gewißheit schlafen, daß sie nicht nur über alles Geschehene im Bild war, sondern auch über das Wesentliche, die Seele des Lebens, den Menschen, überall auf der Welt. Sie hat es verstanden. Wenn ich es auf dem Weg zu verstehen versucht habe, bin ich mir vorgekommen, als wäre ich am Hafen, würde mit den Seeleuten zechen und jeder sänge in einer anderen Sprache ein Lied, eine Sprache für jedes Lied. Warten Sie«, er hob die Hand.

»Ja, weiter«, sagte Ossorio.

»Das andere ist, daß ich, als wir Aguas Corrientes verloren haben, durch ein Fenster sah, wie eine Frau umgebracht wurde, eine Frau mit einem Mädchen an der Hand, so herausgeputzt, wie die kleinen Damen herausgeputzt werden, wenn man sie auf Besuch mitnimmt. Sie kennen das besser als ich. Nichts ist so bestialisch, so gnadenlos, so ... wie ein Gewehrkolben. Erst haben sie der Frau den Kiefer zertrümmert, dann, sie lag schon am Boden, gegen das Ohr gedroschen. Dem Mann hat man gleich eine Kugel verpaßt, einer im Fenster neben mir. Und zu alldem hat die Kleine sich nicht gerührt, stand da, die Hand, die sie der Mutter hatte geben wollen, noch von sich gestreckt und das Gesicht ernst, aber ohne Erschrecken; ihr Kleid war grünlich, aus dunklem Samt. Weiter weiß ich nichts.«

Er schwieg und kaute auf einem Bleistiftende herum.

»Aber was guckst du auch hin«, sagte der Junge hinter dem Bücherschrank schleppend.

»Es ist vorbei«, sagte Fernández und drückte das Bleistiftende auf sein Lächeln. »Wenn sie mich schnappen, um mir das zu erzählen ...«

»Nein«, sagte Ossorio.

»Möglich, daß Sie irgendwann Zeit haben, über beides nachzudenken und es zusammenzufügen. Und zu begreifen, daß es kein Wahnsinn ist, wenn ich Ihnen so ohne Vorwarnung und in einem Moment wie diesem davon erzähle. Sie werden es begreifen.«

»Ja«, sagte Ossorio, stand auf und trat lautlos an den Schreibtisch, musterte den ungekämmten Kopf des anderen, der aus schweren Gedanken auftauchte, die ihn nicht mehr berühren würden. »Was den Gewehrkolben und die gebrochenen Knochen betrifft ... Ein bißchen weniger, und Sie hätten die

Welt auf dem Weg verstehen können. Die Kleine mit der ausgestreckten Hand. Aber nach dem zertrümmerten Kopf taugt dieser Weg nicht mehr für Sie.«

»Sagen Sie nichts«, sagte Fernández. »Sie müssen mir wirklich nicht antworten. Ich habe es bloß sagen müssen. Nach alldem, jetzt ...« Er gähnte und sah wieder zur Wand. »Martins verspätet sich. Kommen Sie, wir gehen ihn suchen.«

Sie traten auf die Galerie rings um die Öffnung des Innenhofs, gingen mit kurzen Schritten durch das Zwielicht und die unnormale Stille.

»Ich weiß nicht, wie der Plan aussieht«, sagte Ossorio. »Ob der Plan vorsieht, das Haus zu verteidigen.«

»Ja und nein. Es verteidigen, selbstverständlich, aber nur bis zu einem bestimmten Punkt und nicht restlos.«

»Kapitulation mit Bedingungen?«

»Das könnte sein.«

»Sind Sie damit betraut?«

»Ich nicht«, sagte Fernández, und er lachte. »Martins. Und jetzt Sie, nehme ich an.«

Ossorio schloß für ein paar Schritte die Augen. ›Und jetzt ich, wenn ich schon in der Falle bin.‹ Er seufzte still, müde, durch die geöffneten Lippen, um kein Geräusch zu machen. ›Die zeitunglesende Mutter und die Frau, das Gewehr, das Gesicht, das Mädchen, das Blut. Der schießt sich eine Kugel in den Kopf.‹ Er öffnete die Augen, um in das hagere Gesicht zu spähen, als sie nach rechts bogen. ›Deshalb hat er eben gelacht.‹ Die Wachen saßen noch dort unten, klein und krumm am Saum der Steinplatten.

»Ist Barcala da?« fragte Ossorio.

»Nein.«

»Wißt ihr was?«

»Wenig. Jeden Tag hört man Geschichten, zwei oder drei, aber ich weiß nichts. Reden Sie mit Martins.«

Er blieb stehen, öffnete eine Tür, und sie traten in die Dunkelheit, die nach Papier und Ratten roch.

»Warten Sie«, sagte Fernández. Ossorio hörte, wie er sich entfernte, sachte, in einem Bogen.

Fernández schaltete das Licht an und schirmte es mit einer Hand über den Augen ab. Sie waren in der Bibliothek, und alles darin wirkte durcheinander, ein durch Beharrlichkeit gelungenes Durcheinander, maßlos, die Zeitungssammlungen auf dem Fußboden verstreut, die großen Gemälde mit der Vorderseite an die Wand gelehnt, bei jedem Schritt schwankende Bücherstapel und Stapel, die eingestürzt waren. Auf den schmalen, in der Mitte des Saals zusammengeschobenen Tischen schliefen vier Männer, deren Füße und Köpfe fast aneinanderstießen, lagen wie Leichen, die man eben in den Seziersaal gebracht hat, auf Kopfkissen aus Zeitungspapierpacken, an denen die Kordel noch hing, alle vier mit offenem Mund, gelb und schnaufend, als die beiden vorbeigingen und sich bemühten, keinen aufzuwecken. Ossorio sah gerade lange genug hin, um die Anzüge und den Körperbau wahrzunehmen, ihren Geruch nach Müdigkeit und Schlaf, einen kalten, entmutigenden und einsamen, medizinischen Geruch um das Gesicht des letzten der Schlafenden, bis sie vor der Tür hinten ankamen und Fernández öffnete, den Kopf hineinstreckte, sofort wieder zurückzog und Ossorio bedeutete, er könne reingehen.

»Ich komme später wieder«, sagte Ossorio; er trat ein und sah Martins, der rauchend am Boden auf einem zurückgeschlagenen roten Teppich saß, der ihm als Bett gedient hatte, und eine Frau am Tisch, die sich, die Ellbogen aufgestützt, die Zähne voller Haarnadeln, Zöpfe flocht.

Sie wandte das einzige Auge, das unter dem Haar sichtbar war, gleich wieder von ihm ab und nuschelte etwas, während Ossorio die Tür schloß und eine Hand auf Martins zu bewegte.

Martins rauchte, das Hemd aufgeknöpft, die Stirn glänzend, der etwas trübsinnige Mund machte kaum Anstalten, die Zähne zu entblößen.

»Hätte nicht gedacht, daß du herkommst«, sagte er dazu. »Hast schließlich gesagt, du suchst eine Passage.«

Er lachte und bog den Oberkörper, um nach den Schuhen zu greifen, blieb mit einer bedächtigen Geschmeidigkeit vornübergebeugt, während er sie anzog und sorgfältig zuschnürte. ›Wie er sich an dieser Frau wohl vergriffen hat, die er gar nicht verdient.‹

»Und was wußte ich, wie die Sache aussieht«, sagte Martins und streckte die Beine aus, »was wußte ich, womit du zugange warst. Und daß du bleiben würdest, das habe ich dir angemerkt, weil ich mir schon gedacht habe, daß du mich anlügst. Nein, das nicht. Daß du mir was verheimlichst, irgendwas, das mit dem hier nichts zu tun hat, und daß du deshalb bleiben würdest. Ich dachte, ich sehe dich nicht wieder. Zu einem habe ich sogar noch gesagt, daß du auf eine Passage hoffst und man dir sicher ohne weiteres eine gibt.«

Er lachte wieder, während er aufstand und sich mechanisch die Hose abklopfte. Ossorio hatte die Frau kaum angeschaut und begehrte sie, betrübt, spürte dabei, ohne sie noch einmal anzusehen (er war entschlossen, sie nicht noch einmal anzusehen), daß durch irgendeinen unbekannten Umstand diese dunkle Haut für ihn verloren war, der füllige und flaumige Mund, die männliche Stirn, der Geruch des Haars, das die Frau zwischen den Fingern drehte. ›Woher weiß ich, daß ihre Brüste und Schenkel groß sind und ihre Taille schmal. Das ist auch eine Schweinerei. Martins ist der beste von den Männern, aber er verdient sie nicht, er hat es nicht nötig, daß eine Frau so sehr so ist.‹

»Von wegen Passage!« sagte er. »Du hast recht, ich hab dir was verheimlicht. Morasán war dort, und ich hatte gedacht, ich könnte ihn umlegen. Nichts zu machen, es gab Ärger, und ich bin weg.«

Die Frau hatte sich fertig frisiert. Sie zündete sich eine Zigarette an und rauchte mit gesenkten Lidern, den Ellbogen ostentativ in die Tischplatte gebohrt. Martins nahm sein Taschentuch und senkte den Kopf, um sich zu schneuzen. Ossorio sah das Gesicht der Frau an, den schmalen Hals und den fähigen und klugen Ausdruck, der sie von Martins und dem Geräusch der Nase im Taschentuch schied, von ihm selbst, von allem, was sich um sie herum hätte strecken wollen, um sie zu berühren. Da stand ein schweres schwarzes Möbelstück mit profiliertem Deckel und gedrechselten Füßen, mit einem Zahlenschloß daran. In einer Ecke tauchten die zerfledderten Hüllen einiger Packen Flugblätter auf, und ein dicker, weinroter Vorhang schloß das Fenster ab, wurde von drei Stühlen mit lederner Lehne und Sitzfläche gegen die Wand gedrückt. Als beträte er in ritueller Weise das private Leben der Frau, ging Ossorio hinüber, holte sich einen Stuhl, stellte ihn an den Tisch und setzte sich hin. Mit gesenktem Kopf lauschte er auf das Schweigen und suchte es zu deuten, ließ sich von seinen unterschiedlich starken Strömungen leiten, als folgte er einer Fährte durchs Dickicht. Er holte die Pfeife heraus und stopfte sie. Die Frau rauchte eine von den Zigaretten, die als loser Packen auf dem Tisch lagen, auf dem nichts war als ihr Ellbogen, die Zigaretten und eine Handtasche mit goldgelben Metallblättchen. Martins ging geräuschlos über dem Papier auf und ab und summte vor sich hin. Ossorio gelang ein aggressiver Ton, als er sagte:

»Wenn es möglich wäre, würde ich gern offen mit dir reden. Wir können auch rausgehen. Ich kenne die Dame nicht.«

Er wußte, das Wort *Dame* würde die Frau reizen, wußte, daß es sie gereizt hatte, aber sie rührte sich nicht. Martins blieb stehen und steckte die Hände in die Taschen. Er sprach ruhig, betonte seinen portugiesischen Akzent.

»Es ist möglich. Nur zu, der Herr. Herr Martins ist ganz Ohr. Und die Genossin ist vertrauenswürdig.«

»Gut. Ich will wissen, ob das hier verteidigt werden soll. Vor allem will ich wissen, ob du damit beauftragt bist.«

»Ja. Das bin ich.«

»Hast du vor, es zu verteidigen?«

»Sicher.«

»Nein. Ich frage das, weil Fernández Seltsames darüber gesagt hat. Unter anderem darüber.«

Martins zuckte die Achseln, zog sich mit dem Bein einen Stuhl heran und setzte sich an den Tisch.

»Niemand geht gern dem Ende zu«, sagte er. »Das ist nicht Angst, ja? Selbst wenn einer keine Angst hat, gibt es etwas, das sich sträubt, wenn man weiß, daß die Sache sich erledigt hat. Es dauert einen Moment, alles sträubt sich. Ich habe es schon hinter mir. Fernández ist noch drin.«

Die Frau drehte den Kopf, um die Zigarettenasche an ihrem Absatz abzustreifen.

»Ja, er ist seltsam.«

»Das spielt keine Rolle, er ist zuverlässig«, sagte Martins. »Was hat er gesagt?«

»Dazu: daß das Haus bis zu einem gewissen Punkt verteidigt würde.«

Martins nickte, klopfte mit der flachen Hand auf den Tisch und hob sein Sakko vom Boden auf. Während er es anzog, lächelte er die Frau an, die mit gesenkten Lidern rauchte und ihren nackten Ellbogen betrachtete, der in den Tisch schnitt.

»Ja, mein Lieber«, sagte Martins seufzend, und dann schwieg er.

›Als Ellbogen ist er nicht sonderlich hübsch‹, dachte Ossorio. ›Die Form des Knochens zeichnet sich zu deutlich ab, und die Haut ist rauh. Aber das ist gut, die Art Ellbogen stehen ihr.‹ Er vergaß die Frau und erinnerte sich an den Mann mit der Pistole am Gürtel, der ihn am Eingang empfangen hatte, und es schauderte ihn vor dem Wunsch, sich Martins anzuschließen und den Leuten, die im Haus waren, der Verteidigung des Hauses, der Sicherheit des Todes ohne Hoffen.

»Gut«, sagte er. »Wenn wir reden können ... Meine Papiere, die Papiere, die ich bei mir habe, beschränken sich auf die Front. Im Norden könnte ich dir sagen, du sollst hier nicht den Affen spielen und mir den Verteidigungsplan darlegen, und könnte dich ersetzen, falls er mir nicht gut scheint. Soviel zum Formalen. Ist wohl etwas umständlich, das Exekutivkomitee einzuberufen, um Befugnisse zu erbitten.«

Martins lächelte wieder und schob ein fragendes Gesicht über den Tisch, bis alles Licht über seinem Kopf und der Nase war.

»Ich verstehe nicht«, sagte er.

»Ganz einfach«, sagte Ossorio und riß sich zusammen, um ruhig und auf dem Stuhl sitzen zu bleiben. ›Ich muß sofort weg‹, dachte er. Die Frau streckte Martins zwischen zwei Fingern die aufgerauchte Zigarette hin, und der nahm sie schnell und trat sie mit dem Absatz aus.

Danach hauchte sie:

»Mach aus.«

»Nichts«, sagte Ossorio. »Sag mir, ob du mir erzählen willst, was du hier vorhast.«

»Soll ich?« raunte Martins. »Wenn es nach der Disziplin gegangen wäre, hätte ich dir in dem Laden eine Kugel verpassen sollen. Aber ich habe gewußt, daß da noch etwas ist und daß du nicht dran denkst, abzuhauen. Deshalb.«

»Abgehakt«, sagte Ossorio. »Ich bin hier. Daß ich nicht zum Plaudern gekommen bin, weißt du.«

Jetzt fand er sich ohne Zögern zurecht zwischen den jetzt erheblich flüssigeren Strömungen des Schweigens – als ginge etwas Heißes in der Brust der reglosen Frau vor, die ihren Unterkiefer in beide Hände gelegt hatte, mit auf den Tisch gestützten Ellbogen die harte und gedrechselte Armkrümmung sehen ließ.

»Ich bin reingekommen«, sagte Ossorio, »und im Hof saßen zwei Männer mit Mausergewehren. Einer mit Pistole hockt in einem Vorraum, der kam irgendwann angeschlurft wie die Chefin von einem schlecht geführten Bordell. Was können die wohl ausrichten gegen ein Kommando, das von einem Lastwagen steigt und den Vorraum in die Luft jagt und Repetiergewehre hat und Granaten, oder gegen dreißig Kerle mit Steinen oder Stöcken.«

Martins legte nachdenklich das Gesicht in Falten, sah schnell zu der Frau hin und straffte sich auf dem Stuhl.

»Eins nach dem anderen. Ich hatte vor, das Haus bis zu einem gewissen Punkt zu verteidigen, nicht? Hier gibt es nämlich nichts zu verteidigen, alles ist seit Wochen verloren, seit man uns verkauft hat. Du weißt schon. Aber wenn es uns gelingt, sie glauben zu machen, es gäbe viel zu verteidigen, und wenn wir eine Zeitlang dagegenhalten, kann man versuchen, Bedingungen zu stellen, daß sie viele Leute rauslassen, daß sie wenige erschießen, daß sie andere freilassen. Wenn du glaubst, man kann was anderes tun ...«

Ossorio schüttelte den Kopf.

»So hatte ich mir das vorgestellt.«

Da ließ die Frau, ohne ihn anzusehen, mit einer fröhlichen und grimmigen, kühlen Stimme fallen:

»Viel Glück.«

»Du bist reingekommen«, sagte Martins, »und da war nichts. Gut. Wenn du den Hunden Bescheid geben würdest, daß sie mit einem Kommando oder zwei ... Sie würden denken, sie brauchen nicht mehr. Aber in jedem Raum, der zum Hof hinaus geht, hast du sechs Mann und ein Maschinengewehr. Du hast Munition für eine Weile, Gewehre, Granaten. Du hast alle Häuser ringsum, die für etwas gut sind, wenn es losgeht, und die von uns besetzt sind oder in Kürze besetzt werden.«

Er ließ die Begeisterung bleiben und redete in neutralem und respektvollem Ton weiter:

»Ich will, daß sie einmal ins offene Messer laufen. Danach sehen wir weiter.«

Ossorio sah ihn lächelnd an und sagte:

»Ja, das ist alles. Ich habe wenig Hoffnung, daß die Rechnung aufgeht. Aber mehr kann man nicht tun. Freut mich.«

Er verstummte brüsk und streichelte mit einer Hand über die Tischkante, angespannt, erwartungsvoll. Aber die Frau sagte nichts.

»Und das hatte sich, allen Seltsamkeiten zum Trotz, Fernández so ausgedacht«, sagte Martins.

Ossorio zog an der Pfeife und versuchte sich dabei so wenig wie möglich auf den Tisch zu stützen. Er sah, daß die Taille der Frau so schlank war, wie er gedacht hatte, und daß sie Sommersprossen um die Augen hatte. Er liebte das Haus, die Farbe an den Wänden, die Fensterscheiben, den Backstein, die schmutzigen und gebeizten Bodendielen, den Geruch nach zugesperrt und nach Ratten, die Erinnerung an die auf den Tischen schlafenden Männer, die drei Einsamen, die sich auf den durchgesessenen Bänken im Hof über die Gewehre beugten, die Statur des Mannes mit dem Schnurrbart und der Pistole am Gürtel. Aber er wünschte sich weit fort von der Frau und von Martins, hätte seiner Liebe freien Lauf lassen, alles für das Haus geben können, wären die beiden nicht unter seinem Dach gewesen.

»Gut«, sagte er und stand auf. »Verzichten wir auf das Exekutivkomitee, und du sagst mir, was ich tun kann.«

»Wir müssen schlafen«, sagte Martins.

›Mit dieser Frau, du Hundsfott‹, dachte Ossorio.

»Wir wechseln uns ab«, sagte Martins. »Wir werden ja sehen, wer auf dem Posten ist, wenn der Tanz beginnt.«

Ossorio stieß den Rauch aus und schnüffelte an der heißen Luft über dem Pfeifenkopf, während er in Martins' Gesicht zu lesen versuchte. ›Er erinnert sich nicht‹, dachte er, ›daß er vor ein paar Stunden gesagt hat, sie hätten die Korporalin Luisa tanzen lassen. Er tut gut daran, es spielt keine Rolle. Ich bin tot. Wählen wir uns also einen klugen und wirkungsvollen Zeitpunkt für den Beginn meines Todes. Wie weit liegen der eine und der andere Zeitpunkt auseinander? Wie tapfer einer ist, läßt sich direkt daran ablesen, wie weit auseinander er den Beginn seines Todes und seinen Tod legen muß, wie lang er braucht, um seinen Tod hinzunehmen wie irgendwas, das es an einem Arbeitstag zu erledigen gibt.‹

»Na?« sagte Martins.

»Sicher. Aber wenn es unterdessen etwas Konkretes zu tun gibt ...«

Martins hob den Kopf und preßte die Lippen aufeinander. ›Wie gern würde sie den konkreten Befehl geben, daß ich mich zum Teufel scheren soll‹, dachte Ossorio. Und gleich darauf sah er über die Hand mit der Pfeife hinweg das Profil der Frau an und begehrte sie verzweifelt, sah ein, daß das Absurde, worin alle versunken waren und von der Strömung mitgerissen um sich schlugen, ihn von ihr getrennt und sie gegen Martins' Körper getrieben hatte, gegen die schmutzigen und rauhen, kaum von dem Mann zu lösenden Kleider.

»Es gibt etwas, ja«, sagte Martins. »Komm mit«, und er stand auf.

Sie traten an den von Stühlen gehaltenen Vorhang, und Martins schob den Arm zwischen Fensterscheibe und Vorhang und hob den Stoff an.

»Das Haus dort ...«, sagte er laut. »Nein, das ohne Licht. Die Jalousien sind zu. Die Leute sind gestern ausgezogen, aber am Abend ist einer reingegangen, der nicht zu uns gehört, und hat Licht gemacht und ist nicht wieder rausgekommen. Du siehst, daß man von dort, wenn man gut zielt ... Wenn es möglich wäre, ohne Aufsehen ...«

Er schob den Kopf in den Vorhangschatten und sagte leise:

»Barcala hat Passagen. Frag Fernández nach der Adresse. Steck dir einen Revolver ein, er ist wahnsinnig. Barcala ist wahnsinnig, er wollte uns nicht anhören. Rede mit ihm, finde raus, was mit ihm los ist.«

Er ging mit hartem Tritt vom Fenster weg und auf die Tür zu, öffnete sie, machte einen Schritt hinein in die Dunkelheit, in der die Männer schliefen und die Ratten an den Papierstapeln nagten.

»Komm mal kurz«, sagte er.

Starr aufrecht, ohne zu der Frau hinzuschauen, an ihr vorbeigehend, als streifte er sie im Dunkeln, ohne sie zu sehen, mit seinem Körper Millimeter für Millimeter über ihren gleitend, verließ Ossorio den Raum. Draußen im Dunkeln legte Martins ihm eine Hand auf die Schulter.

»Du mußt rausfinden, was mit Barcala los ist«, sagte er. »Es gibt Hinweise, daß er drauf und dran ist, sich zu stellen, er wollte uns mit Schüssen wegjagen. Hör zu, du weißt, daß sie ihn nicht lebend kriegen dürfen, daß nicht rauskommen darf, daß er nachgegeben hat.« Er drückte Ossorios Arm und ließ ihn dann gehen. Er wandte sich um und rief zur Tür: »Das leere Haus, das mit dem schwarzen Dach.«

»Ja«, sagte Ossorio mit einem weichen Ruf, sagte ja aus der düsteren Atmosphäre, in die sich, Späne aus dem dichten Kloakengestank hobelnd, ein Schnarchen grub, rief der reglosen Frau »ja« hinterher, der Erinnerung an die Frau, die mit senkrecht ins Holz der Tischplatte gebohrtem Ellbogen ihren Zopf flocht. Der Frau (ihrer schlanken Taille, ihren runden Brüsten, der gedämpften und trägen Atmosphäre dort, wo wie ein schwerer Tropfen aus heißem Metall die Mitte ihres Körpers war), der Frau, von der ihm die braune, feingliedrige Hand in Erinnerung war, wie sie selbstgewiß die Reste der Zigarette darbot, und von der er sich jetzt ohne Begierden trennte, verhärtet und nicht ohne sie weiter zu lieben, während er sie für immer (Stunden, bis zum Ende) von sich wies.

VI

Der Junge stieg die Treppe im Haus mit dem schwarzen Dach hinauf, öffnete im Dunkeln die Tür und lauschte auf die Geräusche, die sich in die beiden schmutzigen Zimmer ausdehnten. Er zog die Tür hinter sich zu und holte die Kerze und die Streichhölzer aus der

Tasche, während ihm der Geruch aus dem Terpentinbehälter in die Nase stieg, der den Packern, als sie den Umzug erledigten, ausgelaufen war. Er zündete die Kerze an, stellte sie auf den Boden und holte aus einer anderen Tasche eine Glühbirne, und auf Zehenspitzen, mit vielen Pausen, gelang es ihm, sie einzudrehen. Er atmete tief durch und schaltete das Licht ein. Er war sehr jung, blond und zart, etwas Erstauntes und Beharrliches war an ihm, und er begann seine Bewegungen in der leeren Wohnung mit übertriebenen Impulsen, die er dann jedesmal zurücknehmen mußte, um seinen Körper in die gewünschte Position zu bringen. Er erstickte die Kerzenflamme mit der Streichholzschachtel und entfernte sich, um den Geruch nach verbranntem Fett nicht riechen zu müssen. Er ging rückwärts, bis er sich mit dem Rücken gegen die Wand lehnen konnte, und einen Moment hielt er die Augen geschlossen, die schon feucht waren und brannten. Dann schlug er sie wieder auf und sah zu der Ecke an der Wand gegenüber, in der das Bett des Toten gestanden hatte, dachte an das gelbe, frischrasierte Gesicht und den eingeebneten, langen Körper, den Bauch, geschwollen wie der einer schwangeren Frau, dachte, um ihn besser vor sich zu sehen, ohne sich das vorzunehmen, an einen Tag im Winter, an dem der Tote lesend im Bett gelegen hatte und er, nachdem er, von der Straße kommend, den Mantel ausgezogen hatte, sich neben das Bett gesetzt und gesagt hatte: »Verliebter Staub. Du hast gesagt, du hättest diesen Titel für einen Roman. Ich habe ein Gedicht und würde es gern so nennen. Ich möchte dir den Titel abkaufen.«

Der Tote hatte für einen Augenblick das Buch sinken lassen, hatte ruhig dagelegen und an die Decke geschaut und dabei an seiner Zigarette gezogen. Dann hatte er gesagt:

»Wieviel?«

Er hatte geantwortet:

»Also. Ich kann eine Flasche Black Label kaufen. Ich kann dir auch das Gedicht widmen.«

Der andere überlegte eine Weile und sagte dann, sich wieder seinem Buch zuwendend:

»Nein. Ich verkaufe nicht.«

Alle beide machten sich lustig, aber er hatte das Spiel angefangen und hätte sich eher umbringen lassen, als die Regeln zu brechen. Er hatte geboten, was er schwerlich hätte aufbringen können, und anderes, was unmöglich zu erfüllen war, unbesonnen, weil sein Gegenüber nichts davon annehmen konnte und gezwungen war, den Kopf zu schütteln und zu wiederholen:

»Ich verkaufe nicht. Laß mich lesen. Es ist ein einmaliger Titel.«

Dann war er aufgestanden und hatte achselzuckend gesagt:

»Gut, ich verwende ihn und Schluß. Werden ja sehen, was du machst.«

Aber er wußte, daß er das nicht tun konnte, und der Tote wußte es auch, und deshalb begnügte der sich damit, ein spöttisches Lächeln aufzulegen und dabei ostentativ die Seiten umzublättern. Er war wütend geworden und hatte ihn beschimpft, und der andere hatte einen Schuh nach ihm geworfen und gesagt:

»Geh deine Verslein zimmern, und laß mich in Frieden.«

Da war er in sein Zimmer gegangen, hatte das Gedicht noch einmal gelesen, und voller Dankbarkeit und Zärtlichkeit für den Toten – weil er nicht nachgegeben und damit zugelassen hatte, daß sie das Spiel bis zur Neige auskosteten – hatte er gedacht, daß das Gedicht schlecht war, daß es nicht würdig war, »Verliebter Staub« zu heißen in kursiven Lettern, daß es, ohne Titel, in einem Buch stehen oder zerrissen werden könnte. Eine Stunde später war er wieder ins Zimmer des anderen gegangen, hatte den Schuh mit dem Fuß zurück an seinen Platz geschoben und hatte sich hingesetzt und Matetee aufgegossen für sie beide, bis Essenszeit war und die Mutter kam, um ihn zu rufen, hatte mit dem anderen geredet, der sein Buch unter das Kopfkissen geschoben und nicht noch einmal von dem Titel angefangen hatte, sich unterhalten und gelacht über Dinge, die mit dem vorherigen Disput nichts zu tun hatten, war nervös gewesen wegen der schlagartigen Liebe, die er für den Toten jedesmal empfand, wenn er daran dachte, daß er zu keinem Preis den unvergleichlichen Titel hatte verkaufen wollen, die strengen und stillschweigenden Regeln des Spiels beachtet hatte, mit der gleichen unüberlegten Achtung, die er jetzt für ihn empfand, da er durch die

Tränen die leere Stelle an der Wand betrachtete, wo das Bett gewesen war und der Körper des Toten.

VII

Ossorio wisperte zweimal seinen Namen, sein Mund nah an den grauen Türläden, einen Fuß auf die steinerne Eingangsstufe gestellt, mit dem Ohr Freundschaft und Übelwollen der Geräusche erkundend, die kurz, sehr vereinzelt losbrachen – in der Dunkelheit, das spürte er – hinter der Tür, die einen Geruch nach Feuchtigkeit und Kohl ausschwitzte. Er hörte den Riegel zurückschlagen, die Stille, die wie nach drinnen in die unbekannte Schwärze saugend zurückwich, und gleich darauf sah er, wie Licht das quadratische Loch im Laden vergoldete, das er, ohne es zu sehen, vor dem Mund gehabt hatte, und hörte die Stimme, die innen erklang, einfach innen, ohne daß man hätte erkennen können, an welcher Stelle hinter der Tür, hörte sie unpersönlich »herein« sagen, als hätte niemand gesprochen, als hätte kein Mund die Silben und Buchstaben geformt und sie ständen da in druckfrischen und gleichmäßigen Lettern, von denen sich nur der Sinn erfassen ließe und die man sogleich wieder vergaß, ohne erinnerbare Besonderheiten. Er drückte mit Schulter und Faust, bis sein Arm ins Licht geglitten war, und drehte den Kopf, um auf die einsame Vorstadtstraße zurückzuschauen, auf die andere Straßenseite mit ihren zurückgesetzten, umwucherten Schuppen und schieftürigen Häusern, den Zäunen und Ligusterhecken, die sich hinauswanden in die Stille der aschgrauen Nacht. Dann schob er sich in den flirrenden Geruch von angefaultem Gemüse, drückte die Türflügel mit dem Rücken ineinander und schaute suchend nach der Stelle, woher die Stimme gekommen war, die Hand um die Pistole in der Tasche geschlossen, sein Ausgeliefertsein spürend im Licht, der nächtlichen Welt draußen entzogen, allein und verloren in dem weißen

Lichtkreis, den die Lampe über ihn goß – aggressives und fröhliches Licht, ohne Erbarmen, wie ein kaltes, starr auf ihn gerichtetes Lächeln, das fast nichts von seiner unermeßlichen Fähigkeit zur Aggression aufwandte, genau wie er aus dem jeder Strafe entzogenen Dunkel womöglich von dem Mann angelächelt und angesehen wurde, der »Herein« gesagt hatte –, und er spürte, wie sein Ausgeliefertsein über das Weiß der Lampe hinaus überwältigend wurde.

»Was ist?« sagte die formlose Stimme in der Düsterkeit, ein wenig oberhalb der unerträglichen weißen Lampe.

Da spürte Ossorio, wie müde er war, den zermürbenden Beginn von Schmerz in der Schulter und der Hand, die die Pistole verdeckte.

»Barcala?« fragte er.

»Barcala.«

»Ich möchte mit Ihnen reden«, sagte er und verbarg den Blick vor der Lampe und der Stelle im Schwarz über der Lampe, der in die Dunkelheit gegrabenen Stelle, aus der langsam die Worte fielen. Er sah zu den Kisten mit Gemüse und Obst hin, zu den leisen, schnellen, beunruhigenden Spuren von Bewegung, die die Ratten in den angefressenen Blättern hinterließen, zu dem Ladentisch aus Brettern mit der blauen Waage, den Flaschen, einem Dreieck weißen Käses, den schmutzigen Bodendielen mit den verzogenen Fugen und im Lauf der Zeit hohl gewordenen, rund klaffenden Astlöchern, aus denen eine weiße und grünliche Dunkelheit aufstieg, bis sie auf das Licht traf und es zurückwies.

»Die Hände raus«, hatte der andere oberhalb eines Knarrens gesagt, und Ossorio ließ die Pistole los und die Arme baumeln, wußte jetzt, daß Barcala von einer Treppe aus sprach, ruhiger, weil er ihn geortet hatte, den Abstand erfaßt hatte zwischen dem Knarren des Fußes auf der Treppenstufe und der Stimme im Gesicht, und sah wieder die Kisten mit Gemüse an, einen Zopf Zwiebeln, der sich an der Wand über seinen eigenen dunklen Schatten schlängelte. Ohne den Ort zu verändern, kaum warm, teilte die Stimme auf der Treppe ihm mit: »Ich hätte Ihnen den Kopf durchsiebt. Sie können von Glück sagen, daß ich keinen Lärm machen will. Zeit für den Kehraus.«

Eine Stufe knarrte und gleich darauf eine zweite, das Licht flackerte, und die Lampe begann schnell nach rechts weg zu sinken, schwankte jedesmal, wenn die Schuhe auf die Stufen trafen. Noch immer konnte er sein Gesicht nicht sehen, nur den blanken Hals, das offene Hemd, eine Pistole am Gürtel in einem Holster, wie der Mann eins getragen hatte, der ihn im Parteihaus empfangen hatte, und ein kurzes Repetiergewehr unter dem Arm, auf Ossorios Magen gerichtet.

»Was wollen Sie?« sagte Barcala, ohne eine Antwort zu erwarten, ohne mit dem Schwanken des Gewehrs aufzuhören, das weiter auf Ossorios Bauch gerichtet war; dann hob er den Arm, hängte die Lampe über den Ladentisch und trat einen Schritt ins Licht, zeigte abrupt sein Gesicht wie bei einem kalkulierten Theatereffekt, den dunklen Kopf mit dem spärlichen Haar, bärtig, aus dem ungerührt, in einer wäßrigen Müdigkeit aufgeweicht die großen, runden Augen blickten, als hätten sie alle Neugier und Aufmerksamkeit für einen gerade unterbrochenen Traum verloren. »Möchte wissen, was sie noch wollen«, sagte Barcala. »Ich habe mich klar ausgedrückt.« Er stützte sich mit dem Ellbogen, in dem das Gewehr ruhte, auf den Ladentisch, zog zweimal geräuschvoll Luft durch die Nase, fuhr sich mit der Zunge über die Lippen, wobei das Gesicht ohne Mienenspiel blieb, als er, dem möglichen, zurückgelassenen Mienenspiel immer voraus, das irgendwo stattfinden mußte, aber nicht hier, nie mehr auf diesem bärtigen Gesicht, den kleinen Mund nach vorn schob, der sofort wieder trocknete, und die gebogene Indio-Nase. »Möchte wissen, wieso sie nicht begreifen. Was wollen Sie?«

Ossorio hob die Hände ein wenig, die Handflächen dem unsteten Auge des Gewehrs zugewandt.

»Ich hatte die Hand in der Tasche, weil ich nicht sicher sein konnte, wer hier ist«, sagte er.

»Möchte wissen, warum sie es auf mich abgesehen haben.«

»Nicht Ihretwegen«, sagte Ossorio.

Barcalas Augen zielten auf die Tür, auf irgendeine Stelle etwas oberhalb von Ossorios Kopf.

»Das Gemüsehändlerchen hat ihnen gesagt, daß ich hier bin, also sind sie hergekommen«, sagte Barcala. »Ich hatte Morasáns Leute erwartet und hätte fast das Feuer eröffnet. Daß man mich braucht? Was man braucht, sind die Passagen, um abzuhauen. Aber dieses Mal nicht.«

»Barcala«, sagte Ossorio.

»Und dann die Angst wegen der Kartei.«

»Barcala, lassen Sie uns reden.« Er hielt die Augen auf den geraden Blick des anderen gerichtet und begann langsam vorzugehen, bis er den Lauf des Gewehrs auf den Kleidern und gleich darauf den Druck auf die Bauchmuskeln spürte. ›Ich muß vergessen, daß das Gewehr auf meinen Körper gerichtet ist. Ich muß die Gefahr vergessen, er darf die Gefahr auf meinem Gesicht nicht sehen.‹ »Keiner von uns hat vor abzuhauen«, sagte er. »Wir kennen uns nicht erst seit heute. Mit den Passagen sollen Leute rausgeschafft werden, die uns hier nichts nützen und die wir draußen brauchen können. Es gibt Verwundete und Kranke. Es gibt Frauen.«

»Es gibt keine Passagen«, sagte er. Die Stimme war dem Gesicht, aus dem sie gekommen war, beunruhigend fremd.

»Hören Sie.« ›Ich muß auch seine Feindseligkeit vergessen. Nicht wissen.‹ »Sie können ins Parteihaus kommen und tun, was Sie wollen. Organisieren Sie die Verteidigung, befehlen Sie uns, was wir tun sollen. Verteilen Sie die Passagen, wie es Ihnen paßt. Wir können nicht zulassen, daß man die Leute einfach umbringt. Es müßte bloß bekanntwerden, daß Sie da sind, und alles wäre anders. Das Mißtrauen.«

Er wartete. Langsam, als lastete ihm das Gewehr zu schwer auf dem Arm, als versuchte er, mit seiner Bewegung keinen Schmerz hervorzurufen, bei sich oder bei seinem Gegenüber, löste Barcala den Ellbogen vom Ladentisch und richtete sich auf.

»Ich kann es nicht brauchen, daß man Licht sieht«, sagte er. »Gehen Sie hoch. Ich kann es nicht brauchen, daß Sie nach vorne rausgehen.«

Ossorio nickte, trat einen Schritt zurück und wandte sich dann zur Treppe zwischen dem Ladentisch und der speckigen Wand, an der getrocknete Würste und ein Büschel fleckiger Bananen hingen und das Lampenlicht sich bewegte und hinaufkletterte wie die Brandung an einem Deich. Er stieg die Treppe hoch und konnte von oben auf Barcalas Rükken hinabsehen, der sich über den Riegel an der Tür beugte, auf den gesenkten und erleuchteten, teils vom Hemdkragen bedeckten Nacken. Er sah weg, ging weiter hinauf, und auf dem Treppenabsatz, wieder im Dunkeln, hörte er erst, wie sein Kopf gegen den Türrahmen stieß, und gleich darauf durch den raschen Schwindel schneidend, lang und scharf der Schmerz auf der Stirn. Er drehte sich zu Barcala um, der jetzt vom Fuß der Treppe zu ihm hochsah, die Lampe an einer Hand hängend, das Gewehr nach wie vor vom Arm umgriffen und gestützt, das Gesicht ungerührt in einer kleinen verneinenden Bewegung zu ihm herauf, das bärtige Kinn vorspringend im Licht, das es von unten streifte. Gebückt betrat er den Raum und tastete sich ein paar Schritte voran, war auf einen Stoß gegen die Knie gefaßt, bis seine Hände die Wand berührten und er den Kopf drehte, um dem Licht entgegenzusehen, das angesprungen kam, als stampften die Schuhe, die auf die Stufen traten, schwer auf. Das Licht kam am Gewehrlauf baumelnd herein, schwenkte nach rechts, und Ossorio sah, wie Barcala das Gewehr auf dem Bett an der Wand ließ, um mit beiden Händen die Lampe an die Decke zu hängen, sich mit den Händen rasch durchs Haar und über die Hose fuhr, sie abwischte und sich, auf dem Bett sitzend, an die Wand gelehnt, das Gewehr wieder unter den rechten Arm klemmte.

Der Raum war klein, hatte ein Fenster, eine niedrige schräge Decke, an der die Eisenträger des Dachs fast blank lagen, das Bett war in eine Ecke zwischen die Wände geschoben, die eine geweißte Wasserleitung, zwei Küchenbänke, einen Schrank und einen Tisch mit Kocher und Geschirr darauf umschlossen. An der Wand über dem Bett hing das Porträt einer sehr alten, schwarzgekleideten Frau mit einem Taschentuch in der auf ihren Schoß gesunkenen Hand; das Foto einer Schauspielerin und eine rote Krawatte an einem Nagel. Ossorio blickte auf seine Hand, nachdem er den Schmerz auf seiner Stirn befühlt hatte, und sah, daß ein bißchen Blut daran war, zwei dünne Linien, die er zwischen den Fingern zerrieb.

»Von allen«, sagte Barcala, »abgesehen von den Gründen, an niemanden zu glauben – von allen habe ich in Sie das meiste Vertrauen. Ich wüßte nicht, warum ich zweifeln sollte.«

Ossorio wartete, daß er fortfuhr. Er machte in der Nacht das Geräusch einer schnell fahrenden Straßenbahn aus; das Päckchen Zigaretten anbietend, trat er näher.

»Nein«, sagte Barcala.

Er rauchte auch nicht, steckte das Päckchen weg und blickte wieder auf seine Hand, nachdem er sich an die Stirn gefaßt hatte, und wartete noch immer, während er sich auf eine der Bänke setzte, breitbeinig, den Oberkörper dem unbewegten Gesicht des Mannes auf dem Bett zugewandt.

»Ich kenne Sie«, sagte er. »In bezug auf die Partei an Ihnen zu zweifeln ist absurd. Aber niemand kann verstehen, was mit Ihnen vorgeht. Gerade am Ende, nach jahrelangem Kampf. Ich mache mir keine Illusionen über das Ende. Aber eine Niederlage ist aus tausend Einzelheiten gemacht, für die man eine Schlacht schlagen kann und gewinnen oder etwas Gewonnenes hinterlassen kann für eine künftige Schlacht. Deshalb brauchen wir Sie.«

Er schwieg, noch ohne den anderen anschauen zu wollen, hielt den Blick gesenkt und versuchte alles einzuschätzen, was er in den Pausen zwischen den Worten zusammengetragen hatte, die Bedeutung des Schweigens und das Verhalten des anderen. Dann sah er, daß das Zittern, das Barcalas Kopf am Fuß der Treppe gezeigt hatte, deutlicher zutage trat und die Lippen sich zu bewegen begonnen hatten, sich aufeinanderpreßten und zusammenzogen, als seien sie dabei, einen langen Faden zu schlucken.

»Womöglich haben Sie einen Plan«, sagte Ossorio, und er schwieg und wandte den Blick ab, weil ihm eben klargeworden war, daß er ihn würde töten müssen, daß Barcala jede Verbindung zu ihnen gekappt hatte und er dort, hinter seinem Bart und seinem Zittern und seinem Gewehr, auf dem Bett sitzend ein isoliertes Wesen war mit präzisen und unverletzlichen Grenzen, allein, als tauchte er nach einer Vergangenheit in totaler Einsamkeit vor ihm auf, als hätte er diesen Raum und sein Schweigen niemals verlassen.

»Genau das«, sagte Barcala. »Ja, es ist das Ende, und alles wird begraben. Genau das war ich, das stimmt. Es gibt schmutzige Leute, und es gibt saubere Leute. Ich bin sauber, eine saubere Person, die daraus ihr Leben gemacht hat, die genau das war. Es gab eine Etappe in dieser Arbeit, die man ganz und gar erledigt, da standen sie und die Zeit, die sie erfordert, in einem Verhältnis zueinander, und man kann von Alltag sprechen, die Propaganda, man rüttelt die Leute wach, sie packen und wachrütteln, packen und wachrütteln. Das war vorbei, und eine neue Etappe beginnt. Da sind die Hunde, auf der anderen Seite, an unserer Seite, die schlagen zu, und sie schlagen richtig zu, um den Wachen oder den Erwachenden einzuschläfern oder umzubringen. Jetzt kann man keine Harmonie mehr empfinden zwischen der Arbeit und der Zeit, die wir benötigen, man muß wahnsinnig werden, ohne den Verstand zu verlieren, damit wir die Arbeiten, die zu erledigen sind, in der Zeit unterbringen, uns die Zeit nicht durch hohle Ritzen davonläuft und sich nicht aufstaut hinter den Leichen von Arbeiten, die wir anpacken und die im nächsten Moment oder schon vorher von ihnen abgetötet werden. Also bringen wir in der Zeit nur noch Arbeiten mit der Nabelschnur um den Hals zur Welt. Und auch wenn man für sich selbst unwiederbringlich verloren ist, es spielt keine Rolle, wir wollen uns nicht grämen, weil wir doch nur ein armseliges Etwas sind, das keine andere Bedeutung besitzt als die gewählte Aufgabe. Darin und in allem. Und wir sind froh, weil unsere Aufgabe die gute ist und ihre die verfluchte. Wir existieren nicht, sie existieren nicht, es gibt keine Personen, und eben nichts als zwei Aufgaben, unsere, die Aufgabe aller Menschen und der Natur, diejenige, die im Sinn des Lebens und des Universums einen Platz hat, und ihre Aufgabe, die der Menschen mit Hirnfäule, die viele Künste suchen und sich entgegenstellen und zum Töten entschlossen sind wider das Leben und das Universum. So war das, es gab keine Probleme. Und auch wenn die Erschöpfung von der Aufgabe zuweilen wie Gift in mir wirkte und ich mich schwach fand, ich Geschwüre an mir entdeckte, die nicht weniger ekelhaft waren als ihre, die der Hunde, schüttelte ich den Kopf und legte mich schlafen, und am nächsten Morgen war schon keine Erinnerung mehr vorhanden an diesen Moment, in dem ich wie sie gewesen war. Ja, sagte ich, diese Aufgabe ist wie ein Fluß, der jeden reinwäscht, der sich hineinbegibt.«

»Ja«, sagte Ossorio. »Das alles …«

›Ich muß ihn umbringen‹, dachte er. ›Er ist wahnsinnig. Vielleicht ist ein Mann nicht wahnsinnig, nur weil er so redet. Aber er ist wahnsinnig, wenn es Barcala ist, und ich muß ihn umbringen. Nicht zu glauben, daß er sich nicht selbst umgebracht hat. Aber er hält weiter das Gewehr im Arm und ist nicht so wahnsinnig, mir Zeit zu lassen, die Pistole zu ziehen. Ich muß Worte sagen, die ihn dazu bringen, daß er das Gewehr weglegt.‹

»Und genau hier, ich habe auf diesem Bett gesessen, habe ich gespürt, daß ich Pusteln habe, und anstatt schlafen zu gehen und mich am nächsten Tag in der Aufgabe reinzuwaschen, habe ich angefangen, über die Pusteln nachzudenken, und das ist die Folge davon, die Einsamkeit, und demnächst in Einsamkeit zu verrecken. Hier ist mir eingefallen, die Passagen zur Bildung einer Exilregierung zu verwenden, ich ein Teil davon, und den Kampf mutig im Ausland fortzuführen. Wir, Ossorio, Fernández, Aron, Martins, Mollea, Barcala, sind Parteiführer in einer Provinzkapitale. Nichts. Aber unsere Situation et cetera. Und wie ich mir so den Plan überlege, hebe ich eine von den Passagen hoch und entdecke darunter, sieh einer an, mein Verlangen abzuhauen und ein neues Leben, daß mein Leben noch nicht vorbei sein soll, ein Leben irgendwo. Das war die Pustel, und ich hätte schlafen gehen können. Es war schon ausgemachte Sache, daß der Plan mit der Exilregierung gut war, daß ich aber nicht gehen würde. Nur daß ich in dieser Nacht auf die Idee gekommen bin, über meinen Impuls zur Flucht nachzudenken, und mich an andere erinnert habe und an alle Geschwüre denken mußte – tagtäglich gesehen –, aber nicht an die der Hunde, an unsre. Und ich habe entdeckt, daß der Feind nicht von Gott oder vom Teufel gemacht worden ist, sondern von uns selbst, und niemand kann auch nur den kleinsten Sieg im Namen des Tiers gewinnen, wenn es das Tier nicht gibt. Die einen sind durch die Sintflut bestraft worden, die anderen durch Feuerregen; uns ist das zugefallen, das haben wir uns verdient, wir verdienen es noch, weil wir es selbst gemacht haben.«

›Ich weiß, was er gleich sagt‹, dachte Ossorio. ›In gewisser Weise stimmt es, in gewissem Sinne hat er recht. Aber es steht ihm nicht zu, das zu denken, einem anderen schon, aber nicht ihm. Er muß sterben, wenn er es sagt, es wäre besser, ihn zu töten, ehe er es sagt, es muß etwas getan werden, damit er das Gewehr losläßt.‹

»Ja«, sagte Ossorio. »Aber nicht Sie, nicht ich, nicht die Genossen, nicht das Volk.«

»Wer würde dem, der den Haß auf die Ungerechtigkeit verkündet, zuhören, wenn nicht jeder, jeder einzelne auf der

Welt seine kleine, tägliche Ungerechtigkeit begangen hätte? Wer würde eine neue Welt aus Haß, Fanatismus, Ausbeutung versprechen, wäre nicht all das längst in jedermanns Seele und Leben, würde nicht jeder sein Stück von der stinkenden neuen Welt leben. Man braucht mich bloß bei Ihnen kratzen zu lassen und bei dem nächsten und dem übernächsten, und unter dem Fett der Heuchelei tritt der Fanatismus zutage.«

»Aber«, sagte Ossorio und stand auf, »Sie haben all Ihre Zeit darauf verwandt, den Menschen davon zu säubern.«

Barcala machte ein Geräusch mit der Nase, zwei oder dreimal, als wäre er erkältet, bewegte den Kopf dazu, abwehrend.

»Ich war nicht sauber«, sagte er. »Seien Sie nicht so dämlich, fangen Sie keine Debatte an. Ich nehme weder am Ja noch am Nein teil. Wenn sie kommen, verteidige ich mich und mehr nicht.«

Ossorio machte einen Schritt zur Seite, sah zu der roten Krawatte an der Wand. Fast lächelte er bei dem Gedanken: ›Angriff auf die Flanke, ich kann mich über ihn werfen, die rechte Hand auf den Lauf, ihm mit der Linken eine verpassen, aber ich kriege ihn schwerlich mit der Linken außer Gefecht gesetzt.‹

»Tut mir leid«, sagte er. »Ich habe nichts, was ich Ihnen sagen könnte. Auch ich kann bei dieser Sorte Fragen nicht teilnehmen. Wenn das dort droben geschehen wäre, würde ich alles daransetzen, Sie an die Wand zu stellen. Hier ... Aber welche Gründe haben Sie, daß Sie die Passagen und die Kartei nicht übergeben?« Er hob sich auf die Zehenspitzen, um zu springen, spreizte dabei einen Arm ab, und Barcala drehte sich kaum merklich zu ihm und erfaßte ihn mit dem Gewehr.

»Ich habe kein Vertrauen in das, was damit passiert«, sagte Barcala. »Ihnen kann ich die Kartei übergeben. Sie ist im Jugendkomitee, am Platz, im Raum neben dem Schachklub. Ihnen kann ich auch zwei Passagen geben, aber ich werde Ihnen nicht sagen warum.«

»Eine reicht für mich. Oder ist zuviel.«

»Nein, Sie wissen nicht. Zwei oder nichts.«

Barcala stand mit derselben abwartenden Langsamkeit auf, mit der er sich kurz zuvor vom Ladentisch gelöst hatte.

»Machen Sie den Schrank auf«, sagte er. Die gestaltlose Stimme klang in Ossorios Rücken. »Der graue Trenchcoat dort.« Er schloß die Augen: ›Er wird schießen, jetzt hat er meinen Nacken im Licht.‹ »Weiter links.« Er öffnete die Augen und betastete den Aufschlag des Trenchcoats, der auf einem Bügel hing. »In der Außentasche, ganz unten, holen Sie zwei raus, und zeigen Sie her.«

Er steckte die Hand hinein, berührte den Stoß fester Pappstreifen und schob die Finger in die Manteltasche, stocherte mit dem Fingernagel, bis er einen, zwei zu fassen bekam, und hielt sie über seinen Kopf, bis Barcala sagte: »Gut«. Dann schloß er den Schrank und trat ein paar Schritte unter die Lampe und hielt die Passagen in einer Hand, um sie anzusehen, während er mit der anderen eine Zigarette aus der Jakkentasche zog und sie sich in den Mund steckte, sein Gesicht mit ihr verschloß, damit der andere nicht zu erkennen, nichts davon zu ahnen vermochte, wie das animalische Verlangen zu fliehen erneut in ihm anwuchs, schon ohne Angst, ohne zu wissen warum dem Impuls zur Flucht hingegeben wie einem sorglosen Drang nach Bewegung.

»Gehen Sie jetzt«, sagte Barcala. »Aber nicht da entlang; Sie müssen durchs Fenster runter. Los.«

Er öffnete das Fenster und befahl Ossorio mit einer Kopfbewegung hinunterzusehen. Ossorio erkannte ein Blechdach und dahinter einen Streifen mit Gestrüpp und weißlicher Erde, eine Tür im Zaun, die auf die Seitenstraße führte.

»Wohnung mit zwei Ausgängen«, flüsterte er und zog den Kopf ins Zimmer zurück.

»Ja, gehen Sie«, sagte Barcala. »Das ist meine Sache.«

Ossorio wandte sich zu ihm, um in seinem Gesicht zu lesen, ob er schießen würde, wenn er hinunterstieg, konnte aber nichts erkennen. Er hob ein Bein, dann das andere, und gleich darauf drehte er dem anderen den Rücken zu, abwartend, und dann stützte er sich mit beiden Händen auf die Fensterbank, von der sich Flechten und Zementstaub unter seinen Fingerspitzen lösten, und ließ sich hinuntergleiten, bis seine Füße das gewellte Blechdach berührten. Er hob den Kopf, im Fenster war niemand, lockerte die schmerzenden Hände und kroch geduckt auf allen vieren zum Rand des Dachs. ›Jetzt lehnt er am Fenster, hat ein Auge zugekniffen, die Ellbogen aufgestützt, zielt.‹ Er sprang und geriet beim Aufkommen aus dem Gleichgewicht und rollte auf den Rükken, schloß die Augen. ›Daß du ihn nicht umgebracht hast, Hundsfott.‹

Er stand auf, spürte sein Gesicht heiß vor Scham und Haß, das Zittern seiner Hände, und er ging los in die Nacht, in der ferne Hunde heulten und ein Vogel schrie, bis er beim Gatter war und hinaus auf den staubigen Gehweg trat. Er drehte sich um und konnte im Dunkeln das Fenster nicht ausmachen, lachte und lief los, rannte über den verbackenen Schlamm, über den seine Schuhe stampften, fröhlich, sich der Verrücktheit bewußt, die er anstellte, und daß er nicht verrückt war, bis ihm der Atem ausging und er in der Mitte einer Häuserzeile stehenblieb, nicht weit von der beleuchteten Straße und dem geöffneten Café mit einer offenen Droschke und einem reglosen weißen Pferd davor. Er verschnaufte kurz und ging dann langsam weiter, und vor der Tür zum Café tätschelte er die feuchte Kruppe des Pferdes, das ein Bein anzog, und da fiel ihm auf, daß er eine erloschene und krumme Zigarette im Mund hatte; er strich sie zwischen den Fingern gerade und zündete sie an, während er das Café betrat und die heiße Luft einatmete und sich in Sicherheit fühlte zwischen den disputierenden Stimmen und den Kopfbewegungen eines Schwarzen, der am Tresen lehnte und grinsend wiederholte:

»Am Sonntag will ich sie sehen.«

Er setzte sich an einen Tisch und bestellte einen Kaffee bei dem Kellner mit heiserer Stimme und scheuem Blick, der zu ihm kam. In seiner Nähe an der Wand saß ein Pärchen, die beiden tranken Weißwein aus einer langhalsigen Flasche und unterhielten sich leise, lachten, kreischend die dicke, blonde Frau, kurzatmig hechelnd der Mann, der klein war, ebenfalls blond, mit angeklatschten, glänzenden Haaren, einer weißen Hand voller Ringe. Beide schwiegen und lösten sich voneinander, lehnten sich auf ihren Stühlen zurück, immer wenn ein betrunkener Alter, der am anderen Ende des Saals vor einem Bier saß, auf deutsch zu singen begann und sie dann zum Walzertakt den Kopf wiegten. Manchmal sagte der Wirt auf deutsch etwas zu dem Betrunkenen, mit harter Stimme, die Zähne aufeinandergebissen, die Wangen hüpfend vor Zorn. Dann murrte der Alte eine Weile und hörte zu singen auf und trank still ein paar Schlucke. Langsam, argwöhnisch wie Mäuschen, die sich aus dem Loch wagen, näherten sich der Mann und die Frau über dem Tisch wieder an und redeten und lachten. Ossorio nahm den Kaffee mit hinter den Tresen, wo das Telefon stand und das Telefonbuch an einem Draht hing. Der Mann sagte:

»Liebfrauenmilch«, und die Frau schüttelte sich vor Lachen und bewegte einen Finger vor der Nase, während er zufrieden lächelnd die Wirkung seines Ausspruchs betrachtete und dann mit einer Miene belustigter Bescheidenheit die Augen niederschlug.

Er beugte sich suchend über das aufgeschlagene Telefonbuch, während der Alte hinten wieder zu singen anfing und das Pärchen verstummte. Dann wählte er die Nummer und wartete mit dem Klingeln am Ohr und sah, daß der Wirt hinter der Theke hervorkam und auf den Tisch des Betrunkenen zuging und wieder auf deutsch auf ihn einredete.

»Zentrale. Wer ist da?« sagte eine Stimme am Telefon.

»Ich möchte Morasán sprechen.«

»Ist nicht im Haus. Name?«

»Ich habe ihm etwas sehr Wichtiges zu sagen«, sagte Ossorio. »Aber ich sage es nur ihm selbst.«

»Ihr Name?« sagte die Stimme, unwirsch.

»Tut nichts zur Sache. Wenn er nicht da ist, hat er Pech gehabt.«

»Warten Sie, ich sehe nach.« Ossorio hörte, wie der Hörer auf einen Tisch geknallt wurde, und das Raunen in einem Raum mit vielen Menschen. Der Wirt kam gemächlich wieder hinter den Tresen, legte sich eine Serviette über die Schulter und verharrte reglos, wie eingeschläfert.

»Liebfrauenmilch«, sagte der Mann noch einmal, und die dicke Frau lachte erneut, aber diesmal mit weniger Kraft.

»Hallo«, sagte jemand am Telefon.

»Morasán?« fragte Ossorio.

»Wer ist da?«

»Morasán?« fragte er wieder.

»Ja. Was wollen Sie.«

Die Stimme paßte zum Aussehen des Mannes, wie der absatzknallend durch das First and Last stolziert war, die Lippen über den Schnauzbart geschoben hatte und einen übertrieben zornigen Blick über die Tische warf.

»Ich will Ihnen Barcalas Adresse geben. Notieren Sie.«

»Nur zu.«

»Nummer 384 in der Coronel Payva. Hinten gibt es ein Fenster, durch das er abhauen kann.«

»Wer ist da?«

Er dachte eine Beschimpfung und legte auf, gab dem Wirt einen Schein und wartete zum einsetzenden schnulzigen Walzer des Betrunkenen hinter sich auf das Wechselgeld, trank, ehe er ging, noch ein Glas dort am Tresen und verließ, das Geld einsteckend, das Lokal, während an einem Tisch gelacht wurde, an dem jetzt der Schwarze saß und kopfschüttelnd grinste, und draußen sah er einen Moment die Stelle an, wo das weiße Pferd gestanden hatte. Dann dachte er, daß er ein Taxi brauchte, und ging die Straße hinauf und versuchte in der Stille das Motorengeräusch der Polizeiwagen auszumachen, fand aber nur, dort auf der Straße, die jetzt in sanftem

Mondlicht lag und wo ihm warm war, Ernüchterung über das Geld und die feste Pappe der Schiffspassagen in seiner Tasche, wie über einen alten Jugendtraum, den man sich erst mit dreißig erfüllen kann, wenn Verlangen und Glaube schon erkaltet sind und man sich ein für allemal eingepfercht weiß in das eigene Gerippe.

VIII

Morasán betrat sein Büro und ging mit den Händen in den Hosentaschen, ohne den Hut abzunehmen, zwischen dem Mann mit dem unfertigen Schlagstock aus Holz in der Hand, aus erst grob bearbeitetem Holz mit Flecken daran, die von Blut stammen konnten, und dem andern hindurch, der auf einem Stuhl saß, einen Knöchel auf den Oberschenkel gelegt hatte – auch er hatte den Hut nicht abgenommen – und wie Spielkarten einen Stapel Pappkärtchen mischte, versunken darin, sich das Funkeln des Steins an seinem Ring im Licht zu betrachten. Mit jedem Schritt wurde er langsamer, spürte, je weiter er vorankam, daß er hinter der Tür etwas zurückließ, daß die Straße zu verlassen und in sein altbekanntes Büro zu gehen war, als verließe er ein angenehmes Besäufnis, und daß sich seine Tatkraft und das Behagen, diese Tatkraft zu verspüren, schon nahezu aufgelöst hatten zwischen den Wänden, dem Mobiliar, den Gesichtern der drei Männer, die ihn im Büro erwarteten. Er ging auf den dritten zu, auf Ramón, der mit in der Weste eingehängten Daumen auf dem Schreibtisch saß, ihm entgegenlächelte und die kleinen, von Fältchen in der roten Gesichtshaut umrahmten blauen Augen halb schloß.

»Was gibt's hier Neues?« sagte Morasán.

»'n Abend. Die Frau ist angekommen«, antwortete Ramón sanft, ohne sich zu rühren, immerzu lächelnd und ihm weiter ins Gesicht sehend. »Ich habe mit Tersut zu tun. So etwas ist mir noch nicht begegnet.«

»Und du?« wandte sich Morasán zu dem Schlagstockmann, der strammstand und die Hand mit dem Prügel nach vorn streckte.

»Ich habe ihm gesagt, er soll was mit dem Tango probieren«, sagte Ramón, ohne das Lächeln zu verändern. ›Diese Sirupstimme‹, dachte Morasán.

»Man hat ihn in den Tiefen von Diógenes Debouts Landhaus gefunden«, sagte der Schlagstockmann.

Morasán sah ihm in die Augen und begann geräuschvoll durch den halbgeöffneten Mund zu atmen und konzentrierte mit dem Rücken zu Ramón seinen plötzlichen Haß gegen Ramón auf den Mann, der den Prügel in der Hand hielt, sah, wie der Arm mit dem Schlagstock langsam herabsank, bis er seitlich am Mann klebte, der zwinkerte und sogleich sein weichliches Gesicht in einem dämlichen Ausdruck entspannte. Der Mann auf dem Stuhl lächelte, nahm sein Tun mit den Kärtchen wieder auf, sah unter der Hutkrempe hervor Morasán ins Gesicht.

»Ich habe ihm schon gesagt, er soll versuchen, ob Debout ...«, sagte Ramón.

Da seufzte Morasán und zuckte die Achseln und trat dann einen Schritt auf den Mann zu, der in Habtachtstellung wartete.

»Das braucht es nicht«, sagte er freundlich. »Nicht jetzt.«

»Verzeihen Sie«, sagte der Mann. »Ich wollte fragen, ob wir überstellen sollen ...«

»Mach, was du willst«, sagte Morasán, und der Mann bewegte den Kopf, trat einen Schritt zurück, und dann drehte er sich auf dem Absatz um und ging.

»Und du«, sagte Morasán und senkte mit einer brüsken Bewegung des Halses seinen Kopf zu dem Mann mit dem Ring und den Karten.

»Nichts«, sagte der; mit seinem Lächeln berührte er im Aufstehen über Morasáns Schulter hinweg Ramóns Lächeln, verließ, sich langsam in den Schultern wiegend, den Raum.

»Mit dem Schlagstock herzukommen«, sagte Morasán, ohne sich umzudrehen. Ramón sagte nichts; aber Morasán war sich sicher, daß er, die Finger in die Armlöcher der Weste eingehängt, weiterhin lächelte.

»Was machen wir mit der Frau?« fragte Ramón nach einer Weile.

Morasán drehte sich um und setzte sich an den Schreibtisch, bebend vor Zorn, weil der andere nicht dort herunterkam, sich nur ein wenig drehte, um ihn weiter anzusehen und zu lächeln.

»Hier was Neues?« fragte Morasán und zog eine Schublade auf.

»Was ich gesagt habe, sonst nichts. Ich bin mit Tersut beschäftigt und hergekommen, weil ich eine kleine Frage an Funes über die Gangrän hatte. Langweile ich Sie? Macht nichts, als ich mit Villar gesprochen habe, ein Fall für sich, mir will nicht in den Kopf, wie einer, der soviel weiß wie dieser Mann ... Wie wir uns unterhalten, kommt Cruz mit dem Schlagstock und ist so freundlich, uns zu erklären, daß es einen Gewerbezweig gibt, der sich die Doubles der Luden nennt, und daß diejenigen, die Sie, mein Herr, nach der Sperrstunde in den Séparées beim Essen mit den Frauen antreffen, nichts weiter sind als ein paar armselige Strohmänner, über die das Auge des Gesetzes wacht, während der echte Fleischhändler ... Langweile ich Sie?«

»Ich bin müde und habe keine Zeit zu verlieren.« Er schob die Schublade mit den Fingerspitzen zu und betrachtete sich das Lächeln des anderen. »Eine Frage. Wie schaffen Sie es, immer so geschniegelt zu sein? Sie sind gepflegt wie ein Fräulein.«

»Ich bringe Ihnen das schon bei. Ist aber nicht so einfach und mit einer Lektion nicht getan. Jetzt dürfen wir keine Zeit verlieren. Den Bericht Tersut?«

»Wie läuft's?«

»Da ist nichts rauszuholen. Kann sein, daß er schon wahnsinnig ist, oder er tut, als wäre er wahnsinnig. Kann auch sein, daß er nichts sagen will oder daß er nichts weiß. Ich würde fast sagen, er weiß nichts.«

»Ich sehe ihn mir gleich an. Ihr überzeugt mich nicht. Er war gegen Mittag mit Barcala zusammen.«

»Das war er. Er streitet es nicht ab. Gut. Bin gespannt, was Sie erreichen. Aber passen Sie auf, wenn Sie was tun, der stirbt Ihnen sonst unter den Händen weg.«

»Werden ja sehen. Was würden Sie tun?«

»Wenn Sie mich so fragen ...«, sagte Ramón und hielt inne, um sein Lächeln etwas zu verstärken. »Besser macht man Schluß. Aus dem ist nichts rauszuholen. Was anderes, diese Frau mit der Papageiennase, die aber sonst gar nicht übel ist.«

»Was habt ihr gemacht?«

»Nichts. Sie ist ganz allein. Ich habe sie weinen hören. Wenn Sie wollen ...«

Morasán hörte das Telefon klingeln und griff danach, dämpfte fast sofort die Bewegung seines Arms, bis er den Hörer sanft an sein Gesicht geführt hatte, und forschte, ehe er sprach, ohne hinzuhören, in Ramóns Gesicht, der zu lächeln aufgehört hatte und sich reckend die Arme lang machte.

»Sie war mit Barcala zusammen«, sagte Morasán.

»Ja.«

»Hallo.«

»Da ist ein Herr Max, der wegen etwas Dringendem zu Ihnen möchte. Außerdem sollte ich Sie daran erinnern, daß Sie sich den Toten ansehen.«

»Nein, ich bin nicht da, ich kann ihn nicht empfangen. Welchen Toten?«

»Der sich heute bei der Razzia umgebracht hat.«

»Gut.« Er legte den Hörer auf und öffnete erneut die Schublade, erleichtert, weil der andere vom Tisch aufgestanden war und jetzt geräuschlos vor dem Schreibtisch auf und ab ging, groß, die Beine beim Gehen ganz ausgestreckt, die Hände in die Hüften gestützt, als führte er Tanzschritte aus.

»Sie sagen also, es ist vorbei«, murmelte er fast in der Schublade. »Tersut hat Ihnen mit der Hand auf dem Herzen geschworen, niemals ...«

Ramón warf sich nach hinten und lachte schallend, zuviel, auch in einem zu getragenen Ton, und Morasán schob, entmutigt von dem Packen aus Papieren und Fotos, die Schublade wieder zu und lehnte sich auf dem Stuhl zurück, betrachtete das Lachen des anderen und zählte die Sekunden, die es währte, und plötzlich spürte er, hielt inne, um ganz sicherzugehen, daß sein Drang, sich zu bewegen und die Arbeit voranzutreiben, zurückkehrte.

»Fertig?« fragte er und sah in Ramóns kleine, tränenglänzende Augen. »Dann sagen Sie mir, weshalb Sie glauben, daß Tersut nichts weiß.«

»Gut. Also«, sagte Ramón und schwang sich erneut auf den Tisch. »Ein bißchen heiteres Sonnenlicht, der Magen, die Presse in einem harmonischen Crescendo, um den Handlinienabdruck zu erhalten, während das Schätzchen an den Haaren hängt. Ein paar Stromstößchen, dann Stöße, die Aufmerksamkeit immer hellwach, alles ihm verbliebene Hirn auf Barcala gerichtet und auf seine Wohnungen. Die Tauchprobe hat er ebenfalls bestanden«, jetzt lächelten auch seine Augen, weil er gerade gefunden hatte, wohinter er hergewesen war, was ihn dazu getrieben hatte, Wörter anzuhäufen, damit es zum Durchbruch käme: »Luft, Feuer und Wasser. Bleibt bloß die Erde, wenn Sie es befehlen.«

Morasán bewegte den Kopf und setzte zu einem sanften Lachen an, lang und ohne Tiefe, ohne Freude. Ramón glitt wieder vom Tisch und stützte sich mit den Fingerspitzen auf die Platte, lächelte ebenfalls und forschte in dem kleinen Lachen des anderen. Morasán verstummte, seufzte, strich sich dabei über den Mund und stand auf.

»Sie meinen also«, setzte er an. »Eines Tages erzähle ich das, und man wird es für einen Scherz halten. Dieser Haufen losgelassener Irrer ... Was haben Sie früher getan, womit haben Sie sonst Ihre Tage verbracht, ehe das hier losging?«

Ramón zog ein Zigarettenetui aus der Innentasche seines Jacketts und zündete sich eine Zigarette an, ohne Morasán eine anzubieten, hielt sie qualmend parallel zur Nasenbasis, schirmte sein vom Rauch geschlossenes Auge mit einer Hand ab.

»Gut«, sagte Ramón. »Sie verstehen nicht. Ich habe Musik unterrichtet und Architektur studiert.«

»Musik, was? Mußte ja etwas in der Richtung sein. Als Junge hatte ich Klavierstunden, und die hat eine Frau gehalten. Manchmal hätte ich gern Sie dort sitzen und daß Sie dran sind. Ich tue es, aber ich lasse mich dafür bezahlen, und außerdem geht es mir um was. Aber Sie ...«

»Ich tue es«, sagte Ramón und trat hinter den Schreibtisch. »Sie sagen, es geht Ihnen um was, weil Sie schon lange dabei sind. Man kann nicht immer tun, was man möchte.«

»Gewiß«, lächelte er und wandte den Blick von ihm ab. »Haben Sie Angst vor mir?«

Ramón zeigte hinterm Schreibtisch weiter sein Gebiß, stand aufgerichtet mit dem Rücken zu dem dunklen Vorhang des großen Fensters.

»Nein«, antwortete er und löschte sein Lächeln ein wenig. »Angst von der Art, nach der Sie fragen, nicht. Von einer anderen, tieferen, schon, die empfinde ich vor aller Welt. Zuweilen Entsetzen.«

»Musiklehrer. Sonst noch was?«

»Ich war bei Tersut. Ich habe Ihnen meine Meinung dazu gesagt. Soll ich weitermachen?«

»Ich sehe später nach ihm. Musiklehrer, rufen Sie mir Villar her.« Als Ramón mit seinen langen, geräuschlosen Schritten an der Tür war, fügte Morasán hinzu: »Wissen Sie, daß ich nicht ein Wort verstanden habe? Von dem Schwachsinn, den Sie angeblich mit Tersut getan haben? Aber Sie haben mich damit auf die Idee gebracht, was ich gern mit Ihnen täte.«

Er legte seinen Hut auf den Tisch und sah über dem Rand des Vorhangs, knapp unter der Decke, verdünnt vom Bürolicht, den sinkenden Mond, fern, fremd in der Kälte und der Stille. Er hörte die Schritte hereinkommen und drehte nur leicht den Kopf, um über die Schulter zu schauen.

»Ist was?«

»Nichts; was ist, wissen Sie schon«, sagte die Stimme hinter Morasán. »Ich sollte Sie daran erinnern, daß Sie sich den Toten von der Razzia ansehen.«

»Ja.«

»Im Vorraum ist dieser Mann, Max, der behauptet, Sie erwarten ihn.«

»Hat er was gesagt?«

»Daß Sie ihn hier erwarten.«

»Nein. Sieh zu, daß sie mir diese Frau herbringen, Irene, die aus dem First.«

›Jetzt sitzt Beatriz bestimmt im Bett‹, dachte Morasán, während der andere den Raum verließ, ›sieht den Mond an und betet, vor der Statue des Heiligen flackert die Kerze, diese Blumen und Spitzendeckchen, dieser verkniffene Mund, diese Augen wie Glas, als wäre sie ein Möbelstück, an Leib und Seele geschlossen, während die Welpen im Korb auf dem Boden nuckeln und in alle Ecken des Zimmers machen, daß es einem hochkommt, wenn man nur die Tür öffnet und die Nase hineinsteckt, abends beim Heimkommen, und nachdem ich in meinem Zimmer herumgelaufen oder mich in meinem Bett gewälzt habe, bleibt mir nichts übrig, als mich wie ein Dieb die Treppe hinauf und in ihr Schlafzimmer zu stehlen, um sie zu bitten, daß sie wenigstens redet, mich anhört. Den Himmel durchs Fenster anstarrend, völlig durchgefroren und betend im Geruch der Kerzen und des Räuchertiegels und des Haufens sich windender Hunde. Diese geschlossenen Schenkel, wenn ich sie schlage, geschlossen, wenn ich sie bitte.‹

Irene kam, in ihren Mantel gehüllt, vor Villar her durch die Tür und ging bis in die Mitte zwischen Tür und Schreibtisch, kleiner als eine Stunde zuvor am Tresen, die Hände vor dem

Bauch, zusammengesunken, die Kiefer ein wenig klaffend, bebend das gerötete Gesicht mit glänzenden Placken darauf.

»Hallo«, sagte Morasán und trat gemächlich vom Fenster aus näher. »Du grüßt nicht? Hat man dir was getan? Nein, man hat dir nichts getan. Die Vorstellung hat noch nicht begonnen. Ramón ist ja kein Unbekannter für dich. Der wartet bloß auf dich. Ich habe keine Zeit zu verlieren. Wenn du mir auf der Stelle mitteilen wolltest, wo Barcala ist …«

›Das ist eine Frau‹, dachte er, neben ihr stehend, ›dieses eklige Etwas. Die feuchte Nase, eine Frau, die geröteten Augen, die schlaffen Haare, eine Frau, dieses ganze hündische Aussehen, die dünnen Beinchen und alles übrige.‹

Sie hob die Hände zum Mund, und ihr Gesicht veränderte sich, als wollte sie gleich schreiend weinen oder auf Morasán losgehen, fiel aber wieder in sich zusammen, als Villar ihr eine Hand um den Hals legte, sie nach links bewegte und vornüberdrückte, bis sie saß, keuchend, als hätte sie in der Anstrengung, die Arme zu heben, all ihre Kraft gelassen, als hätte ihr ganzer Körper daran schmerzhaft Anteil genommen.

»Hoch mit ihr«, sagte Morasán und sah erwartungsvoll, wie Villar sie an den Armen in die Höhe zog und an den Platz stellte, den sie zuvor eingenommen hatte, genau zwischen Tür und Schreibtisch, der kleine Körper weiterhin in sich zusammengesunken, aber ohne zu wanken.

»Er hat ein paar Nächte in der Pension geschlafen, aber ich weiß nicht, wo er ist. Er hat's mir nicht gesagt. Ich weiß nicht, wo er ist.«

Morasán wartete, daß sie schwieg, diese Schallplattenstimme, die von irgendwo aus dem gesenkten Kopf kam, der im Licht eine Braue ohne Haar und die abgemagerte Spitze der glänzenden Nase zeigte.

»Du weißt es nicht, ein Jammer. Die von unten sollen mal hochkommen, außer Ramón.«

Villar sah die Frau an – er wußte, sie würde sich nicht rühren – und stieß mit dem Ring an die Klinke, als er die Tür hinter sich schloß. Gleich darauf nahm Morasán den Stuhl, auf den Villar die Frau gesetzt hatte, und stellte ihn hinter den Schreibtisch. So daß er jetzt, erneut sitzend, die Frau stehen sehen konnte; allein, nur sie in der Mitte des Raums, den er von dort überblickte, sie allein und die Wände und die Tür mit schwarzer Aufschrift, und er genoß still die Abstände, die Farben und die Facetten des Lichts, das den reglosen Körper in Helligkeit tauchte und verblaßte, je weiter es sich im Rücken der Frau entfernte, bis es mit Unterstützung der hellen Wände ein wenig reagierte, als wäre es nicht unbewegt, als pendelte das Licht schwindelerregend hin und her, um ihm, Morasán, zu zeigen, daß die Frau allein war, isoliert in dem quadratischen Raum, der sie umgab, und daß sie sich in diesem Raum hätte bewegen können, laufen, springen, daß sie aber vor seinen Augen still dastand, auf ewig zur Ruhe gekommen, in diesen Sekunden der Reglosigkeit, den entscheidenden.

Als die sechs Männer eintraten und schließlich den Tisch umringten, sicher, daß die Frau sich nicht rühren würde, sie die Frau hinter sich ließen und sie nur mit gelangweilten und gehässigen Blicken bedachten, die an ihrem Körper hinabrannen und sich unten straff über den Boden spannten, stand Morasán wieder auf und erinnerte sich, daß er einen Moment zuvor gedacht hatte: ›Das ist eine Frau wie Beatriz, die gerade …‹ Er trat zu der von leuchtenden Blicken eingekreisten Irene, und mit dem Kopf, mit einer einzigen raschen Kopfbewegung nach links und einem langsamen Blick wieder nach vorn, verteilte er die Männer in einem Halbkreis um sie und sagte:

»Du weißt nichts von Barcala.«

»Er hat bei mir übernachtet«, sagte sie, »aber ich weiß nicht, wo er ist, er hat es mir nicht gesagt.«

»Du weißt nichts von Barcala«, sagte Morasán.

Er betrachtete die Schwäche der Frau, die Ohnmacht des geduckten Körpers zwischen den sechs Männern in Hemdsärmeln, die schön fest auf ihren Beinen standen und warteten, zur Schau trugen, daß sie alle Zeit, die nötig war, warten würden, nichts dagegen hatten, sich zu bewegen, auch keinen Drang dazu verspürten.

»Dann gehe ich jetzt«, sagte Morasán.

»Ich weiß nicht, wo Barcala ist. Ich weiß es nicht«, antwortete sie.

»Ich gehe, und du amüsierst dich dann. Ich garantiere dir, daß du dich amüsierst.«

Er streckte die Hand aus und nahm langsam das Haar der Frau und drehte sein Handgelenk, bis er ihren Kopf anhob, zog an der Grimasse, die den Mund der Frau verzerrte, bis der Kopf unter der Zimmerdecke und dem Licht lag, drehte weiter und sah zornig die geschlossenen Augen an, spürte, daß die Männer näher gerückt waren, noch abwarteten, sein Gesicht mit demselben gelangweilten Blick bedachten, mit dem sie Irene beim Eintreten gemustert hatten.

»Du weißt nicht«, sagte Morasán.

Er schlug sie ins Gesicht, nicht übermäßig fest, und schlug sie mit dem Handrücken derselben Hand noch einmal, sah, wie zwischen dem ersten und dem zweiten Schlag das Weinen auf dem liegenden Gesicht entsprang, stellte fest, daß der Körper sich nicht gerührt hatte und weiter steif, bewegungslos das Weinen darbot, wie eine am Stengel gehaltene Blume, die Tränen und die unrhythmischen Konvulsionen, das Brabbeln und das rote, weiße, zitternde Spiel der sich füllig über die Zähne bewegenden Lippen.

Er hielt inne, um durch den halbgeöffneten Mund Atem zu schöpfen, während er die Regungen des Gesichts beobachtete, spürte, daß nicht er allein das kleine, aus der Fassung geratene, von seinem Handgelenk fixierte Gesicht zweimal geschlagen hatte und gleich wieder schlagen würde; daß die Frau von allen Männern um sie herum geschlagen wurde, wenn die auch weiter reglos und gelangweilt dastanden, wenn auch jetzt näher, sie enger umschlossen, bis sich die

Hitze ihrer Körper, ihr Geruch nach Tabak und Frisierstube mit dem warmen, durch Tränen und Rotze ausgestoßenen Atem der Frau mischte, während sie darauf warteten, sie reden zu hören, darauf gefaßt, zuzuschlagen, ihr die Wörter, die sie sagen würde, gegen den Mund zu hauen: »Ich weiß nichts von Barcala, er hat bei mir übernachtet und ist dann gegangen.«

Aber sie weinte nur, und so wie er begriffen auch die sechs stummen Männer, daß sie aus der Frau nur das Weinen und den Schmerz herausholen würden, mit jedem Hieb seiner Hand, der Handfläche und des Handrückens, die schnell und geräuschvoll gegen die heiße Gesichtsform klatschten, gegen die Feuchte des Schmerzes und das spärliche Blut aus der Nase und der in der Mitte aufgeplatzten Lippe; und rasend schnell spürte er seinen Haß wachsen und den Drang, sie zu schlagen, weil die Frau nichts sagte, ihn betrog, auch die anderen betrog, die gekommen waren, um zu handeln und zu hören, und die jetzt untätig in ihren gespreizten Stiefeln am Boden festgemacht dastanden und die Frau nur beschimpfen konnten und lachen, sie weiter beschimpfen und dabei nach irgendeinem Gedanken Ausschau halten konnten in dem einen oder anderen Schmerzsplitter, der das Gesicht der Frau verzerrte. Bis einer von ihnen vortreten mußte und die Kehle der Frau ein wenig zudrücken und die Kehle gleich darauf loslassen und den Körper schlagen mußte, die Mitte des Körpers, der sich krümmte und zu weinen aufhörte im Fallen.

Morasán sprang zurück, als könnte sie ihm den Saum der Hose beschmutzen, sah mit hängenden Armen die Männer an – die sechs fettigen Gesichter unter der Lampe, gelangweilt, mit ihrem untätigen Blick –, versprühte seinen restlichen Haß vor ihnen, wie sie da standen, lebendig, fähig, die Schläge auszuhalten und zur Kenntnis zu nehmen; dann zog er keuchend das Taschentuch aus der Jacke und wischte sich mit dem entfalteten Tuch übers Gesicht, versuchte dabei immer wenigstens ein Auge für den gekrümmten Körper am

Boden frei zu behalten, den ein Mann behäbig mit dem Fuß anstieß, bis er ihn umgedreht hatte, er mit dem Gesicht nach oben lag, die Hände aufgehäuft über dem Magen.

»Aber du wirst reden«, sagte Morasán, ohne sie anzusehen, während er sich von ihr abwandte und zum Schreibtisch ging, wo er seinen Hut nahm, um ihn aufzusetzen und gleich darauf wieder abzulegen.

»Wenn Sie zurück sind, redet sie«, versprach einer der Männer.

Er betrachtete den Rest Mond oben am Vorhang und zuckte die Achseln bei dem Gedanken, daß es schon nicht mehr wichtig war, daran zu denken, daß Beatriz wach sein würde, betend, sich Brust und Arme verkühlte.

»Du wirst reden«, sagte er wieder. »Daß mir hier niemand ungerufen reinkommt. Wenn was Wichtiges ist, telefonisch.«

Er sah, wie sie gemächlich, ohne zu sprechen, hinausgingen, auffällig darauf bedacht, einander nicht anzusehen, während sie sich gruppierten, um die Tür zu passieren.

Wieder betrachtete er die Frau, und schon ohne Interesse öffnete er schließlich die Schreibtischschublade, nahm den Stoß Akten mit den kleinen, mit Heftklammern an den Ekken befestigten Paßfotos heraus. Er trennte das von Ossorio ab und schaute es prüfend an, verglich es mit dem Ausschnitt des Männergesichts in der Ecke des Cafés, der Form der Stirn, die sich über den Glanz der Gläser beugte. Aber das kleine Foto war das eines zwanzigjährigen Jungen, der, lange her, den Fotografen anlächelte, das Haar eben erst, glänzend, nach einer Seite gekämmt, die großen Augen unverhohlen und sicher in ihrer protzigen Jugendlichkeit. Er legte das Foto und die getippte, mit »Luis Ossorio Vignale« überschriebene Akte wieder zuunterst in die Schublade und durchsuchte weiter den Stapel, den er vor sich auf dem Tisch hatte, überflog das Gesicht und die Akte von Juan Edmundo Barcala, besah sich die Gesichter, eine oder zwei Sekunden jedes einzelne, als ginge er langsam gegen den Strom durch eine Menschenmenge, blickte schnell und professionell in die Mienen, bahnte sich ohne zu drängeln und mühsam einen Weg, stieß mit den Armen an, schwankte, wenn er mit den Schultern die Arme gegen die Körper drückte, die er durchfurchte.

Bei dem Blatt von Clara Gilles Lebet hielt er inne, vermutlich außer Landes und Agent provocateur, das junge Gesicht mit dem hochgesteckten hellen Haar, der Mund, der zu einem Lächeln ansetzt unter der feinen Schicht von Beschädigung, die über die Stirn verlief und in den Haarwurzeln entsprang, unter dem zufriedenen Blick, frei von Neugier, lau geworden, den die Schwellung der Lider zu trüben begann. ›Was für eine Frau, Miststück‹, dachte er. Die Nase von Clara Gilles war eine Männernase, breit zulaufend, offen, und er erinnerte sich, wie sie vorragte und auf ihrem Gesicht den Akzent setzte, wenn man sie im Profil sah, beim Essen mit einem Offizier an einem Nachbartisch im Troika oder – dann den Kopf etwas stärker geneigt und die vorspringende Nase zum Mund und den Wangen hingezogen – auf einer farbigen Propaganda-Fotografie, auf der sie einem Mungo eine Mohrrübe hinhält.

IX

Die Frau hatte sich zu bewegen begonnen, den Kopf in länger und langsamer werdenden Zuckungen geschüttelt, die Hände noch über dem Magen gewölbt, dort unten zusammengekrümmt, zwischen Morasáns Füßen, ihr Kopf genau unter seinem Blick, der das Beben der Augenlider beobachtete und die unklare Farbe von Mund und Nase, die angeschwollen waren, sie aus dem kurzen Tod zurückkehren sah, der sie hatte zusammenbrechen lassen – das Gewicht ihres Körpers, der für einen Augenblick an Morasáns Arm gehangen hatte, ehe er fiel –, als der Mann nicht mehr an ihrer Kehle rüttelte und rasch mit der linken Faust zuschlug.

Sie näherte sich ihm aus jenem nackten Ort, an dem sie gewesen war, ohne Erinnerung, aus jener Schwärze oder weißgleißenden Helligkeit, für die er keinerlei Neugier empfand, die er aber durch ein ähnliches und ebenso unerbittliches, monströses Entsetzen in irgendeiner Weise verschwistert wußte mit der Welt, in die er Beatriz versunken glaubte, wenn er sie früh am Morgen schlafen sehen konnte, wie sie unter einer Luftglocke ruhte, in der die schweren Spuren der Gebete noch hingen, das Echo der von ihren trockenen Lippen gezischten S, der Leichengeruch der Blumen und des Räuchertiegels, der lebendige, aggressive Gestank der Hündin und der verschlungenen und unruhigen Welpen im Korb. Manchmal konnte er die Stunde abpassen, wenn sie eingeschlafen war, und schaffte es die Treppe hinauf und in ihr Schlafzimmer, ohne sie oder den haßerfüllten Blick der Hündin zu wecken, und er betrachtete sie, wie sie schlief, und trieb die Hoffnung voran, daß der Schlaf sie wie eine schwere Brandung durchflutete, auch rings um ihren vollgesogenen Körper in dem mit Bändern und Spitzen besetzten Nachthemd tobte, ihn attackierte, an ihm zerrte, bis die Wurzeln des unvergessenen Grolls sich rührten, ihn endlich ausriß, unwiderruflich von ihr forttrug, und daß er sie, wenn er am nächsten Morgen erwachte und von der Seite des Bettes, auf der er geschlafen hatte, zusah, wie sie sich im Zimmer bewegte, fünf Jahre vor dieser Nacht fände, ohne Erinnerung an den Haß, ein wenig unsicher noch ihr Gang und ihre Handgriffe und auch ihre Stimme in dem zurückeroberten Gebiet der Liebe, in das der Marsch des Schlafs sie zurückgeführt hatte, aber doch auf der anderen Seite der vom einstigen Vorfall abgesteckten Grenze.

Der Kopf am Boden schlug die Augen auf und schloß sie wieder, streckte dann den Körper mit einem Stöhnen, beruhigte sich dann und wimmerte mit einem Knurrton wie von den blinden Welpen in Beatriz' Schlafzimmer, wenn sie wach auf dem Bett saß oder in dem Sessel, den sie ans Fenster geschoben hatte, auf die Heiligenfigur starrte, die das Kerzenlicht dehnte, oder nach draußen auf das kümmerliche Stück Aussicht, die das Fenster bot, die alten Hände mit den hervortretenden Adern sanft vor der Brust ineinander rieb, ohne Unterlaß betete mit einem winzigen Geräusch wie von einem Tropfen, der auf Wasser fällt, ohne zu sprechen, ihre Lippen die Form der Wörter andeuteten, damit sie sich beim Wiederholen nicht verhaspelte, wenn sie die Wörter dachte und wiederdachte, die immer gleiche unabänderliche Kette von Wörtern, mit erhobenem Kopf, der Körper mit verkühlten Armen und Hals im stickig riechenden Schlafzimmer, das er betrat und wo er im Stehen wartete und sie ansah oder im Sitzen wartete und stur seine Hand mit der Zigarette ansah, unabänderlich und verhärtet – perfekt das Profil, in dem die müde Flamme des Auges sich öffnete – in dem überladenen Schlafzimmer, in das er sich schlich und in dem er sie nur noch ansehen konnte, ohne sie anzusprechen, ohne sie zu schlagen.

Die Frau kam jäh aus ihrer Starre und hob den Kopf, rasch vom einen zum anderen von Morasáns Beinen schauend, sah dann überrascht das Gesicht des Mannes dort oben, der lächelte und einen Fuß von ihrer Flanke wegzog und einen Schritt zurücktrat, ohne sie aus den Augen zu lassen.

»Steh auf«, sagte Morasán.

Sie spreizte die Arme über den Boden und rückte ihren Rumpf zurecht. Ruhig lag sie da, starrte mit weit offenen Augen zur Decke. Auf dem Stuhl nah am Schreibtisch saß Morasán, rauchte und sah sie an, hörte auf die Geräusche im Gebäude, das Telefonklingeln, den Lärm der Motoren, unten, auf der Straße, der sich zwischen vereinzeltem Sirenengeheul entfernte.

»Steh auf«, sagte er wieder. Sie zog ein Bein an und stützte sich auf die Hände, sah, plötzlich in dieser Haltung zur Ruhe gebracht, durch den Vorhang ihrer Haare zu ihm hin.

Morasán stand auf und ging langsam zu dem klingelnden Telefon.

»Braun ist eben gekommen, er sagt, es gab eine Schießerei im First. Torry sei umgebracht worden, und es gibt noch einen Toten. Jetzt ist alles ruhig.«

»Ich rufe ihn gleich, soll warten.«

»Eben ist ein Herr Max wiedergekommen. Er möchte Sie sprechen.«

»Ich kann ihn nicht empfangen«, er legte nachdenklich den Hörer auf. »Komm her«, sagte er zu der Frau. »Komm her, ich tu dir nichts. Du weißt nichts über Barcala, was soll man da machen. Du wirst dir nichts ausdenken, was? Komm her.«

Sie rührte sich wieder und kam unsicher ein wenig hoch, dann mit Schwung, klopfte sich die Kleider ab, streichelte ihre Handgelenke, eher verwirrt als erschrocken in ihren Gesten.

»Außerdem habe ich Barcala schon«, sagte Morasán.

Sie trat näher, während er sich wieder hinsetzte und die Zigarette unter dem Absatz austrat und seine Miene in einer Bewegung der breiten Brauen gedankenverloren verharrte.

»Komm her«, sagte er. »Sie haben Torry umgebracht.«

Er sah sie vor sich stehen und wiederholte dieses lange, ruhige, freudlose Lachen, das gegen seinen Willen zu entstehen schien, ließ sie nicht aus den Augen während des Wartens, daß das Lachen aufhörte.

»Er war ein guter Junge«, sagte er dann. »Er war mit mir heute abend dort, du hast ihn gesehen. Er war ein guter Junge, das Beste, was ich kenne, und sie haben ihn umgebracht. Denk bloß, ich rede gar nicht von Barcala, du bist hier wegen Torry, mir egal, ob du weißt, wo Barcala ist, oder nicht. Du bist wegen Torry hier. Sicher, du hast ihn nicht umgebracht, aber du bist trotzdem deswegen hier. Vergiß das nicht, ja? Du kannst dich setzen. Willst du rauchen? Nein? Gut, sag mir bloß eins. Du hast mit Barcala zusammengelebt.«

»Noch nicht«, sagte sie. »Er ist zwei oder drei Nächte dagewesen.«

»Ja, aber in diesen Nächten hast du mit ihm zusammengelebt. Er ist zur Pension gekommen und dort geblieben.«

Er sah sie wieder an – er hatte den Blick von ihr abgewandt, als er anfing zu fragen, ob sie mit Barcala zusammengelebt hatte – und dachte an seinen Haß auf dieses ganze dreckige Leben von Prostituierten und Zuhältern, seinen von jeher, von Jugend an, empfundenen Haß auf das dunkle Mysterium, das er erahnte, das sich ihm aber entzog, am Grund dieser Existenzen verborgen blieb, in diesem ganzen Menschenschlag in Pensionen, Hotels, Nachtklubs, seinen Haß auf das Äußerliche, das alles war, was er kennenlernen konnte, von dem das Mysterium, das ihn rasend machte, offenbart und verhüllt wurde, die Rendezvous in Nachtcafés am frühen Morgen, die schmachtenden Blicke der Frauen, die groben und eindeutigen Worte, mit denen sie ihre Liebe zu den Männern ausdrückten, und das Schweigen, mit dem sie sie in den Verhören auf der Wache verteidigten, die servile Entschlossenheit, eher zu sterben, als auch nur den Schlaf ihrer Männer zu stören.

»Er ist geblieben, ja? Und er ist nicht wie dein Brüderchen geblieben.«

Sie hob in beginnendem Argwohn einen verständnislosen Blick, zupfte sich die Kleider über der Brust zurecht, schlug den Mantelkragen hoch, um den Hals zu bedecken, und dann zuckte sie die Achseln.

»Sicher«, sagte Morasán. »Hat er dir Geld abgenommen?«

»Geld? Nein, sonst nichts. Er ist nur zum Schlafen gekommen.«

»Nein, nicht sonst nichts«, beharrte er. »Nicht sonst nichts, erzähl mir nichts.«

»Aber ja«, sagte sie und hob wieder die Schultern.

»Eben. Hör zu, ich stelle dir jetzt eine Frage, und du denkst gut nach, ehe du antwortest. Du kannst dir durch nichts schaden. Ich weiß, warum ich dich das frage.« Sie nickte. »Denk gut nach, und sag mir, ob Barcala so war wie die anderen Männer. Sag mir, ob er nicht so eine Eigenart hatte ...«

Sie antwortete erst nicht, sah ihn eine Weile an, wollte erraten, was hinter dieser überraschenden Frage steckte, zögerte ängstlich, ehe sie den sicheren Boden dieser unverhofften Gesprächsebene betrat.

»Eine Eigenart?« sagte sie langsam. »Nein; er war wie alle. Warum?«

»Ich stelle die Fragen. Also, nein?«

Die Frau verneinte noch einmal durch ein Kopfschütteln, fürchtete, ihm mißfallen zu haben, hing wieder im aussichtslosen Raten.

»Gut, in Ordnung. Denk ein bißchen nach, sag, ob dir nicht etwas an ihm seltsam vorgekommen ist.«

Da lehnte sie sich an den Schreibtisch und dachte an alles Benehmen von Männern und Frauen, das sie gesehen und von dem sie gehört hatte, an alle Wörter und alle erinnerten oder vorgestellten Szenen von Männern bei Frauen, in Schlafzimmern, auf Straßen, in Kinosälen, Tanzsaallogen, Autos, auf Spaziergängen, Festen, an Stränden, an jeden Ort und an jede Art, in der Männer sich mit Frauen zusammentaten, und an die Art, in der sie mit Barcala zusammengewesen war in diesen wenigen Nächten, und sie schaffte es nur, ihn neben sich schlafen zu sehen, das von Bart und Müdigkeit dunkle Gesicht zur Wand gedreht, traumentfernt.

»Aber nein«, sagte sie traurig, »ich kann mich an nichts Seltsames erinnern, gar nichts.«

Während sie nachgedacht hatte, war er aufgestanden und hatte sich, knapp hinter der Schulter der Frau stehend, mit Blick auf das Gesicht, in dem die Schwellung angewachsen war, die Zeit damit vertrieben, seinen Haß zu zügeln, die an ihm zerrende Lust, sie wieder zu schlagen, bis sie erledigt wäre diesmal, sie Ramóns Männern zu übergeben, damit die sie schlugen, und es anzusehen.

»Gut«, sagte er dann.

Er drückte mit einem Finger auf die Klingel an der Seite des Schreibtischs und wartete stumm, bis der Umriß des

Mannes hinter dem Glas in der Tür erschien, und dann sagte er:

»Vergiß nicht, daß sie Torry umgebracht haben, merk es dir gut.« Der Mann kam mit verschlafenem Gesicht herein, dick, das Sakko um die Nieren herum verknittert. »Nimm sie mit, sie sollen sie unten behalten, und sag Ramón, er soll hochkommen.«

Mit den Händen in den Hosentaschen ging er auf und ab, während die Frau weggebracht wurde, gehorsam vor dem dicken Mann hermarschierte, ihre Schritte dem behäbigen Stapfen hinter sich anpaßte durch den Korridor und auf der Treppe, die sie schweigend hinabstiegen (sie zuweilen mit den Fingern nach der Wand tastend) im gelben Licht einer hoch oben angebrachten, von einem Drahtgitter eingefaßten Lampe und dabei spürten, wie die Kälte mit jeder Stufe, die es nach unten ging, zunahm, und bis Ramón lächelnd hereinkam und fast noch an der Tür wortlos stehenblieb, sich die Hände rieb.

»Nichts Neues?« wollte Morasán wissen.

»Nichts. Mache weiter mit Tersut oder eigentlich schon nicht mehr weiter.«

»Mit Tersut befaßt. Sie haben Torry umgebracht.«

»Habe ich unten gehört. Und die Frau?«

»Was ist mit der Frau?«

»Nichts. Ich wollte mich nach ihrem gesundheitlichen Befinden und ihren Plänen für die Zukunft erkundigen.«

Morasán trat näher und legte ihm eine Hand auf die Schulter, schätzte Ramóns Lächeln ein, das sich nicht verändert hatte.

»Musiklehrer«, sagte er. »Gehen wir runter und sehen nach Tersut.«

Sie stiegen langsam die Treppe hinab, nachdem sie schweigend durch den Korridor mit den noch ungetünchten Wänden gegangen waren, in dem sich der neue Ziegelstein aufdringlich ausbreitete, von oben bis unten, seinen harten, im spärlichen Licht löchrigen Schwamm zeigte, in dem der Geruch nach Feuchtigkeit, Kälte und Dunkelheit sie schaudern machte, in dem die Schritte schleppend und überlaut hallten, die Köpfe der Wachen herumfahren ließen. Das Licht wurde noch kärger auf der Treppe, die sie vorsichtig hinabstiegen, an der Wand entlang, Halt suchend auf den glitschigen Stufen, ihrer rauhen, befeuchteten Oberfläche, hinab zum Raunen der Leute im Hof und ihrem sauren Geruch nach Elend und dem Geräusch der klobigen Schuhe der Aufseher, den drohenden Phrasen, die sie im Vorübergehen fallenließen, ohne Nachdruck, einstudiert, während sie in ihrem aufrechten und immergleichen Gang – das Gewehr über der Schulter, eine Hand unter den Koppelriemen geschoben – den Haufen Männer und Frauen am Boden abschritten, das Dickicht und das Ungestüm ihres Schlafs, den Hunger und die Furcht.

»Keine Neuigkeiten«, sagte der Mann und nahm Haltung an beim Grüßen.

Sie querten den weitläufigen Innenhof, der einmal der körperlichen Ertüchtigung gedient hatte, aus dem die Geräte entfernt worden waren und wo der Dreck die Kalkmarkierungen des Basketballfelds auf dem Boden binnen kurzem zerfressen hatte, einzig das Schwimmbecken geblieben war, leer, an einer Seitenwand Wasser ausschwitzend, in das nah am Abfluß ein Hut und ein schmutziges Blatt Papier gefallen waren, und betrachteten die am Boden liegenden oder an den Mauern lehnenden Köpfe.

»Sind die Leute aus dem First hier?« fragte Morasán.

»Alle. Wollen Sie mit ihnen reden?« sagte Ramón.

»Nein, später, später.«

Er suchte nach irgendeinem Körper oder einem Gesicht, die individuell hätten herausgelöst werden können aus der verbleibenden Gesamtheit rings um das Schwimmbecken, und verwechselte, verlor auf der Stelle jedes rasche Merkmal, das sein Blick zu erhaschen vermochte – zwei hartnäckig starrende Augen, ein fleckiges und über der Brust aufgeknöpftes Seidenhemd, das rotbraun karierte Halstuch, hinter dem sich das Gesicht einer Frau verbarg –, verlor es auf der Stelle in der Gesamtheit der zusammengepferchten Männer und Frauen, die ihre Schmutzigkeit ausgedünstet hatten, ihr argwöhnisches Entsetzen.

Verlor im Weitergehen und während er die Tür erreichte, die in Ramóns Büroräume führte, die Erinnerung an den schmächtigen Körper des Mannes, der allein war im einzigen Winkel, in dem man das sein konnte, an sein erdfarbenes Gesicht mit schütterem Bartwuchs, an den dunklen Schal unter den hochgestellten Aufschlägen des Jacketts, dem jeder Sinn für den Moment abhanden gekommen war, als man ihn hinab, die halsbrecherische Treppe hinuntergestoßen hatte, er unschlüssig vorwärts gegangen war, im Zickzack wie ein erschrockenes Pferd, ohne zu wissen, weshalb eine Richtung besser sein könnte als eine andere, bis er diesen Winkel erreichte, den er so viele Stunden nicht verlassen hatte, in dem er die Wechsel des Lichts im fernen, mit Segeltuch verhängten Oberlicht gezählt, sie als Anhaltspunkt in die Mauer geritzt hatte, Buch über die Tage und die Nächte führte, über den Umfang an Zeit, die vergehen sollte zwischen seinem Leben, das abgebrochen worden war, als man ihm an einer Straßenecke der Stadt eine Hand auf die Schulter legte, und dem geduldigen Tod, der auf ihn wartete, sich unmöglich um einen Körper betrügen ließ.

Denn seine Angst war einzig und ausschließlich eine Angst vor der physischen Zerstörung. Er, seine Seele, seine Überzeugungen und die Erinnerungen, die er, unter anderem, durch die Kerben in der Mauer am Leben hielt, waren etwas anderes, von seinem Körper Abgespaltenes, fern und für immer von seinem Fleisch getrennt das Mysterium des Gehirns, das es ihm weiter erlaubte, zu begreifen, was vorging oder vorgegangen war außerhalb des nicht zu erklimmenden Schachts, in dem er untergegangen und stumm war.

Nur das deutliche, gereizte Bewußtsein seines Körpers, der

Wärme des Bluts, das seinen Körper versorgte, der langen, unter der Haut und dem Flaum des Bauchs eingerollten Gedärme, des mutmaßlichen Blaßrosa der gewichtslosen Lungen, der Hände, der unvorstellbaren Zahl von Bewegungen, die die Hände bis zur Erschöpfung ausführen konnten, bis sie schmerzten, bis sie vor seinen Augen zu zerspringen drohten, des Geschmacks auf seiner Zunge, des Geruchs seines ungewaschenen Mundes, das Bewußtsein des hängenden Fleischs, für das es schon keine andere Bestimmung mehr gab, als die Angst zu bändigen, und das er lächerlich fand und einsam.

X

Ramón öffnete die Tür und ließ Morasán mit einer angedeuteten Verbeugung den Vortritt, damit er hineingehen und die hemdsärmeligen Männer begrüßen konnte, die um das Licht herumstanden, ließ ihn einen Blick in die Runde werfen und schließlich vorgehen bis zu dem Stuhl, auf dem Tersut saß, der die Hände im Schoß umfaßt hielt, den Oberkörper still wiegte, während auf dem Gesicht, auf dem dicken haarlosen Gesicht, an dem die Wangen herabhingen wie Hundeohren, immer wieder eine gedehnte Mundbewegung nach einer Seite auftrat, wie ein plötzliches Lächeln, das umgehend zurückgenommen, für einen Augenblick an der Falte festgehalten wurde, die von der Nase aus abwärts verlief. Dann kam auch Ramón herein, schloß die Tür und nahm sein Hinundhergehen wieder auf, streckte die Beine bei jedem Schritt, hatte die Hände in die Weste eingehängt, lächelte gleichgültig zu der Gruppe hin, die den Mann auf dem Stuhl umstand.

Morasán betrachtete eine Weile Tersuts Gesicht, suchte, ohne welche zu sehen, Spuren von Schlägen, bis er bei den Augen weitersuchte, Tersuts Stirn behutsam zwischen zwei Finger nahm und den Kopf drehte, bis er ihn vollständig beleuchtet vor sich hatte. Der Kopf hatte kleine blaue Augen mit gelben Augäpfeln, und sein Blick flackerte unruhig, fast frohlockend, wurde gehässig, klug, erwartungsvoll, als begleitete er die Beichte eines heiteren Geheimnisses, um unvermittelt in sekundenlange Ausdruckslosigkeit zu verfallen und kraftlos im Licht zu zerfließen, einen Moment in sich zusammenzusinken und zu zwinkern, bis die Augen sich dem Gleißen der Lampe überließen, reglos.

»Erzähl ihm von den Kleidern«, sagte einer der Männer aus dem Dunkel heraus, aus dem Gelächter, das in die Stille klatschte, sich müde davonschleppte.

»Über den Schrank kommt er nicht hinaus«, sagte Ramón, trat näher, hob eine Hand. Morasán ließ den Kopf los, der kaum merklich, etwas schief über dem Schwanken des Oberkörpers, schaukelte. »Hören Sie einen Moment zu, und sagen Sie mir, was Sie davon halten.« Er beugte sich zu Tersuts Ohr und hob die Stimme, verkleisterte sie, wollte ihr, bei aller Streitlust darin, einen liebevollen und einschmeichelnden Klang geben: »Erzählen Sie, wie sich der Kleiderschrank bewegt hat, Tersut.«

»Ja, der Kleiderschrank«, sagte Tersut, durchschnitt sein Gesicht mit dem scharfen Mienenspiel des Mundes, zwinkerte mit den Augen. »Der Kleiderschrank. Wie gesagt, einmal abends, ich will mich eben hinlegen ...«

Er zuckte zusammen und fuhr dann begeistert fort, rieb sich die Hände, reckte den Hals, um heftig auf eine unsichtbare Person einzureden.

»Ich will mich eben hinlegen, sitze auf der Bettkante und plaudere so mit ihr, was tagsüber gewesen ist, und plötzlich höre ich den Kleiderschrank knarren, und als ich mich umdrehe, sehe ich, wie der Kleiderschrank zu schwanken anfängt und über den Boden läuft und gegen die Wand prallt. Ich sage: Gut, ich bin verrückt, wir sind verrückt, weil sie nämlich bei mir war und ich sie ansehe, und sie kommt und drückt sich ängstlich an mich. Da tätschele ich ihr den Rücken und schaue zum Kleiderschrank hin, der an der Wand lehnt, mit den Hinterfüßen ein Stück in der Luft. Macht nichts, ich bin verrückt, sage ich mir. Ich gehe hin und will den Kleiderschrank ohne Angst anfassen, und als ich ihn anfasse, erschaudert er, ich packe ihre Hand, und wir weichen zurück, weil sich der Kleiderschrank auf uns stürzen will. Können Sie sich das vorstellen? Mit dem Kreischen der Schrankfüße auf dem Fußboden geht das Licht aus, es ist aus, und wir stehen an der Wand und halten uns fest an den Händen, und dieses Vieh will uns erdrücken. Ich halte dagegen, so gut ich kann, aber als mir der Kleiderschrank keine Luft mehr läßt, drehe ich mich mit dem Rücken zu ihm und stütze die Hände ein bißchen gegen die Wand, damit sie noch ein wenig weiterleben kann zwischen meinem Brustkorb und der Wand, und auch, damit ich in ihren Armen sterbe, weil der Kleiderschrank, ob sie will oder nicht, weiterdrückt und uns beide, eng umschlungen an der Wand, zerquetschen wird. Verstehen Sie? Da macht es mir nichts mehr aus, weil ich mich deutlich daran erinnere, daß ich mir das immer gewünscht habe, daß ich immer gedacht habe, daß nichts mir was ausmachen würde, nichts schlimm sein könnte, wenn ich am Ende in ihren Armen sterben kann. Und ein bißchen bevor wir sterben, hört der Kleiderschrank zu drücken auf, und wir wollen raus, aber die Kommode kommt angelaufen und versperrt uns den Weg. Es macht nichts, weil die Gegenstände keine Kraft mehr haben, und da schiebe ich die Kommode mit dem Fuß zur Seite, und wir gehen wieder ins Bett, und ich frage sie: ›Hat sich der Kleiderschrank bewegt?‹ und sie sagt ›Ja‹, noch ängstlich. Gut, das hat mir nichts ausgemacht. Verstehen Sie? Dann habe ich dem Licht gesagt, es soll wieder angehen, und habe auf den Kleiderschrank eingeschimpft, bis sie müde geworden ist und gesagt hat: ›Komm schlafen, und laß den Quatsch.‹ Können Sie sich das vorstellen?« Er schnalzte mit der Zunge und zog etliche Male hintereinander die Grimasse, zerschnitt sich das Gesicht mit den Lippen. »Und so ist alles.«

Ramón richtete sich mit seinem strahlenden Lächeln auf, rieb sich die Hände.

»Nun«, sagte er, »falls Sie neben dem Wasser, der Luft und dem Feuer noch ...«

Morasán sah den Mann auf dem Stuhl wortlos an, nahm Tersuts Stirn erneut sanft zwischen zwei Finger, drehte den Kopf, bis er ihm in die Augen sehen konnte, und wartete, daß das Zwinkern über den kleinen blauen Pupillen aufhörte, um seinen Blick in die toten Augen des Mannes zu versenken, die sich im Licht verloren.

»Gut«, sagte er, trat nachdenklich zurück, forschte in den Mienen der anderen Männer hinter dem Lichtkegel, während die Feuchtigkeit von seinen lächelnden Lippen schwand.

Er durchwanderte den Raum, auf und ab, und stellte sich schließlich ans Fenster, das auf den Hof hinausging. Er wartete, bis er Ramón neben sich spürte.

»Gut«, sagte er, »machen Sie, was Sie wollen. Sie haben recht.« Eine Weile stand er da und strich sich übers Gesicht, sah in den düsteren Hof drei Meter weiter unten, in die vielversprechende Nacht, die weiterhin leer war, weiterhin hungrig. »Sie haben Torry umgebracht«, sagte er leise; »sie haben Torry umgebracht, vorhin, einfach so, im First and Last. Es gab keinen Grund, ihn umzubringen, er war der beste von allen. Machen Sie, was Sie wollen, und mit der Frau, mit Irene, machen Sie auch, was Sie wollen. Ich bin bis zum Morgen oben, kümmern Sie sich um die Leute aus dem First and Last, Sie haben freie Hand.«

Er ging grußlos hinaus, zurück durch den mit Menschen und Gerüchen gefüllten Hof, hörte die Hacken der Wachleute gegeneinanderschlagen, als er vorbeiging, stieg die Treppenstufen hinauf, die abgezirkelt in die Dunkelheit führten, und dachte an Torry, der tot war, den er nicht wiedersehen würde, dessen weißes und regloses Gesicht nicht wiederzusehen er entschlossen war, und an Beatriz in der Kälte der Nacht und des nahen Morgens, Beatriz' Körper im Nachthemd an den

Bettrand gedrängt, steif wie eine Statue, ohne Regung außer dem Zittern auf den betenden Lippen, der erhobene Blick auf das gerichtet, was sich im Fenster zeigte, Mondlicht, Tagesanbruch oder die undurchdringliche Nachtschwärze, so fern von ihm, fern von seinen Händen und ein für allemal fern von seinem Denken. Er ging langsam durch den Korridor, senkte den Kopf, um Villar nicht anzusehen, der mit den Kärtchen in den Händen an der Bürotür stand. Er mußte vor ihm stehenbleiben, weil er ihm den Weg abschnitt.

»Was gibt's?«

»Nichts Neues. Ein Russe, Max, der Sie sprechen will.«

»Wie gesagt: Ich bin beschäftigt.«

»Ja«, sagte der andere und strich über die Kärtchen. »Aber ich habe mit ihm gesprochen, und er weiß etwas von Ossorio.«

Morasán straffte sich, kniff die Augen zusammen, lächelte fast. Villar ließ die Kärtchen mit einem schnellen Dreh des beringten kleinen Fingers übereinanderschnappen. Morasán verstand die Handbewegung des anderen, der darauf die ganze Nacht gewartet hatte, auf Nachricht von Ossorio, dem der Instinkt gesagt hatte, daß Ossorio wichtiger war als Barcala und alle, die man im Parteihaus in die Enge getrieben hatte.

»Bring ihn her«, sagte Morasán. »Schick ihn rein.«

Er ging in sein Büro und geradewegs auf das kleine Stück Fensterscheibe zu, das vom Vorhang nicht verdeckt wurde, war dankbar, daß er den betäubten Sinn für die Nacht wiedererlangt hatte, war sich seiner selbst erneut sicher und ruhig, während er das schwarze Stück Himmel betrachtete, vor dem er wegen Beatriz gelitten hatte, und dachte jetzt, daß er, wenn alles vorüber wäre, irgendwann am nicht mehr fernen Morgen würde nach Hause gehen können, wo er lautlos die Treppe hinaufsteigen und sie schlafend oder wach finden würde und mit einem Handstreich die verlorene Zeit zurückerobern oder alles endgültig vernichten würde und den unausweichlichen Strudel los wäre, auf den sie zuschwamm, die flackernde Kerzenflamme, das Gesicht des Heiligen, den Wirrwarr der Welpen im Korb und die mit Schuld und Abscheu aus der Vergangenheit beladene Atmosphäre, die ihn ohne Kraft im Sessel niederstreckte.

Max lächelte von der Tür aus, nahm die angefeuchtete Zigarre zwischen den Goldzähnen heraus und lächelte im Weitergehen wieder, unterbrach Lächeln und Schritt, um den Kopf zum Gruß zu neigen und dabei verstohlen in Morasáns Miene zu forschen.

»Hallo«, sagte Morasán. »Ich habe sehr wenig Zeit. Neuigkeiten?«

»Guter Fang, was?« sagte Max. »Guter Fang.« Er stand händereibend da, die erloschene Zigarre zur Decke gerichtet.

»Gut«, sagte Morasán. »Sie sind nicht hier, um meinen Fang zu loben. Also?«

»Kommen Sie, ich wollte Sie auch beglückwünschen«, sagte Max und lachte begütigend. »Nein, ich will gar nichts von Ihnen. Ich wollte mich anbieten, falls Sie meinen, ich könnte Ihnen behilflich sein. Ich weiß das eine oder andere über Ossorio. Außerdem hält man sich manchmal aus Mitleid zurück. Ich ja auch. Sollte man sich hier nicht durchringen können, das mit ihm zu Ende zu bringen ... Wenn Sie mir erlauben, beim Verhör behilflich zu sein. Also, natürlich nur, wenn Sie nicht schon alles getan haben, was getan werden muß, versteht sich.« Er lachte wieder und holte die Zigarre aus dem Beben der Lippen, um sie im Licht zu betrachten, bedachte sie mit einem liebevollen Blick aus der Nähe, glitt dann mit der Zunge sanft über das abgelöste Deckblatt.

»Gut«, sagte Morasán; er stand mit einer Faust auf den Tisch gestützt da, mit verkniffenen Brauen, betrachtete mißmutig die Grimassen des anderen, der unbeholfen versuchte, die Zigarre zwischen Daumen und Zeigefingern zusammenzudrehen. ›Cot hat nicht angerufen‹, dachte er, ›noch hat er nicht angerufen, ein gutes Zeichen.‹ »Augenblick. Waren Sie im Präsidium?«

»Im Präsidium ... Ja, war ich, dort komme ich her.«

»Was gibt's dort?«

»Nichts, wenig, Gerüchte.«

»Wissen Sie etwas von Cot?«

»Nein, der General ist seit Stunden für niemand zu sprechen. Ich weiß nichts. Gut, Gerüchte.«

Morasán schnaufte sanft, schob die Lippe vor, vergrub die Hände in den Taschen und ging auf Max zu.

»Gut«, sagte er. »Ich habe keine Zeit zu verlieren und stehe für Ihre Spielchen nicht zur Verfügung. Wenn Sie mir etwas zu sagen haben, dann raus damit. Wenn nicht, gehen Sie.«

Max schüttelte den Kopf und lachte lautlos, sah Morasán mit gütigem Blick ins Gesicht.

»Aber ... Die Nerven, sicher, bei alldem.«

»Reden Sie, oder gehen Sie.«

»Ja, ja«, sagte Max. »Hätten Sie ein Streichholz?«

Morasán hielt ihm schweigend die Schachtel hin und wartete, die Nase vom quellenden Rauch weggedreht, bis der andere angeraucht hatte. Er steckte die Streichholzschachtel ein.

»Gut ...«, sagte er.

»Danke.« Der andere zog zweimal rasch und lächelte wieder zufrieden, ohne Morasán anzusehen, nun ebenfalls in dieses Stück unverdecktes Fensterglas und sein kaltes und stilles Licht vertieft. »Ja, Gerüchte. Man sagt, daß Cot, also Valdivia sagt, daß Cot die Überwachung der Polizei angeordnet hat. Es würde sich eine Auseinandersetzung zwischen Cot und Ihnen anbahnen, aber ich weiß ja, daß Sie ...«

»Gut«, sagte Morasán. »Was noch?«

»Was für ein Teufelskerl!« sagte Max lachend und klopfte sich die Asche vom Revers. »Es heißt auch, er hätte das Dekret im Schreibtisch, mit dem die Politische Polizei der Polizeiführung als einfache, als nichts weiter als eine einfache Polizeiabteilung unterstellt wird, weiter nichts.«

»Hat das auch Valdivia gesagt?«

»Ja, Valdivia. In einem Ton ... Damit wäre die Politische Polizei weiter nichts als eine Unterabteilung wie Eigentumsdelikte und die Brigade gegen die Verbreitung von Betäubungsmitteln und wie sie alle heißen.«

»Aha!« sagte Morasán. »Weiter nichts?«

»Was der Rede wert wäre, nein ...«

»Aha!« sagte er wieder. »Aber wenn das so ist, muß man sich wundern, daß Cot uns, die Politische Polizei, über das Dekret nicht informiert hat.«

»Ja«, sagte Max lachend. »Sie wußten nichts davon? Dann muß es stimmen; ich hatte keine Ahnung, ob es stimmt, man weiß ja nie. Aber wenn Sie nicht informiert wurden, stimmt es. Momentchen mal. Valdivia hat mir nämlich gesagt, Gary hätte dem General gesagt, man müsse die Politische Polizei dringend benachrichtigen und auf alles gefaßt sein und sehen, wie Sie es aufnehmen. Ja? Und da, stellen Sie sich vor, antwortet der General, hat mir Valdivia erzählt, die Politische Polizei unterstehe ja ohnehin wie jede andere Polizeiabteilung seinem Befehl, er müsse nichts mitteilen, es sei ja alles beim alten. Verstehen Sie jetzt?«

»Verstehe«, sagte Morasán und trat zurück an den Schreibtisch. »In Ordnung, der General hat recht. Finden Sie nicht auch, daß der General recht hat?«

»Ich ...« Er spreizte die Hände vom Körper ab, hob sie etwas an, legte den Kopf schief, ließ die Wörter durch den weißlichen Rauch schlüpfen. »Was soll ich sagen ... Ich weiß nichts. Ich möchte Ihnen bloß gern behilflich sein ...«

Er unterbrach sich und hörte auf Morasáns lustloses Lachen, auf den Ton dieses Lachens, das gleichförmig hinter dem Schreibtisch entstanden war, nicht enden wollte, dessen Sinn sich unmöglich erfassen ließ und das ihn verstörte, ihm keinen Anhaltspunkt bot, und zugleich ahnte er eine Gefahr und daß es notwendig war, die Gefahr sofort zu erkennen, wenn er ihr ausweichen wollte, und er kam auf den Schreibtisch zu, ebenfalls lachend, aber lautlos, nur mit dem Goldglitzern der Zähne und dem unsteten Blick, der ernst war, Morasáns Augen umflatterte.

»Gut«, sagte Morasán nach einer Weile; er saß da, trommelte mit den Fingern auf die Tischplatte, betrachtete das Spiel der behaarten Finger im Licht. »Und was ist mit Ossorio?«

»Oh, nichts!« sagte er vorsichtig. »Ich wollte mich anbieten, beim Verhör zu helfen. Aber falls Sie das auch nur im entferntesten als eine Einmischung verstehen sollten ...«

»Und sonst?«

»Ich glaube nur, daß ich behilflich sein kann, ich möchte behilflich sein.«

»Gut. Und sonst? Wo ist Ossorio?«

Max fand in seine sorglose Haltung zurück und nahm ein paar Züge von der Zigarre, während er sich mit einer Hand auf den Schreibtisch stützte, und Morasán konnte allen Schmutz auf der Kleidung des Mannes sorgfältig registrieren, die abgestoßenen und verdreckten Manschetten, die Hemdbrust und den Kragen, die Krawatte, den speckigen Glanz auf dem Anzug, die Ränder unter den gebogenen, gegen die Tischplatte gedrückten Fingernägeln. Immer war sein Bartwuchs zwei Tage alt, morgen würden die Stoppeln zwei Tage lang sein und übermorgen ebenfalls und wann immer er ihn wiedersähe. ›Kurios, ich werde herausfinden, ob es stimmt, daß sein Bart immer zwei Tage alt ist‹, dachte Morasán. ›Aber vielleicht kann ich es auch nicht abwarten.‹

»Gut«, sagte Max. »Wenn es ein Staatsgeheimnis ist, daß Ossorio gefaßt wurde ... Aber weil ich ja auch im First war.«

»Und Sie haben gewußt, daß Ossorio im First ist ...«, sagte Morasán mit einem komplizenhaften Grinsen.

»Ich habe ihn gesehen«, sagte Max. »Sie wissen, ich habe mit ihm und Irene an einem Tisch gesessen.«

Morasán trommelte weiter mit den Fingern. Ossorio, Cot, dachte er. Er hätte nicht genau sagen können, weshalb, spürte jedoch, daß er die Partie verloren hatte, und wollte auch nicht vor diesem Mann, der rauchte und grinste, darüber nachdenken mit dem Gefühl, daß die Ereignisse ihm endgültig die Hände gebunden hatten, die Nacht ihn ohne möglichen Kampf ins Schlafzimmer zerren und ihn dort mit Blicken des Scheiterns und der Hoffnungslosigkeit aus Beatriz' ungerührtem Gesicht bedenken würde.

»Und Sie möchten bei der Vernehmung helfen.«

»Wenn das möglich wäre.«

»Wir reden gleich mit Ramón. Eine wichtige Sache noch. Wissen Sie oder können Sie herausfinden, wo Ossorio gewohnt hat?«

»Nein, nein, wir haben gesucht, länger schon. Bis jetzt ohne Erfolg. Aber wenn wir Ossorio und Irene haben ... Deshalb bitte ich Sie, daß Sie mich mit ihm reden lassen. Ich muß etwas regeln. Was Sie wissen möchten, werden Sie erfahren.«

»Hören wir, was Ramón dazu meint«, sagte Morasán und drückte auf die Klingel am Schreibtisch. »Sie wissen nicht, ob der General die ganze Nacht dortbleiben wird?«

»Anzunehmen, ich weiß nicht, ich denke, in einer Nacht wie dieser ...«

»Aber Sie wissen es nicht.«

»Woher sollte ich. Ich weiß ja auch nicht, ob Sie die Nacht hier verbringen«, er lachte wieder, kaute auf seiner Zigarre, die erneut ausgegangen war.

Ein dicker Mann in Hemdsärmeln kam behäbig herein, hatte ein gelangweiltes Gesicht aufgesetzt, bewegte den kleinen Schnauzbart unter der Nase.

»Ist Ramón noch unten?« fragte Morasán.

»Ja.«

»Begleite den hier zu Ramón.«

Max nickte dankbar mit dem Kopf, betrachtete die Zigarre und streckte die Hand aus, um die Streichhölzer zu erbitten, und da sah er Morasáns Gesicht, sah die zitternde Bewegung der aufgeworfenen Lippe zur Nase hin, das übrige Gesicht unbewegt, und blickte in Morasáns Augen, die ihn ausdruckslos anschauten, leer.

»Kommen Sie?« murmelte er, während er die Hand mit der Zigarre sinken ließ und den Schritt erahnte, den der Dikke hinter seinem Rücken auf ihn zu tat.

Morasán sagte nichts, deutete in nichts eine Antwort auf die Frage an, und rasch war Max' Gesicht ein anderes, bleich, abgemagert, mit einem Schweißglanz auf der Stirn, und das sichtbare Verkrampfen der Kehle saugte bis zum völligen Verschwinden alle Merkmale des Kopfes auf, der unter dem Licht, das sich über den Schreibtisch ergoß, geplaudert und gelacht hatte, und was über dem Spasmus der Kehle blieb, war ein unbekanntes Gesicht, ein unpersönlicher Ausdruck von Krankheit und Angst, stumm, mit seinem weichen Fleisch, das unnötig, grotesk über die Härte des Schädels gelegt worden war und daran haftete.

Er drehte sich um, ehe der Mann ihn berührte, und ging rasch und gebeugt voraus. Morasán nahm den Telefonhörer ab und drückte auf den Knopf, trommelte mit der anderen Hand weiter nachdenklich auf die Tischplatte.

»Stellen Sie mich nach unten durch, zu Ramón. Hallo, Max ist auf dem Weg. Max. Sperren Sie ihn ein, vorerst nichts weiter. In Ordnung. Sagen Sie Villar, er soll gleich hochkommen. Einigermaßen. Gut.«

Er legte den Hörer auf und nahm ihn sofort wieder ab, wartete auf die Stimme, während er die Schublade aufzog und stapelweise die Aktenblätter und Fotos herausholte.

»Ja. Hat das Präsidium angerufen? Gut, rufen Sie im Präsidium an. Verbinden Sie mich mit Cot, falls er da ist. Danach sorgen Sie umgehend für eine Verbindung ins Ministerium, für ein Gespräch mit Torres, und noch ein dringender Anruf zum Hügel. Alles dringend, das ist ein Befehl.«

Er fand das Foto von Ossorio sofort und erkannte ohne Mühe das Gesicht des Betrunkenen in der Ecke des First and Last, etwas älter und, kaum merklich, müder, als wäre der Junge auf dem Foto der kleine Bruder des düsteren Mannes mit der Pfeife, der hinten am Tisch die Gläser von Irene und den anderen nachfüllte, während er ihn an den Tresen gelehnt beobachtete und zu dem Schluß kam, daß der Mann dort nicht Ossorio war. Daß keinerlei Ähnlichkeit vorhanden war zwischen diesem Gesicht und dem in der Akte oder dem auf dem ausgebleichten Foto aus der Zeitung, das er jetzt wieder aus der Tasche zog und auseinandergefaltet neben das andere legte.

Er hörte, wie die Tür aufging, und im nächsten Moment hob er den Kopf und sah Villar, dessen Finger den Stoß Kärtchen bewegten, langsam, mit einer Hand das Tun der anderen behindernd, der mal müde zu Morasán hinsah, dann wieder den Blick auf das Leuchten des Solitärs an seinem kleinen Finger senkte, exakt das Aufblitzen des Steins einfing.

»Hast du Max gesehen?« fragte Morasán.

»Auf seinem Weg nach unten; ich hätte ihn früher eingesperrt.«

»Nein, ich habe ihn benutzt, und er hat gedacht, er benutzt uns. Jetzt ist die Grenze erreicht. Diese Nacht. Cot hat beschlossen, die Politische Polizei als Abteilung innerhalb der Polizei zu belassen, wie gehabt, von ihm kontrolliert, versteht sich.«

Auch er sah jetzt auf das Blitzen an Villars Fingergelenk.

»Das habe ich schon vor einer Woche gesagt«, sagte Villar. »Was tun wir?«

»Bist du dir bei den Leuten sicher?«

»Ja. Auch bei denen, die wir dort haben.«

Er umschloß den Kartenstoß mit der linken Hand und spreizte sie ab, streckte den Arm, bis die Muskeln schmerzten. Morasán sah ihn an, und dann beugte er sich über den Tisch, ließ die Finger darüber gleiten bis vor den einzelnen Stift, trommelte über ihm, brachte ihn ins Rollen.

»Jetzt oder nie«, sagte Villar.

Morasán sah ihn wieder an, vermißte das Leuchten des Solitärs, hob offen den Blick, bis er den unbewegten Augen des anderen begegnete.

»Kannst du dich um die Durchführung kümmern?« fragte er vorsichtig.

»Sicher. Jetzt?«

»Ich weiß nicht.« Er klopfte erneut mit den Fingerspitzen, bedächtig, als wollte er das Zusammenspiel der Sehnen prüfen. ›Es ist nicht Angst, daß sie mich erledigen; Angst, einen falschen Schlag zu führen. Aber sie oder wir.‹ »Diese Nacht«, sagte er wieder. »Vielleicht kommt es darauf an, wer als erster zuschlägt.«

»Sicher«, sagte Villar und zog die Arme an, mischte wieder seelenruhig die Kärtchen. »Sicher«, sagte er wieder, als er aufs neue den Funken vom Finger springen sah.

»Aber womöglich auch darauf, daß man abwarten kann und den Fehler des anderen ausnutzt. Gut. Erst muß ich mich freundlich mit Cot unterhalten. Und mit der Kaserne auf dem Hügel.«

Er stand lächelnd auf, sah zu dem Stück Fenster ohne Mond hin und sah dann wieder zu Villar.

»Gut«, sagte er. »Danach dann. Du kannst mit den Vorkehrungen beginnen«, er hob die Hand, bis er Villars Schulter berührte, und senkte sie, vom Klingeln des Telefons weggelockt, sogleich wieder, nahm den Hörer ab und lauschte, während er den freien Arm ausschüttelte, die Augen wieder auf Villars sanfte Handbewegungen richtete, der die Glut des Rings sich selbst überlassen hatte und mit verhohlener Aufmerksamkeit seine Miene am Telefon beobachtete.

»Sicher?« fragte Morasán. »Wann war das? Findet raus, mit welchen Leuten. Sofort. Nein, das nicht. Warten Sie, wer? Gut, stellen Sie ihn durch.« Er lauschte und bewegte, mit verkniffenem Gesicht, die Lippe über den Schnurrbart. »Wer ist da?« Er wartete und legte dann mit einem nachdenklichen Blick auf Villar langsam den Hörer auf. »Fertig«, sagte er. »Cot hat das Parteihaus genommen, ich weiß nicht, mit welchen Leuten. Warte. Außerdem hat mir einer Barcalas Aufenthaltsort genannt.«

»Wir haben schon tausend«, sagte Villar schulterzuckend.

»Stimmt; und alles Fehlschläge, und wir haben unendlich viele Sekunden Zeit verloren. Aber ich will nachsehen. Warum auch immer. Nummer 384 in der Coronel Payva. Wir gehen hin, wenn wir den nämlich haben, bevor wir mit Cot anfangen, ist es besser für uns. Wenn ich dem Ministerium melden kann, daß wir Barcala haben ...«

XI

Ossorio stieg einen Block zu früh aus dem Taxi und machte sich auf den Weg durch eine normale Samstagnachtstraße, mit Grüppchen flanierender Menschen und offenen Kneipen, mit Frauen und Betrunkenen. Im Fenster des Schachklubs brannte kein Licht, beim Jugendkomitee auch nicht; über den verwitterten Backsteinbalkonen schimmerte nur die Gardine des Frisier- und Schönheitssalons gelblich, wo er sich erinnerte die Französin ein und aus gehen gesehen zu haben, eine Frau in den Vierzigern, dünn, die stets mit gesenktem Kopf und – in seiner Erinnerung – mit einer Ecke des Mantels oder der Jacke vor dem Mund unter dem großen Kronleuchter im Treppenhaus die Stufen herunterkam, eine Parfümspur und das verhaltene Echo ihrer Schritte hinterließ oder mit ihren Wohnungsschlüsseln klimperte im Halbdunkel vor ihrer Tür, die tagsüber, bis in die Nacht hinein und manchmal auch während der Nacht offen und geheimnisvoll geschlossen war. Die Tür war geschlossen, aber Ossorio wußte, daß es genügte, dagegenzudrücken, um hineinzugelangen, oder man an der Kordel ziehen konnte, deren verknotetes Ende durch das Loch für die Briefe zu sehen war.

Er betrat die Kneipe an der Ecke und durchquerte sie am Tresen entlang, ohne einen Blick auf die spärlich besetzten Tische zu werfen, hinein in den Abflußgeruch der Latrinen, wo er sich kurz damit aufhielt, die Aushänge zu überfliegen und die Bleistiftkommentare dazu, die in krakeliger Schrift Zweifel an der Gesundheit und der Schönheit äußerten, von denen auf den Farbanzeigen der Bordelle die Rede war, und, teilnahmslos, die Kritzeleien an den Wänden gegen die »Hunde«, für die »Hunde«, gegen die Regierung, gegen Mario, gegen Pacas Geschlecht, über die Vorlieben des Papstes. Er lenkte sich damit ab, sein Gesicht im fleckigen Spiegel zu betrachten, sah sich an, was die Nacht bis jetzt an Müdigkeitsarbeit geleistet hatte in seinem Blick und der Linie des Mundes, in der Tiefe der Augenringe und dem Pochen des Bluts in seiner Brust und unterhalb der Ohren.

Er verließ den Laden durch einen anderen Ausgang und überquerte die Straße, zog irgendeinen Schlüssel aus der Tasche und stocherte damit im Schloß, wartete, daß die Schritte sich näherten, wartete auf die drei Männer und die Frau, die langsam im Gespräch die Straße entlangkamen, hörte vor allem den großgewachsenen Mann, der in der Mitte ging, sprechen:

»... wir haben ihm gesagt, er kann mit dem Kind so lang bleiben, wie er will, und haben ihm sogar einen Arzt besorgt, wir haben Triay gerufen, damit er den Kleinen behandelt.«

Bis sie vorbei waren, einen Augenblick an der Ecke stehenblieben und dann nach unten abbogen.

Danach stieß er gegen die schwere Tür und behielt den Druck der Schulter bei, bis die Lücke groß genug war, daß er sich lautlos in das dunkle Treppenhaus schieben konnte, und schloß hinter sich, lehnte nur leicht Holz erneut gegen Holz und stieg mit der Hand am Geländer die Treppe hinauf, weg vom Geruch der Müllkübel. Er wandte sich nach links und folgte mit Hilfe des Lichts, das durch die Tür des Frisiersalons fiel, dem Korridor, ging am Schachklub vorbei und blieb vor der Tür der Jugendorganisation stehen, drückte gegen den Knauf, der sich drehen ließ, jedoch fast sofort an der Verriegelung anschlug, und dann vergrub er, bedächtig, die Hände in den Taschen und stand mit hängendem Kopf da, betrachtete den sanften Widerschein des Lichts auf den Scheiben der Tür, auf dem Holz, den goldgelben Lichtfleck auf dem Knauf.

›Bis hierher war es zu einfach‹, dachte er. ›Und dort müßten sie Barcala inzwischen durchsiebt haben.‹ Er empfand keine Müdigkeit, aber die Arme wollten herabhängen wie von der Lethargie eines unverhofften Nordwindtages befallen, waren allem, was in diesem Moment er selbst bedeutete, sonderbar fremd, fremd, auch unbeteiligt dem gegenüber, was in der Nacht aus ihm werden würde. Er lauschte einen Augenblick in die schwarze Stille, lockerte dann seinen Krawattenknoten und ging geräuschlos zurück zum Treppenabsatz und setzte sich auf die unterste Stufe. ›Falls jemand kommt, bleibt mir Zeit, mich zu verstecken, falls bei der Französin die Tür aufgeht, sage ich, ich hätte den Schlüssel zum Schachklub vergessen, oder ich sage irgendwas.‹ Er zog das Päckchen Zigaretten heraus, rang sich aber nicht dazu durch, eine anzuzünden, steckte sie zurück und holte die Karten für die Reise hervor; er konnte sie in der Nachtschwärze sehen, folgte ihren Kanten jedoch, mehrmals, mit den Fingerspitzen und betastete die Rolle Geldscheine unter dem Stoff.

Danach erinnerte er sich, daß er eben Barcala hatte umbringen lassen, ohne bei dem Gedanken etwas empfinden zu können, ohne Reaktion, wenn er sich den Mann ausgestreckt am Boden vorstellte, blutend, tot, ohne Reaktion auch bei der Erinnerung an andere, die er hatte umbringen lassen, und an diejenigen, die er starr und tot gesehen hatte und die er nicht gesehen hatte und die an seiner Seite gestorben waren und mit dem Tod kollidiert waren, getrieben durch sein Beispiel. Auch konnte er aus sich lediglich Sanftheit und eine gedämpfte Traurigkeit herausholen beim Gedanken an die Korporalin Luisa, an das grenzenlose Sonnenlicht über dem Karren, über dessen Bock sie hing, tot, die knotige Hand zeigt auf die eingetrocknete Fahrspur im Schlamm, das starre Haar lenkt den Blick auf das verborgene Rinnen des Bluts von der Schläfe zum Boden hin, und dieses Bild hielt er fest, um zornig an die tote Korporalin Luisa zu denken, weil sie tot war, weil sie pflichtschuldig die Hand ausstreckte, schließlich lebte er noch mit seiner Wärme, seinem Geruch und seinem Atem in seinem Dunkel, um sie so lange wie möglich zu stützen, zu verhindern, daß sie verlorenginge und ganz und gar tot wäre, sie noch für eine Zeit über ihr endgültiges Verstummen zu erheben und über ihren Zerfall an irgendeinem nicht gekannten Ort unter der Erde. Und von der Pflicht, sie lebendig zu halten, sie allein, die vorgestellte Szene ihres einsamen Todes, ging er zum Gedanken an sich selbst über, gleichfalls als eine Pflicht, der unvermeidlich nachzukommen war, als einzige Form, sich zu retten und über die Nacht hinaus zu bestehen, über diese Nächte hinaus und über eine endlose Nacht danach, lind, ländlich, erdig und bewachsen, in Frieden unter den Schritten und der Hacke, allein ausgestreckt unter der Nacht mit ihrem sturen Zirpen, und Schweigen über alles gelegt.

Er und sein Leben ohne Zeit zum Nachdenken, sein Leben in einer elenden Kindheit und dem schmalbrüstigen und freudlosen Heranwachsen, die ungeliebte Arbeit, wo auch immer sich genug fürs Essen herausholen ließ, die Erinnerung an löchrige und käsige Strümpfe vor hübschen Mädchen, die Demütigung seiner großen, plumpen Hände, die zaghaften und glühenden Träume, in denen er das Glück und die Liebe und den zornigen Entschluß, zu rächen und zu retten, erschaffen und von sich entfernt hatte im kollektiven Glück, weil das eigene Glück doch verloren, mit Füßen getreten, im Mahlwerk der Tage zerrieben worden war; die große Hoffnung, die es wie eine Torte zu verteilen galt, ohne sich ein Stück zu reservieren, einzig dadurch entschädigt, daß er das Messer führte, das teilte und darbot.

Und das blind machende Lächeln der Liebe war verloren, nicht zu erkennen unter Frauenlächeln, Abtreibungen, Bidets, Kaliumpermanganat, Präservativen, Monatsblutungen und Geld, gemieteten Betten, beschämenden Hauseingängen, dem elenden Schwitzen im Sommer, dem Elend der kalten Füße und Knie im Winter, und dabei zu wissen, daß es irgendwo etwas anderes gab, das der Zufall manchmal schenkt und manchmal ein Leben lang verweigert, und an diese nicht gekannte Seligkeit zu denken, während man Brüste drückt, in weinerliche Augen blickt, geistesabwesend auf die immer gleichen idiotischen fragenden Phrasen antwortet, und unwillkürlich zu denken – nicht mit dem Hirn, sondern mit der Körpermitte, dem Bizeps, dem Brustkorb, den Knochen –, zu denken, daß es das doch aber geben mußte, wenn er es sich ausmalte, es aber doch nicht zu finden war in der derben Komödie der Frauen, wenn er im Dunkel der Schlafzimmer lag, mit einem Arm vergessen um den Hals einer Frau, die Hand ihre Wange streifte, ihr Haar, ihren Arm, ihre Brust, er die Augen schloß, um ohne Ziel zu fliehen, um für sich zu sein in irgendeiner Luft, in der sich in Frieden nichts als Wörter streicheln ließen, die in unerklärlicher Weise mit der nicht gekannten Liebe zusammenhingen.

Er steckte die Passagen ein und stand leise fluchend auf, kehrte zu der geschlossenen Tür zurück und spielte erneut mit dem Knauf, lehnte sich gegen sie, bis das Holz knarrte und er spürte, daß er sich auf das unmittelbar bevorstehende Krachen des Schlosses stützte. Er mäßigte sich, überschlug rasch das Risiko, die Folgen des Lärms der Tür gegen die der Idee, die ihm eben gekommen war, und wich atemholend in den Flur zurück, zog die Pistole heraus und steckte sie in die Seitentasche des Jacketts, den Finger am Abzug, und dann hielt er stapfend auf die beleuchtete Tür des Frauenfrisiersalons zu und ließ die Fingernägel gegen die Scheibe klimpern, lauschte auf die Stille und klopfte noch einmal, hörte jetzt, wie ein Stuhl verschoben wurde und sich Füße in Hausschuhen näherten.

»Wer ist da?« fragte eine herbe Frauenstimme.

»Guten Abend«, sagte Ossorio. »Ich muß in den Schachklub, um einige Papiere zu holen, und habe den Schlüssel vergessen. Wenn Sie so gut wären, mich mit Ihrem probieren zu lassen ...«

»Aber wer sind Sie denn?«

»Sie kennen mich nicht. Ich bin der Schriftführer vom Klub. Wenn Sie mich mit Ihrem Schlüssel probieren lassen würden ...«

»Ich habe ein Yale-Schloß, das nützt Ihnen nicht.«

»Zu dumm. Dann muß ich die Tür aufbrechen.«

Die Frauenstimme antwortete nicht; Ossorio wartete einen Moment und drängte dann:

»Ich will Ihnen nicht lästig fallen, ich will keinen Lärm machen und die Nachbarn nicht aufscheuchen. Aber wenn Ihr Schlüssel, wie Sie sagen, mir nichts nützt ...«

»Das ist einer von Yale, der nützt Ihnen nichts«, sagte die Frau.

»Gut, gute Nacht.«

Sie antwortete auch jetzt nicht, und Ossorio wußte sie geduckt hinter der Tür, das Ohr an den Türspalt gelegt, mißtrauisch und in Angst. Noch einmal lehnte er sich gegen die Tür des Jugendkomitees, aber so war sie unmöglich zu öffnen, man mußte sich nach ein paar Schritten Anlauf mit der Schulter dagegen werfen, dann würde das Schloß sicher nachgeben, aber in dem leeren Haus würde das hallen wie ein Schuß. Er ging wieder und schlug an die Tür der Friseuse.

»Hören Sie«, sagte er, noch ehe sich jemand meldete. »Sie müssen mir etwas leihen, um die Tür aufzubrechen.«

»Aber welche Tür wollen Sie denn öffnen?« sagte die Frau nach einer Weile.

»Die vom Schachklub, wie schon gesagt.«

»Hören Sie zu«, sagte die Frau laut, »wenn Sie nicht sofort verschwinden, rufe ich die Polizei.«

»Wegen mir ...«

Er hatte nicht einen Augenblick daran gedacht, daß es ein Telefon geben könnte. ›Anstatt auf der Treppe zu sitzen und sonstwas zu denken ...‹ Der Lärm der eingetretenen Tür war in den anderen Stockwerken schwerlich zu hören, die einzige Gefahr ging von der Frau und ihrem Telefon aus.

»Gut«, sagte er. »Dann muß ich morgen wiederkommen.«

Er trat einige lange Schritte rückwärts und beschleunigte, beendete den Lauf mit einem Tritt gegen die goldene Scheibe des Schlosses in der Tür zum Frisiersalon, spürte, daß dieser Türflügel nachgab wie ein trockener Ast, der bricht, um gleich darauf weich abzuwarten, während der andere wie tollgeworden in das schummrige Licht des Raumes schwang. Dort war niemand außer der Frau, die mit offenem Mund und stumm den Lauf der Pistole ansah; die Lampe hing über einem Frisiertisch, wurde von den drei Spiegeln zurückgeworfen, und die Frau trug einen langen hellblauen Morgenrock, ihr Gesicht von einer fettigen Substanz bedeckt, in der sich Flecken ihres gelblichen Puders lösten, ihr Haar in ein Tuch eingeschlagen, das es zum Hinterkopf straffte. Er schob die Tür mit dem Fuß zu und lehnte sich gegen sie, ständig das Entsetzen der Frau vor Augen, lauschte ins Treppenhaus, dachte an das Geräusch der Tür beim Aufspringen, viel schwächer, als er es sich vorgestellt hatte. Das Hupen eines Autos irgendwo auf der Straße, kein beunruhigendes Geräusch in der Stille des Hauses.

»Gut«, sagte er. »Dann schauen wir mal ...«

Da, während er die lächerliche Frauengestalt betrachtete mit dem zarten Schimmer, den das Licht auf ihre Gewandung aus hellblauer Seide warf, begriff er, daß er eine Dummheit gemacht hatte, daß jede Chance, die andere Tür zu öffnen, jetzt vertan war, daß er es niemals über sich bringen würde, sie mit einem Tritt einzudrücken, weil das Haus jetzt sicher wach war, auf jedes Geräusch achtete, die Kartei sicher vertan war und die Nacht, dieses kurze Stück Nacht, das hinter ihm lag, ausgereicht hatte, um ihn um den Verstand zu bringen, und verzagt dachte er, daß er die Tür zum Frisiersalon eingetreten hatte, nur weil die Angst ihn trieb.

»Was wollen Sie?« fragte die Frau mit etwas heiserer Stimme fest.

»Setzen Sie sich hin, auf die Couch.«

Sie hatte die Couch mit Bettwäsche bezogen und eben vor dem Spiegel fürs Zubettgehen Toilette gemacht, als er an die Tür klopfte. Er sah sie gehen, dünn und anmutlos, wie sie sich umdrehte und sich ans Fußende der Couch setzte, wo sie einen Zipfel der Zudecke über ihre Beine schlug. ›Ich kann wegsein, ehe jemand hier ist, wenn sie anruft.‹ Er sah sich um, der weiße Stuhl vor einer Spiegelwand, die weißen Regalbretter voller weißer Tiegel und Fläschchen, die Schale der Höhensonne, der Korb mit vernickelten Instrumenten. Er sah die kauernde Frau an, die ihre Hände über den Knien verschränkte und unbehaglich auf der Ecke der Couch saß.

»Sagen Sie«, sagte er, »was ist hinter den Vorhängen?«

Sie ließ mit einer Hühnerbewegung den Kopf herumschnellen, zeigte die vorspringenden Sehnen am Hals.

»Der Balkon«, sagte sie; sie sah ihn sofort wieder mit nervösem und kraftlosem Haß an, der von Müdigkeit gereizt und durchsetzt war.

»Stehen Sie auf und öffnen Sie. Tun Sie, was ich Ihnen sage, dann passiert Ihnen nichts. Aufstehen und öffnen.«

Die Frau versuchte, sich in die Überdecke zu hüllen, zerrte dabei aber alle Bettwäsche mit und ließ sie schließlich fallen und ging rasch zum Balkon, zog die von anderen festen weißen Vorhängen eingerahmten Kretonne-Vorhänge zurück und öffnete den Balkon zur Nacht, blieb selbst vor dem Licht auf der Straße und dem Licht im Zimmer durch die Vorhänge geschützt, durch ein wehendes Stück des mit großen grünlichen Kreisen bedruckten Kretonne-Vorhangs, das sie sich vor die Beine zog. Ossorio steckte die Pistole zurück in die Jackettasche und durchquerte den Raum bis hinaus und besah sich den Balkon. Zwischen dem Balkon des Frisiersalons und dem des Jugendkomitees klaffte eine zwei Meter breite Lücke, und in der ragten die in die Fensterbank des

Schachklubs eingelassenen Lanzen und Blumen aus Schmiedeeisen vor. ›Wer turnt schon gern mit diesem Miststück im Nacken.‹ Er trat zurück und schloß die Balkontür.

»Schieben Sie den Riegel vor, und setzen Sie sich wieder hin«, sagte er.

›Ich kann es versuchen, wenn Martins mir jemand schickt, könnte es gehen.‹ Er wartete, bis die Frau zurück auf der Couch war und erneut geduckt dasaß und ihn haßerfüllt aus dem abstoßenden, eingefetteten Gesicht heraus ansah.

»Wo ist das Telefon, von dem Sie gesprochen haben?« fragte er.

»Dort«, sie wies mit dem Kinn in den Teil des Raumes, der als Frisiersalon diente. Ihre Stimme hatte gezittert, und als Ossorio zu ihr hinsah, merkte er, daß sie weinte, die Tränen an das glänzende Gesicht geknüpft waren, sie mit den feuchten, rasch sich rötenden Augen zwinkerte. Das Telefon war ebenfalls weiß, mit silbrigen Ringen in der Wählscheibe. Er wählte die Nummer des Parteihauses, und sofort nahm jemand ab.

»Wer ist da?«

»Ist Martins im Haus?«

»Martins? Ja, ist aber gerade beschäftigt. Er kann nicht ans Telefon kommen. Sagen Sie mir, was Sie wollen. Wie war der Name?«

Es war nicht die Stimme des kleingewachsenen Mannes mit dem Schnurrbart, der sich um das Telefon an der Eingangstür kümmerte.

»Estévez, es ist dringend.«

»Einen Augenblick.«

Er hörte, wie das Telefon irgendwo aufgeknallt wurde, und dann nichts, zog die Pistole wieder und richtete sie auf die kaputte Tür.

»Martins sagt, Sie sollen sagen, was Sie wollen.«

»Gut«, seufzte er und legte ein Lächeln auf. »Sagen Sie ihm, ich bin hier mit den beiden Frauen im Restaurant. Fragen

Sie ihn, ob er will, daß ich die beiden hinbringe, und ob das Buch auch mitmuß.«

»Ah! Einen Augenblick«, sagte die Stimme, und dann nach dem Aufknallen und der Stille: »Ja, Martins sagt, Sie sollen beide herbringen und das Buch auch.«

»Gut, ich bin sofort da.«

Also war auf die eine oder andere Weise, ohne großes Aufheben, ohne daß es der Stadt anzumerken gewesen wäre, das Parteihaus genommen worden, und Martins und die Frau mit dem Ellbogen auf dem Tisch hatten sich erledigt, der Mann mit der Pistole am Gürtel und der Junge, der für ein Findelkind Papierfigürchen ausschnitt, nebst allen übrigen. Er trat auf die Frau zu und zündete sich eine Zigarette an, sog gierig den Rauch ein. Er sah sie an, stand mit hängenden Armen vor ihr, den Kopf mit der Zigarette zu ihr hingebeugt. ›Die Kartei ist verloren, Gott sei ihrer armen Seele gnädig. Was kann ich tun, außer abzuhauen, was kann ich für sie alle tun.‹

»Ich tue Ihnen nichts«, sagte er zu der Frau, die krampfartig, stumm, an ihren Tränen schluckte. »Warum weinen Sie?«

»Warum werden Sie mir nichts tun?«

›Nie hat irgendwer geahnt, daß ich in der Pension wohne, ich kann in die Pension zurück und ein paar Sachen verbrennen, besser als nichts, zwei oder drei werden ein bißchen später sterben. Das dort erledigen und zum Hafen abhauen und mich einschiffen.‹

»Bleiben Sie ruhig, ich tue Ihnen nichts.«

»Ich weine nicht aus Angst«, sagte sie.

Da hielt er die Zigarette mit den Zähnen fest und beugte sich weiter zu der grotesken Frau auf der Couch hinunter, lächelte ihr zu, froh, ohne auf sie zu achten, lächelte sich selbst zu, wie er die Stadt bis zur Pension durchquerte, im Badezimmer die Papiere verbrannte, die er aufgefächert wie Spielkarten unter dem Teppich versteckt hatte, leise wieder auf die Straße trat und erneut, diesmal diagonal, die Stadt durchquerte, bis zum Hafen kam und hinter den Toren ohne

Eile über das Pflaster ging und das Schiff erreichte, die Passage vorzeigte und den Passierschein und sich an irgendeinem dunklen Ort fallen ließ, wo er Schlaf finden und sich darin verlieren konnte.

»Ich komme morgen wieder, um die Papiere zu holen, und dann schaue ich bei Ihnen vorbei, ob Sie mir noch böse sind. Heute nacht muß ich ein paar Gläser zuviel getrunken haben.«

»Wo Sie jetzt schon die Tür kaputtgemacht haben. Was ich mit euch machen würde.«

»Wie: euch?«

Die Frau antwortete nicht und hatte aufgehört, ihn anzusehen, die Arme vor der Brust verschränkt, die Hände unter den Achseln, den Kopf schräg gelegt.

»Morgen komme ich wieder«, sagte Ossorio, und plötzlich dachte er, daß die geistige Umnachtung, in der er die Tür eingetreten hatte, weiter anhielt und daß er jetzt Zeit vergeudete und daß sie, wenn sie das Parteihaus in ihrer Gewalt hatten, auch die Telefone hatten und herausfinden konnten, woher sein Anruf gekommen war. Er ging langsam zur Tür, und im Flur drehte er sich um und zog sie zu; mit Blick auf die Frau, die weiter reglos auf der Couch saß und die Arme vor der Brust verschränkt hatte, wo er in keinem Augenblick die Wölbung der Brüste wahrgenommen hatte. Er ging in normalem Schritt die Treppe hinunter auf das Licht zu, das durch die angelehnte Eingangstür fiel, und da war nichts als seine eigenen, vorsichtigen Schritte, bis er die massige Tür aufzog und die Kühle der Straße auf dem Gesicht spürte und hinaustrat.

An der Ecke vor der Kneipe war ein Taxistand, aber er ging lieber weiter und ließ zügig vier Blocks hinter sich und fand ein weiteres Taxi ohne Fahrer, der aber, als er die Fondtür öffnete, aus einem Hauseingang mit Rundbogen trat und sich hinter das Steuer setzte. Er nannte die Adresse, warf die Zigarette fort und ließ sich in den Sitz sinken mit dem Gedanken, ob es nicht besser wäre, die unter dem Teppich versteckten Papiere ebenfalls sein zu lassen und sich direkt zum Hafen aufzumachen, wo hier ja doch alles verloren war. Er erteilte dem Fahrer die widersprechende Anweisung nicht, weil es dem Glück so nah kam, sich ohne Gedanken und willenlos sein zu lassen, schlaff im Leder der Sitzbank zu lehnen, den Kopf nicht zu recken und dem Fahrer nicht zu sagen, er solle umdrehen und ihn zum Hafen bringen, wo er über die Laufplanke an Bord eines Schiffes ginge, das Dokument und die Fahrkarte vorzeigen, alles Geld bezahlen würde, das zu bezahlen nötig wäre, um dann über eine steile Treppe mit Stufen aus Lochblech in einen langen und schmalen, für ihn passend in einen harten Schatten eingelassenen Winkel zu gelangen, wo er sich schnaufend ausgestreckt in die Bewußtlosigkeit begeben konnte.

XII

Beim Aussteigen hatte er dem im Taxi gesagt, er solle warten, aber dann drehte er mitten auf der Straße um, bezahlte ihn und ging langsam von der Pension weg, bis der Wagen in der Seitenstraße verschwand, die ausgestorben war, nur im Hintergrund von einer schnellen Straßenbahn mit roten Lichtern gekreuzt wurde. Dann machte er kehrt und erreichte die Tür der Pension – niemand auf der Straße, nichts zu hören innen –, holte den Schlüssel heraus und öffnete, sah mit Argwohn das Licht im Eingangsbereich, hinter den Gardinen der Zwischentür. Er hatte die Pistole weiter in der Sakkotasche, öffnete die zweite Tür und wartete auf der Schwelle, trat dann ein und sah, daß hinten, fast im Dunkeln, in einem der wuchtigen schwarzen Holzsessel mit den mottenzerfressenen, traurig riechenden Rückenpolstern, jemand saß. Er ging langsam an dem winzigen quadratischen Empfangstresen vorbei, hinter dem ihn die Hauswirtin auf ihrem Hocker zweimal täglich grüßte, ihr Lächeln hinter den Seiten von Zeitschriften und Modeblättern hervorholte, das allzeit abgeschlossen, zum Vorzeigen bereit war zwischen dem Flaum der Oberlippe und dem Kinn, unter der langen und scharfkantigen, strengen Nase.

Jemand saß dort reglos in der finsteren Ecke und sah ihn an, während er den eckigen Tresen passierte. Jemand, der seine Schritte vom Winkel zwischen den Wänden aus mit einer Drehung des Kopfes begleitete und plötzlich, als er den Fuß auf die unterste Stufe setzte, das kräftige Weiß seines wie von Entschlossenheit beleuchteten Gesichts offenbarte und dem ein unverständliches Wort entwich, das ihn zurückhielt, mit dem linken Arm in der Luft, auf die verwirrend kleine Gestalt zielend, die den Sessel an der Wand verlassen hatte und rasch mit ihren kurzen, unschlüssigen Schritten näher kam, das ernste Kindergesicht neben ihm ins Licht fügte, die besorgten Brauen und die starke Ausstrahlung von Unschuld und Trauer.

»Sind Sie Santana?«

Die Kleine war vielleicht elf, zwölf Jahre alt, ernst, weder hübsch noch häßlich, in einem aufgeknöpften dunkelblauen Mantel, eine Hand in der großen aufgenähten Tasche vergraben, traurig, stolz, sehr dünn, entschlossen, und mit sehr dicht beieinanderstehenden Füßen darauf wartend, daß er von oben, ohne sie einen Moment aus den Augen zu lassen, mit dem Kopf nickte. Da zog sie die Hand und mit ihr einen Briefumschlag aus der Tasche und hob ihn zu Ossorio. ›Solche Tricks können sie nicht benutzen, zu subtil‹, dachte er, als er den Umschlag nahm.

Die Kleine verbarg die Hand wieder in der Tasche; dasselbe ernste Desinteresse auf ihrem Gesicht, während sie wartete. Auf dem Umschlag stand: »An Herrn E. Santana«. Er stieg eine Stufe nach oben, öffnete den Umschlag und las den Brief: »Ossorio, mein Freund, Barcala hat das Mädchen in meiner Obhut gelassen. Da es gefährlich ist, sie noch eine Stunde länger bei mir zu behalten, gefährlich für uns beide, bitte ich Dich, tu für sie, was Du kannst. Immer, Dein Luque.« Er steckte den Brief ein und sah wieder das Mädchen an.

»Du bist bei Luque gewesen?«

»Ja«, sagte sie und nickte. »Der Brief…«

»Und du bist die Tochter von Barcala?«

Wieder nickte sie, und da erst begriff Ossorio, was das hieß, für ihn, jetzt, daß dieses Mädchen die Tochter von Barcala war. Er begriff, während er die unter den Knien umgeschlagenen Strümpfe mit den Mäandern am Bund ansah, die klobigen Jungenschuhe, die armseligen Kleider, den nach einer Seite geneigten Kopf, die weißen, sich im Gesicht kaum abzeichnenden Wangen, die ganze sich im Körper des kleinen Mädchens ausdrückende Haltung gleichgültigen Abwartens. ›Mittlerweile wird er ein Sieb sein. Ich habe Morasán telefonisch den Hinweis gegeben.‹ Er merkte, daß er schwitzte, auf der Stirn, daß zwei Schweißtropfen sich eben unter seinen Armen gelöst hatten, ihm an den Flanken hinabrannen.

»Ich bin müde«, murmelte er.

Er straffte sich, wischte sich mit dem Taschentuch über die Stirn und sah wieder zu ihr hin, spürte jetzt, daß er Durst hatte, sein Mund ausgetrocknet und heiß war. Er hatte keine Gewissensbisse, als er sich, von oben die winzige Wollmütze betrachtend, die Spitze der kurzen Nase, den exzessiven Glanz der ruhigen und rätselhaften Augen, wiederholte: ›Sie ist die Tochter von Barcala.‹ Er mußte rasch einen Weg finden, sie nicht mehr anzusehen, zu unterbinden, daß sie ihn weiter gelassen ansah und ihn zwang, sich an die Nacht zu erinnern, an den zitternden Kopf des Mannes in der Dachkammer, ›jeder täglich seine Tat der Gerechtigkeit und des Hasses, jeder jeden Tag, wir alle, sie und wir, ich und du, jeder mit seinem Egoismus, seinem täglichen Ausbeuten‹. Er versuchte sie anzulächeln – sie hatte einen kurzen Schritt von ihm fort gemacht –, als er in ihrem Kindergesicht die aufkommende Besorgnis sah, blickte noch einmal unbeholfen auf den Brief und sagte dann, halb von ihr abgewandt, ohne sie anzusehen, mit ganzer Kraft wünschend, es möge etwas geschehen, das sie zum Verschwinden bringen könnte:

»Gut. Wenn du mitkommen willst.«

Er begann die Treppe hinaufzugehen, ohne darauf zu achten, ob sie ihm folgte oder nicht, begleitete die Bewegung der Beine unnötig mit einem Wiegen des Oberkörpers, und erst auf halber Höhe der Treppe hörte er die leichten Schritte unten, langsam, einen wie den anderen, und während der zweiten Treppenhälfte näherte er sein Mitleid der armen, mageren Kreatur an, die ihm folgte, wie sie jedem gefolgt wäre, den man ihr genannt hätte, allein in der Stadt, auch sie auf der Flucht, wie alle, vor dem Tod. Er öffnete die Zimmertür und wartete, bis die Schritte bei ihm waren, drehte sich auch jetzt nicht um, streckte die Hand nach dem Lichtschalter aus, achtete darauf, daß sie beim Hineingehen seinen Arm nicht streifte, und dann ging er mit großen Schritten an ihr vorbei, betrachtete aus den Augenwinkeln, wie hilflos sie wirkte.

»Nimm Platz, setz dich, wohin du willst«, sagte er.

Die Kleine rührte sich nicht sofort, sah sich um – die Hände tief in den eckigen Taschen vergraben, das Kinn angehoben –, sah die Möbel und die Wände an, alles mit einem Sorgengrübchen zwischen den Brauen, und setzte sich schließlich mit Blick auf die Badezimmertür auf einen Stuhl am Tisch, schob die Knie gegeneinander und zog die Schultern hoch. Er ging für einen Moment entscheidungslos auf und ab, rieb sich die Hände wie gegen eine nicht existente Kälte, haßte sie, wünschte sich, sie dort wegzubekommen, als wäre sie ein Dorn, der in seinem Fleisch steckte. Er drehte sich zu ihr um:

»Papiere?«

»Wie, Papiere?«

»Papiere. Von der Polizei beispielsweise, irgendwas in der Art, ein Ausweis ...«

»Nein, hier nicht. Ich hatte einen, aber nicht mehr.«

»In Ordnung. Und woher weiß ich, daß du die Tochter von Barcala bist?«

»Woher Sie das wissen?« Sie öffnete den Mund ein wenig, verwirrt, vertiefte das Grübchen zwischen den Brauen. »In dem Brief von Alberto …«

»Ach ja! Luque. Es ist aber doch …«

Sie sah ihrem Vater überhaupt nicht ähnlich, nichts an diesem Welpennäschen erinnerte an Barcalas Nase, die gebogen war, spitz zulaufend, nicht eine Spur seiner schlotternden Blicke in diesen aufmerksamen Augen, die ohne Unruhe seine Bewegungen betrachteten. Er zog sich Sakko und Krawatte aus, krempelte die Hemdsärmel hoch, langsam und zögerlich, vor der Kleinen stehend.

»Seit wann warst du bei Luque?«

»Erst war ich bei Freunden zu Hause. Dann war ich bei Alberto, bei Luque, seit einer Woche.«

»Eine Woche.«

Es war seltsam, daß Barcala das Mädchen bei Luque gelassen hatte, dem Säufer, der ewig mit Frauen zu tun hatte, sich betrank, mit Frauen rummachte und mit ihnen im Clinch lag, zu jeder Niedertracht fähig. ›Seltsam auch, daß ich auf die Kleine stoße und man sie zu mir schickt, kaum eine Stunde nachdem ich Morasán angerufen habe. Ich habe getan, was ich tun mußte, aber mein Auftrag, Barcala umzubringen, wurde auf einer Ebene erledigt, war auf einer Ebene tadellos logisch und gerecht, die für die Kleine nicht existiert. Was hat sie mit der Erwachsenenwelt zu schaffen. Sie könnte ja doch nie verstehen, schließlich war er ihr Vater. Jetzt wäre angebracht, daß ich sie heirate, im perfekten Schundroman, wenn sie ein paar Jahre älter wäre, und da hätten wir dann unser Geheimnis. Großartig. Aber so habe ich jetzt ohne Witz hier in meinem Zimmer den Blick der Kleinen, die mich ansieht, die wissen will, was ich mit ihr zu tun gedenke (ich habe ihr nicht über die Wange gestrichen, nichts Nettes zu ihr gesagt), und die sich in ihren Stolz verbeißt, bloß um nicht zu fragen; da schlägt die Ähnlichkeit mit dem Vater durch.‹

»Einen Augenblick«, sagte er zu ihr, und er sah in das reglose Kindergesicht, ehe er sich abwandte und im Badezimmer verschwand, im Wissen, daß sie die Ortsveränderung seines Rückens verfolgte, bis die Tür sich geschlossen hatte. Dann erst, langsam, als wäre noch immer jemand im Raum, dem es etwas vorzuspielen galt, ließ sie ihre Muskeln locker, und nach und nach verlor ihr Körper auf dem Stuhl seine Starrheit, und sie schloß sogar die Augen und fiel sofort in die von Summen erfüllte Schläfrigkeit, hörte von fern das Wasser im Waschbecken rauschen, die Hände, die das Wasser klatschen ließen, das Schnauben des Mannes, der sich über dem Waschbecken die Nase putzte.

Sie forschte in ihrem Körper, ob sie krank war vor Hunger oder noch immer krank vor Ekel wegen des Weins, den Alberto sie hatte trinken lassen, um sich zu trösten, nachdem er die Frau mit dem Muttermal vor ihren Augen geschlagen hatte.

Als sie in dem breiten Bett aufgewacht und zurückgerobbt war, bis sie die Wand berührte, und dort gesehen hatte, wie Alberto zornig wurde und sich die Finger in den Kragen steckte und die Frau schlug und wie die Frau vom Tisch auf den Boden stürzte, zu einer platten und geräuschvollen Masse auf dem Boden wurde, in der Wasserlache, unter sich die gelben Flecken der Blumen, die Vase aus Kristallglas. Die Frau hatte ein Muttermal am Mund gehabt, und Alberto hatte sie rausgeworfen, hatte ihr Jacke, Handtasche und Hut hinterhergeschmissen, ohne jetzt noch ein Wort zu sagen, nachdem er vorher alles mögliche gebrüllt hatte.

Er hatte die Tür geschlossen, den ungekämmten Kopf geschüttelt, wieder die Fingerspitzen zwischen Hemdkragen und Haut geschoben, während er in einer Grimasse die Zähne entblößte. Da hatte sie, weiter mit dem Po gegen die Wand gedrückt, die Augen fast ganz zugemacht, als würde sie schlafen, und hatte sehen können, wie Alberto näher kam, um sie unter die Lupe zu nehmen, sie seinen Weinatem riechen ließ, und dann hatte er ihr liebevoll die Schulter getätschelt und sich wieder an den Tisch gesetzt, um noch ein Glas Wein aus einer Flasche zu trinken, die er neu aufmachen mußte, langwierig, mit einer Serviette, um keinen Lärm zu machen, weil er glaubte, sie würde schlafen. Und nachdem er eine Weile mit der Stirn in den Händen dagesessen hatte (während sie dachte: Seit ich hier bin, betrinken sich die Leute überall, wo ich hinkomme, und keiner ist froh, keiner hat irgendwen lieb), stand er auf und kam direkt zum Bett und schüttelte sie sachte, bis sie ihn nicht mehr glauben machen konnte, daß sie schlief, und erschrocken den Kopf heben mußte. Als sie Albertos Gesicht deutlich sah, die Augen, fing sie zu zittern an, fühlte sich schon krank und hätte am liebsten aus vollem Hals geheult. Aber Alberto streichelte sie und sagte Sachen, die er selber nicht verstand, und schenkte ihr dann, fast unter Tränen, ein Glas ein (nicht das, das die Frau benutzt hatte, sondern ein anderes, das er draußen holen ging) und bat sie, zu trinken und ihm Gesellschaft zu leisten, und ängstlich und mitleidig trank sie das eine Glas aus und weitere und hörte ihm zu und strich ihm übers Haar, wenn er in verqueren Wörtern redete über sich selber und das Leben und die Reinheit. Und so, bis Alberto eingeschlafen war, ohne sich auszukleiden, und die Angst vor der ganzen Welt, die Angst vor dem Wissen, sie bis zum Morgen wach gehalten hatte mit seinem Schnarchen im Ohr.

XIII

»Willst du was trinken?« fragte Ossorio, Santana für das Mädchen.

Sie sagte nein; dann schob der Mann den Tisch und ein wenig das Bett zur Seite und hob den Teppich an, hielt ihn zurückgeklappt mit dem Fuß fest und sah auf bunte Blätter Papier, die von Staub umrahmt unter dem Teppich lagen.

Sie dachte ›ich bin hier, ich bin hier‹, ohne das ganz begreifen zu können, sah die Kühle des Marmors im Badezimmer an, in das der Mann ging, nachdem er die Blätter aufgehoben, den Teppich ausgebreitet hatte und ein paarmal darauf getreten war, wobei er die Blätter auf dem Tisch liegen ließ, während er Tisch und Stuhl wieder an ihren alten Platz rückte.

›Ich bin hier, sitze hier, ich bin hier, zu Hause bei Santana‹, dachte sie und sah, wie das Streichholz aufflammte und das Feuerchen, das der Mann angezündet hatte, fröhlich die Wände des Badezimmers beleuchtete, die rötliche Flamme im Glanz der Kacheln eingeschlossen wie die stille Glut in einem Opal, und der weiße Qualm und der Brandgeruch trugen hurtig einen Anflug von Alarm ins Zimmer. Bis der Mann geräuschlos die Tür schloß – vor dem Rauschen des Wassers, das aus dem Spülkasten stürzte.

Der Mann kam aus dem Badezimmer und zog sein Jackett wieder an und stand einen Moment still und bleich da, den Kopf reglos zur Decke gerichtet, und dann ging er rasch an eine Seite des Fensters, hob vorsichtig eine Ecke des Vorhangs an, brachte seine Miene in Bewegung, reckte den Hals, um nach draußen zu sehen, kam auf Zehenspitzen quer durchs Zimmer neben sie und wandte sich ihr zu, um ihr über Kopf und Wange zu streichen – seine Hände waren sehr warm, weil er das Feuer gemacht hatte –, und sagte zu ihr:

»Nicht weinen«, und da erst merkte sie, daß ihr Gesicht feucht war, aber sie hatte kein Geräusch gemacht beim Weinen.

Der Mann stand jetzt hinter ihr, und als sie sich umdrehte und sich die Nase am Ärmel abwischte, sah sie, wie er gegen die Tür gelehnt lauschte, sah, wie er sich duckte und dann, sich aufrichtend, zu ihr kam und sie wieder berührte und die warme Hand nicht von ihrem Kopf zurückzog, während er sagte:

»Hab keine Angst. Zieh die Schuhe aus und die Mütze, und leg dich ins Bett.«

Sie gab dem Mann ihre Kleider, und der verstreute sie im Zimmer, und als sie lag, zerwühlte der Mann die Bettdecken und fragte sie, wie sie heiße.

»Victoria Barcala«, sagte sie.

»Sei schön ruhig und hab keine Angst«, sagte der Mann, und er setzte sich mit einem Buch hin, steckte sich eine nicht angezündete Pfeife in den Mund und streckte die Beine, bis er die Schuhe auf den Tisch legen konnte.

Dann wurde unten geredet und sachte gegen die Türen geklopft, als näherte sich jemand durch viele Zimmer mit Türen, die er schloß und öffnete, und andere kamen die Treppe herauf, blieben stehen und stiegen wieder, leise miteinander sprechend, weiter. Jetzt wurde hier geklopft, an die Zimmertür, erst einmal und fast sofort dreimal kräftig, und sie nutzte die Gelegenheit – während sie das Geräusch des Stuhls hörte, als der Mann aufstand, um nachzusehen, wer da war – und zog sich das Laken über den Kopf, das sauber und weich roch, reckte den Kopf dann wieder aus der Wärme, um zu hören, was die Stimmen sagten, die schon im Zimmer waren, und zu sehen, wie der Mann, Santana, rückwärts ging und zwei Männer in Regenmänteln und mit Hüten hereinkamen, und hinter allen, nur knapp einen Schritt im Zimmer, sah die Frau sie an, die auf dem Hocker hinterm Empfangstisch gesessen hatte, sah sie mit derselben kühlen Neugier an wie zuvor unten am Eingang, mit einem Lächeln im Zaum gehaltenen Argwohns, mit einem boshaften Triumph in den glühenden Augen.

»Papiere?« fragte jetzt auch einer der Männer, der ältere, während der andere langsam durchs Zimmer ging. Santana steckte die Hand in die Tasche des Sakkos und gab dem älteren ein Heftchen, das der durchsah, ohne etwas zu sagen (der andere schlenderte nah an den Wänden entlang und blieb dann stehen, um aus dem Fenster zu schauen), dann sah der ältere Mann Santana ins Gesicht und fragte:

»Seit wann haben Sie den Stempel?«

»In den Papieren?« sagte Santana. »Ungefähr einen Monat, anderthalb. Aber ich war jeden Montag dort, ich bin ständig unterwegs, und wenn ich ihn immer noch habe …«

»Sie kennen sich aus«, sagte der Mann.

»Was bleibt einem übrig heutzutage.«

Santana lächelte gutmütig, zog an der feuerlosen Pfeife, steckte die Pfeife dann in die Tasche und verstaute auch die Papiere, die der andere ihm zurückgab.

»Wer ist das Mädchen?« fragte der ältere Mann, während der andere vom Fenster wegtrat, sich auf den Knauf am Fußende des Bettes stützte und sie betrachtete, ohne eine Miene zu verziehen. Sie wandte den Blick von dem Mann ab, und über das umgeschlagene Bettuch hinweg sah sie die Frau an, die nah bei der Tür stand und ihren Blick mit einem angeekelten erwiderte (ihre Wangen waren rot, und ihre Lippe legte durch ein Zittern die Feuchtigkeit der Zähne frei) und die Arme hinter dem Rücken verschränkte, so rückwärts ging, bis sie am Kleiderschrank lehnte, Santana und den älteren Mann nicht aus den Augen ließ.

»Meine Tochter«, sagte Santana, und er drehte sich um, damit er sie ansehen konnte, während er die Hand in die Tasche schob, in die er eben die Pfeife gesteckt hatte, und nichts war ihm geblieben von der Freude und Jugendlichkeit, die in seinem Gesicht gewesen waren, als er nach dem Waschen aus dem Badezimmer kam. »Sie fiebert ein bißchen, sie hat ständig irgendwas.«

Niemand bemerkte die Traurigkeit, mit der Santana sie ansah, aber sie wollte nicht, daß er traurig war, und lächelte ihn ein bißchen an und hustete und hörte auf, alle anzusehen, zog die Zudecke ein Stückchen hoch.

»Hat sie Papiere?« fragte die Stimme des älteren Mannes.

»Nein«, sagte Santana.

»Sie kann nicht ohne Papiere sein.«

»Aber sie ist doch noch ein Kind.«

»Trotzdem, sie muß Papiere haben. Sie kennen sich mit anderem sehr genau aus und wissen das nicht. Es darf niemanden ohne Papiere geben. Bald werden selbst Hunde Papiere brauchen.«

»Würde mich nicht wundern«, sagte Santana.

»Es gibt vieles, über das Sie sich besser nicht wundern werden«, sagte die Stimme des jüngeren Mannes, und sie spürte, wie das Bett wackelte, als er es losließ, spürte das Bedrohliche in der Stimme und wartete auf etwas, das die Stimme anscheinend gleich sagen wollte.

»Morgen muß die Kleine Papiere haben«, sagte der ältere Mann.

»Gut«, sagte Ossorio. »Wenn es ihr morgen bessergeht ...«

»Auch wenn es ihr nicht bessergeht«, sagte der Jüngere mit derselben Stimme, die vor Zorn zu beben schien.

»Dann eben auch, wenn es ihr nicht bessergeht«, sagte Ossorio, und sie hörte, wie er ging, und dann das leichte Anstoßen am Tisch, an den er sich gerade gelehnt hatte.

»Wen gibt es noch?« sagte die Stimme des älteren Mannes.

»Eine Frau nebenan«, sagte die Stimme der Frau, unschlüssig, als würde sie lügen, als dächte sie nicht daran. »Eine Dame aus dem Ausland. Sie hat die Papiere, hier ist niemand ohne Papiere. Aber gerade ist sie nicht da, sie kommt immer sehr spät, aber wenn Sie hineinwollen, kann ich Ihnen aufschließen.«

Im Bett hörte sie mit ihren in Wärme gepackten Ohren die Schritte und, ehe die Tür zuschlug, eine Stimme, von der sie nicht wußte, ob sie dem Jüngeren oder dem Älteren gehörte, die sagte:

»Nacht.«

Sie hörte nicht, daß Santana geantwortet hätte; sie hob den Kopf und schüttelte ihn, sah, wie Santana sich wieder mit dem Buch in der Hand an den Tisch setzte, während die Schritte hinaus in den Korridor traten und ein Getuschel Kreise zu ziehen begann, einer der Männer hustete und Schlüssel klimperten – in der Stille betrachtete sie Santanas Profil vor dem Buch –, die Schritte im Nebenzimmer wieder zu hören waren und aufgebracht die Stimme einer anderen Frau in einer Sprache, die sie nicht kannte, die ruhige Stimme der Hauswirtin, das schwere Auftreten der Männer und das Geräusch von Schubladen und Türen, die geöffnet wurden, ein gedehntes Geräusch wie von einem verschobenen Möbelstück. Santana legte das Buch weg und ging die Tür abschließen, und dann verschwand er mit langen, leisen Schritten wieder im Badezimmer und kam gleich nach dem Quietschen des Oberlichts wieder heraus, schloß die Tür und setzte sich mit dem Buch wieder hin und lächelte sie vom Stuhl aus an, wartete, bis sie zurücklächelte, und sah dann auf das Buch.

Im Korridor hallten Männer- und Frauenschritte und ein endloses Abstreiten die Treppe hinab wie Insektengesumm, das Kreise zieht und sich entfernt im Sommer, in der Nacht, gegen Wände stößt und daran verstummt, um sich gleich darauf wieder zu lösen und ein bißchen weiterzusummen, ein unsichtbares S in die Dunkelheit zu zeichnen, während nebenan weiter auf und ab gegangen wurde, Schubladen zuschlugen und die Stimme der Hauswirtin den immer gleichen unverständlichen Laut wiederholte. Sie sah, daß Santana nicht las, obwohl er sich das Buch vors Gesicht hielt. Wieder gingen ein Mann und eine Frau durch den Korridor, und die Stimme der Hauswirtin sagte:

»Ich habe nicht gewußt, daß sie da ist, ich habe sie nicht kommen sehen, ich habe nicht gewußt, daß sie da ist, sie muß gekommen sein, als ich beim Essen saß, wie hätte ich wissen sollen, daß sie da ist, und warum hätte ich Ihnen das nicht sagen sollen?«

Sie entfernten sich die Treppe hinunter, aber der Mann mit dem Buch rührte sich nicht, und weil sie sicher war, daß er nicht las, fragte sie, ob sie aufstehen müsse, aber der Mann,

Santana, antwortete ihr nicht. Dann hörten sie, wie unten ein paar Sätze fielen, gegen die Leere der ausgestorbenen Straße und das dumpfe Geräusch der zufallenden Eingangstür und das eines Autos, das ansprang und dann mit einem Hupen vor der nächsten Querstraße beschleunigte. Sie fragte wieder, ob sie aufstehen könne, und da kam der Mann langsam zum Bett, ließ einen Finger zwischen den Seiten des Buchs eingeklemmt und sah sie an, ohne sie anzulächeln, mit von der Pfeife verzogenem Mund, und trat einen Schritt zur Seite, damit der Schatten seines Körpers nicht über ihren Kopf auf dem Kissen fiele.

Als das Licht sie wieder beschien und sie dazu brachte, die Augen ein wenig niederzuschlagen, neigte der Mann den Kopf, um sie anzusehen, ohne zu sprechen, ohne eine Regung im Gesicht; sie ertrug den Blick des Mannes eine Zeitlang, bis sie sich zu ärgern begann und Angst bekam und an Alberto und die Frau denken mußte. Aber während der Mann sie weiter ansah – wie abgeschirmt in der Stille im Haus und draußen, aufmerksam und allein –, konnte sie sich zurückdenken an einen Moment, als sie auf den Zitronenbaum geklettert war, konnte die bemooste und fleckige Mauer des Nachbarn sehen und ihren hellen Rock, der sich an einem Zweig verfangen hatte; und unter der sonderbaren Aufmerksamkeit des Mannes, der neben dem Bett stand, sah sie sich dann, wie sie die Stadt auf dem Oberdeck eines Omnibusses durchquerte, neben einer alten Frau sitzend, die mit ihr redete und dabei mit dem behandschuhten Finger auf das Geschehen auf der Straße zeigte und sie fragte, ob ihr nicht kalt sei, und wie sie verstohlen die Bänder des grünen Huts streichelte, den sie trug. Als der Omnibus eben an einem riesigen Platz vorbeikam, an der Ecke abbog und, sich in die Kurve legend, in die breite Straße hineinfuhr, in der das Schaufenster mit dem Kochfeuer war, legte der Mann das Buch auf das Bett und streckte eine Hand aus, um ihr über den Kopf zu streichen.

»Wozu willst du aufstehen«, sagte Santana und setzte sich aufs Bett. »Du schläfst besser. Ich gehe kurz weg, bin aber gleich wieder da, hier kommt keiner rein.«

»Warum«, setzte sie an.

»Ich bin gleich zurück«, sagte der Mann.

Jetzt hatte sie keine Angst mehr, und selbst wenn sie sich weder im Omnibus noch auf dem Zitronenbaum sehen konnte, war ihr nicht nach Weinen zumute; sie würde auch nicht schlafen, sie hatte den ganzen Abend geschlafen, aber mühelos sah sie sich wieder – diesmal in einer Konditorei, wo sie eine Schokolade trank, die Doñadora hieß – und schloß die Augen, ohne etwas zu dem Mann zu sagen, in der Hoffnung, daß sie es nicht mitkriegen würde, wenn er fortging.

Ossorio betrachtete das Gesicht des Mädchens, ließ den Blick über das Schimmern des Haars auf dem Kopfkissen wandern, taxierte den Abstand zwischen den Augen, die trennende Mulde zwischen Nase und Mund, den regungslosen unwillkürlichen Ausdruck von Stolz, Reinheit und heißer Verachtung auf dem Gesicht des Mädchens, den gedämpften Schimmer von Traumgespinst und unbestechlicher Gerechtigkeit, der sich von dem dunklen Strich der Wimpern aus über die Wangen erstreckte. ›Eines Tages wird sie einen Mann haben, Lügen, Kinder, Müdigkeit. Dieser Mund.‹

Er sah sie an, als wollte er sich selbst sehen, seine Kindheit, was er gewesen war, was in ihm zertrampelt und blind geworden war, die verlorene Reinheit des Beginns, was er nicht verwirklicht und aufgegeben hatte. Er sah sie an wie in Liebe für sich selbst, mit abergläubischer Bewunderung für die kurze Reinheit auf dem menschlichen Antlitz, mit Bedauern über den unausweichlichen Dreck, den sie durchqueren und sich einverleiben mußte.

›Daß ich ihr den Vater in einer Kriegshandlung getötet habe; allein das. Daß ich auf dieser anderen Seite bin, auf der man das Leben mit Händen greifen kann, es möglich ist (so anders als im Dunst der Ohnmacht, in dem sie noch eingeschlossen und geschützt ist), mit den Händen Steinchen zu verschieben und neu zu kombinieren, etwas zu tun, Menschen zu beeinflussen und beispielsweise zu töten. Aber wer das Leben berühren kann, kann das erst, wenn er den Nebelpanzer verloren hat, der ihn hindert, danach zu greifen, und nur im Innern dieses Panzers kann man den Sinn der Dinge erfassen, mischt sich unter den eigenen Atem der Atem der Erkenntnis von den Dingen und Lebewesen; was kann ich erkennen in der Szene, als die Männer hereinkamen und die Wirtin in der Tür stehenblieb, was kann ich erkennen, außer der handfesten erlernten Bedeutung von Gefahr, was kann ich von den Gespenstern des Schreckens, den Zeichen und der Ausstrahlung erkennen, die von diesem Moment für sie ausgingen, die den Schlüssel noch besitzt, selbst wenn sie ihn nicht für andere ergattern oder ihnen geben kann. Was kann ich erkennen vom Untergrund des Schreckens, den sie augenblicklich, ohne Auftrag und ohne Zeit und ohne Absicht, unter dem Schrecken bloßgelegt hat, den ich vorhin hier im Zimmer gesehen und gehört und mir gedacht habe? All das, was sie unvermeidlich verlieren wird, nicht eines Tages, nicht wenn ich ihr unvermittelt sage, daß ich ihr den Vater getötet habe, sondern sie wird es Tag für Tag verlieren, durch die bloße Tatsache zu leben, bloß durch das, was für mich Leben heißt und was sie nicht zu benennen wüßte, was für sie bloß die Augen Aufschlagen oder Lächeln heißen würde, oder einfach dadurch, daß sie hier liegt und schläft, unter meinem Gesicht, das schon nichts mehr enthält und von sich gibt als Wörter, bloß dadurch, daß die Zeit vergeht und daß in ihr Zellen am Werk sind, und sie wird herausgeholt werden, wird herausgerissen, ohne daß dazu Gewalt nötig wäre, durch die einfache unvermeidliche Verwirklichung von etwas, das sich unwillkürlich, ohne Adjektive, an dieser arglosen, vernunftbegabten Animalität vollziehen wird, in der sie steckt und ihre Wurzeln nährt und in Zorn verglüht, wenn sie an einem vorübergeht, unerreichbar und fremd und doch zu einem gehörend, hat sie uns doch einmal gehört wie ein Kind, dem man es durch die Entfernung und die Zeit ausgetrieben hat, uns zu kennen. Palaver über eine verstorbene Kindheit, eine deformierte, schmutzige, laue; Palaver über ein gestorbenes Ungestüm, eine Heiterkeit, über ein Leben, das am bloßen Leben gestorben ist, weil ein Innehalten unmöglich ist und der bloße Gedanke an ein Innehalten abscheulicher noch als das Ausrotten der Reinheit; Palaver über den gestorbenen Nebel auf deiner Pupille, über das Gespenst, das fällt, wenn die Nacht zu Ende ist, über das Dämmern der unverzeihlichen, der ruhigen Erkenntnis, über die Augen, die sahen, die vergleichen und sich erinnern, die Augen, die den Blick erblicken, den sie werfen.‹

Sie erwachte, sobald die Finger an der Tür erklangen, und reckte Ossorio die geöffneten Lippen entgegen, die hohle Schwärze des Mundes mit den angefeuchteten Winkeln.

»Ruhig«, sagte er. »Es ist nichts, ruhig.«

Er stand mühsam vom Bett auf und ging die Tür öffnen, trieb seine Schritte in die Stille, in der eine unbekannte Uhr schlug. ›Diese ganze Nacht der Türen und Treppen werde ich Türen öffnen. Die Hölle eine unbestimmte, unbegrenzte, endlose Verlängerung des letzten, der letzten Momente, die einer auf der Erde rumläuft.‹ Die Hauswirtin kam herein und sah ihn nicht an, bis sie mitten im Zimmer stehenblieb, auf dem schokoladenbraunen Teppich, und von dort aus – sie stand wie auf einer Anhöhe – das Mädchen im Bett betrachtete, das den Blick schon nicht mehr von diesem unerklärlichen Lächeln wenden konnte, von dem, was nicht zu erklären war an diesem Lächeln, jedoch darunter lag und stärker war als Haß oder Verachtung, die Aufmerksamkeit, die, was sie erfassen konnte, rasch – mit dem Triumph dessen, der ins Schwarze getroffen hat – einem längst gehegten Verdacht anpaßte.

»Noch mal gut gegangen«, sagte die Frau und verschränkte die Hände hinter dem Rücken. »Die von nebenan ist in ihr Zimmer gegangen, ohne daß ich es gemerkt hätte. Diese Arbeit bringt einem notgedrungen Leute ins Haus, die man sonst nicht mal grüßen würde. Sie hatte sich eingeschlossen, hockte angekleidet, sogar mit Hut und ohne Licht im Zimmer. Offenbar kannten die sie. Jetzt überzeugen Sie die mal davon, daß ich die Frau nicht kenne und keine Ahnung hatte, daß sie da ist.« Sie richtete den glänzenden Blick auf die Kleider des Mädchens über dem Stuhl. ›Sie denkt, sie ist nackt, es quillt ihr aus den Augen, daß sie denkt: Sie ist nackt‹, dachte Ossorio. »Sie haben sie mitgenommen.«

»Gut, das ist ärgerlich«, sagte Ossorio bedächtig. »Aber Sie müssen sich keine Sorgen machen, Sie können beweisen ...«

Er unterbrach sich, um den Glanz der gedämpften Erregung auf dem runden Gesicht der Frau und in der Bewegung ihrer Lider zu betrachten, die brüsk zuschnappten, um sich gleich darauf mit gedämpfter und genießerischer Energie wieder zu heben, die Glupschaugen freizulegen, die sich auf die Augen des Kindes im Bett richteten, auf den Kleiderhaufen über dem Stuhl, auf den Saum der Hose bis hinauf zu den Flicken über den Knien und wieder zurück zu dem abweisenden Kindergesicht, den ungeordneten Kleidern und der nackten Wand.

»Was haben Sie damit zu schaffen, was Ihre Pensionsgäste tun?« sagte Ossorio. »Solange die ihre Miete bezahlen.« ›Ich habe sie nämlich im voraus bezahlt‹, dachte er.

»Sicher«, sagte die Frau. »Wenn sie die Papiere haben ... Die Französin hatte die Papiere, und wenn sie nachts spät gekommen ist ...«

Sie drehte sich zu ihm um und setzte ein ruhiges Lächeln auf, schob, nahezu liebenswürdig, ein stilles Weiß vor ihre Gedanken.

»Ja«, sagte Ossorio.

»Sicher«, sagte sie wieder, nahm ihr Lächeln zurück, verschränkte die Arme unter den vorspringenden Brüsten. »Ich habe mich nie irgendwo eingemischt. Aber das geht nicht«, sie stieß Kinn und Blick in Richtung Bett. »Schweinereien mag ich nicht.«

»Ich weiß nicht, was Sie meinen«, sagte Ossorio.

»Doch, das wissen Sie. Sie ist nicht Ihre Tochter.«

»Woher wollen Sie das wissen?«

»Ich bitte Sie«, sagte die Hauswirtin und wiegte die Schultern. »Sie ist nicht Ihre Tochter. Schweinereien mag ich nicht.« Sie sah mit ihren schmierig glänzenden Augen zum Bett, löste eine Hand von der Sehne des Halses; sie lachte kurz auf: »Und zwar nie; aber in diesen Zeiten erst recht nicht. Was ich zu sehen kriege, hat die Welt noch nicht gesehen.«

»Sie sind verrückt«, sagte Ossorio.

Sie hob eine Hand und zwang ihre Lippen in eine Miene des Ekels:

»Sie ist nicht Ihre Tochter«, sagte sie und schüttelte den Kopf. »Sie ist nicht Ihre Tochter. Außerdem ist Ihr ...« Unvermittelt sah sie ihn mit kalten Augen an, und ihre Miene wurde hart. »Sehen Sie zu, wie Sie klarkommen. Gehen Sie. Auf der Stelle. Ihr Name ist nicht Santana. Sie haben mich verstanden. Die kommen wieder wegen der Papiere der Französin und werden nachprüfen. Gehen Sie vorher, und es passiert nichts.«

Noch einmal sah sie hitzig den Kopf des Mädchens im Bett an und wandte sich dann ab, ging, bis sie Schulter an Schulter neben Ossorio stand, ohne ihn anzusehen, mit gesenktem Kopf; er sah den dicken Haarknoten in ihrem Nakken ruhen und ihn verdecken.

»Ihr beide werdet was finden, wo ihr unterkriechen könnt, ich will keinen Ärger; verschwindet, aber sofort.«

Unter dem kalten Zorn nahm er die Hitze wahr, mit der die Frau den Plural umhüllte, mit Wonne ihn und das Mädchen darin einschloß.

»Gut«, sagte er.

Die Frau ging hinaus und schloß die Tür hinter sich. Ossorio hörte, ohne sich zu rühren, ohne den Kopf zu drehen, um den Ausdruck der Kleinen im Bett zu erforschen, Luft durch den Pfeifenhals saugend, auf das ruhige Geräusch der Schritte auf der Treppe, auf das Klick des Lichtschalters, das weiche Schnappen einer Tür, die unten geschlossen wurde.

Er wollte sie nicht ansehen, zog sich fertig an, band seine Krawatte, ohne sie anzusehen, und vor dem Spiegel, ohne sich umzudrehen, sagte er:

»Wir müssen weg, du mußt dich anziehen.«

Seine Krawatte war schon fertig, aber er wollte nicht untätig warten, bis sie angezogen wäre, wollte nicht nachdenken und ging ins Bad, um den Kamm zu holen – es roch nicht mehr verbrannt – und sich vor dem Spiegel zu kämmen, während er nicht über das kleine Mädchen nachdachte, dessen Bewegungen die Matratze im Bett in Schwingung versetzten, sondern darüber, was er würde mitnehmen müssen und was er zwangsläufig würde zurücklassen müssen, wenn er schon vor dem Spiegel mit einem Kopfschütteln die Vorstellung verwarf, das Haus mit einem Koffer zu verlassen. ›Wenn ich das Schiff erreiche, welche Rolle spielt es dann, ob ich es nackt erreiche, und wenn ich es nicht erreiche, welche Rolle spielt es dann.‹ Er kämmte sich alles Haar über die Augen und frisierte sich noch einmal sorgfältig, nervös, weil sie sich beim Anziehen noch immer ohne Eile bewegte, als wüßte sie nicht, als sagte ihr nicht alles, daß, wenn die Männer zur Überprüfung zurückkämen und die Hauswirtin lächelnd sagte: »Sein Name ist nicht Santana; sie ist auch nicht seine Tochter«, die Nacht für ihn unverzüglich vorbei wäre und das Ende der Nacht ihr nicht gefallen würde, da durfte sie sicher sein. Er stockte und lauschte zur Straße hinaus, betrachtete seine Aufmerksamkeit im Spiegel, während sein Ohr dem Geräusch des Wagens folgte, der eben in die Straße eingebogen war, anhielt, lang und gedämpft wie ein asthmatisches Atmen die Hupe röcheln ließ, dort unten, während die Zähne des Kamms sich in den frisch gezogenen Scheitel gruben. Bis der Motor des Wagens erneut schnaubte und sich entfernte; da senkte er in einem gutberechneten Bogen die Hand, die den Kamm führte, und betrachtete sein Gesicht, versuchte es zu sehen, wie es sich kurz zuvor über das Kind gebeugt hatte, das schlief oder einfach ruhig dalag, mit geschlossenen Augen und friedlicher Miene. Sein Gesicht zu betrachten wie das eines anderen, ohne Verzagtheit und ohne Begeisterung die noch nicht verbrauchten, von der Erschöpfung nur leicht überschatteten Züge zu sehen, die sich erst seit kurzem andeutenden Falten rechts und links des Mundes, die immer geradlinig und im Spiegel ausdruckslos blickenden Augen, das Gesicht eines Allerweltsmenschen, nicht glücklich, nicht übermäßig vom Pech verfolgt, ein Mann; und er verspürte irgendein beiläufiges Mitgefühl für den Mann im Spiegel, wegen eines vagen Traums, den der Mann in seiner Vorstellung wohl gehegt hatte, wegen der unantastbaren Erinnerungen, die der Mann sich bisweilen gern vor Augen führte, und er lächelte ihm mit einem freundschaftlichen Kopfnicken zu und kämmte sich rasch fertig, weil die Kleine jetzt angezogen war – er sah die löchrige Spitze der Wollmütze über dem aufgeschlagenen Buch auf dem Tisch – und weil er mit Erschrecken die Zeit abschätzte, die unter seinen Schuhen und über seinem Gesicht im unveränderlichen Licht des Spiegels fortgeglitten war. Er öffnete den großen Kleiderschrank, um zu sehen, was zurückblieb, schloß ihn aber gleich wieder und machte keine Anstalten, herauszufinden, was sich im kleinen Kleiderschrank befand, in der Kommode oder im Bad.

»Warte an der Tür auf mich, ich mache das Licht aus«, sagte er.

Und er wartete, bis das Mädchen an der Tür war und die Hand zur Klinke hob, bis er das Licht löschte, die Pistole wieder im Sakko feststeckte und mit geschlossenen Augen dort hinging, wo sie die Tür aufhielt, ihr die Hand auf die Schulter legte und, weil die Hauswirtin alle Lichter gelöscht hatte, langsam die Treppe hinunterstieg und das Mädchen dabei mit der Hand führte, die weiter leicht auf dem dicken und wärmenden Stoff über ihrer Schulter lag.

XIV

Vom Fahrersitz aus warf Morasán die kaum angerauchte Zigarette nach draußen, schaltete das Radio im Armaturenbrett ein, sah vornübergebeugt auf die rosig leuchtende Senderskala, drehte auf der Suche nach der Frequenz des Ministeriums am Knopf und hörte Röcheln, Husten und Klagen, das wie Blasen über die Oberfläche einer grausigen Verstümmelungsstille trieb. Er probierte es weiter, lauschte in das Klagen, darunter und dazwischen, wollte seine Fähigkeit zu hören einsetzen wie einen Löffel, der wirre Geräusche anzuheben in der Lage wäre, um etwas zu erfahren, das darunter gesagt wurde, für ihn, für ihn nützlich war und für all das, was ihn mitriß.

»Is' seit heute gekappt«, sagte der Mann, der neben ihm im Dunkel des Autos lehnte, den Kopf halb aus dem Seitenfenster geschoben, über das nicht zu sehende Gras und das schmutzige Wasser im Straßengraben, in die bewegte Kühle der Nacht.

Morasán fand weiter vorn die letzten Worte des Ansagers:

»... unser Tanzmusikkonzert.«

Und er drehte das Radio über den einsetzenden Foxtrott hinweg leiser, richtete sich mit einem Schnauben auf, setzte sich wieder auf dem Sitz zurecht, beschirmte mit dem Trichter seiner aufgestellten Finger den Revolver, den er neben seinem linken Bein abgelegt hatte.

»Das dauert«, sagte der Mann. »Falls sie nicht so bescheuert sind und auf die Sonne warten, wo sie ohne richterliche Anordnung unterwegs sind.«

Er wartete, daß Morasán etwas sagte, und begann dann sachte zu lachen, machte Geräusche mit der Zunge.

Unter einem verschleierten Licht, das nur schwer das wirre Gefüge der Formen erkennen ließ, die ebenfalls wirr waren, in Bewegung, entfaltete sich die Musik, eingeschlossen, sicher in ihren Schritten und ihrem Tempo, so unbekümmert, so nichtsahnend vom Regen und dem Getöse in den Straßen, geschützt vor der Witterung – der habsüchtige Wind, der alles umzustoßen vermag – und den Massen, der Last von Groll und Rachegelüsten jedes einzelnen, die in jedem Moment und aus jedem hinterhältigen Punkt auf einer ausgeklügelten Windrose angeschoben werden können, durch irgendwen und gegen alles und zuweilen auch ohne Vorsatz, irrtümlich oder aus Langeweile oder weil die Kräfte nicht mehr ausreichen, um den stinkenden Atem des Hasses im Nacken länger zu ertragen. Er, Morasán, konnte sich selbst sehen, in seinem eigenen Körper sein, während sein Körper in einem gelblichen Unterhemd steckte, in einem Bett in einem Zimmer von Ritas Pension, und dort trank er langsam aus einem großen Glas und spürte, wie sein Blick sich verhärtete, hörte fern die ruhige Musik, die niemand stören würde, das Lachen der Mädchen nicht und nicht die Stimmen der Männer oder das müde Schlurfen von Schuhen beim Tanz; die behagliche Musik, die von den Stimmen, dem Lachen und dem Schlurfen der Schuhe vielmehr behütet und mit einer weichen, dichten Watteschicht umgeben wurde, die ihre Wärme und Intimität vor den Indiskretionen der Welt abschirmte.

Plötzlich hörte er die Detonationen, fünf, eine, sechs und sieben, eine Garbe, Stille, nicht mehr schwarz, erhellt von einer langen weißen Wolke mit ausgefransten, rötlichen Rändern. Jetzt nur die Stimme des Mannes an seiner Seite:

»Gut, der Tanz hat begonnen. Haben Sie gehört? Da drinnen gibt es ein Maschinengewehr. Wenn Sie mich fragen, ist der nicht allein.«

Er hörte das Pfeifen und darin den Unterton der kleinen Verzweiflung und klammerte sich an den Gedanken ›Es kann kein Hinterhalt sein, sie hätten nicht wissen können, ob wir nicht mit einem Bataillon anrücken‹, während er aufhörte, der Musik zu lauschen, und sich zur Seite neigte, um die monströse Nacht zu spüren, die an seiner Schulter, hinter dem dunklen, feuchten Straßengrabenschatten, ihren Ausgang nahm, diese Nacht der nicht zu berechnenden Ferne, in der die Schüsse hallten, das Pfeifen im Panikanfall, in der eine kräftige Stimme wieder und wieder einen tiefen Ton gegen die langen Splitter einer geborstenen Tür schleuderte, die kalte, befreiende Finsternis brüllend durch die senkrechten Risse entwich, um mit einem Finger seine Wange zu berühren, während von neuem die Härte der Explosionen erklang, dicht am Boden, neben den übersehenen niedrigen Stengeln, wie ein Ausstreuen, eine Invasion, eine Fuge in Ratatat mit Körpern, die sich über dem Schlamm wanden, unter der Laubdecke, unter dem Himmel und den Früchten der Bäume, über dem vergangenen Duft der Regenschauer.

Der Mann streckte die Hand aus und stellte das Radio ab.

Jetzt ertönte wieder das Pfeifen inmitten einer perfekt dunklen Nacht, verschwand in der kompakten Stille – während er in der Feuerpause hechelte, mit dem Kopf draußen, damit der andere nichts davon mitbekam. Von einer unsichtbaren Anhöhe begann wankend ein Transporter herunterzufahren, in einer Langsamkeit, die mit dem Aufruhr nicht in Einklang zu bringen war, mit dem Nachhall des in der Dunkelheit zerfasernden Aufruhrs.

»Gut, es ist vorbei«, sagte der Mann.

Morasán nahm den Revolver vom Sitz und steckte ihn in die Tasche, während er nach draußen sprang; im Handumdrehen war der andere um das Auto herumgelaufen und an seiner Seite, klappte sich den Mantelkragen hoch. Er schlug die Wagentür zu, und sie gingen los, bergan, bisweilen auf der nassen Erde ausrutschend, der Mann vorneweg, gebeugt, beleuchtete den Boden mit dem Hin und Her der funzligen Stablampe, richtete das Licht auf die eigene Hose und die

Schuhe, damit Morasán ihm folgen, in die Schneise, die er durch das unwegsame Dunkel schlug, eindringen und auf ihr voranschreiten konnte, durch die Düfte der Pflanzen, durch die Luft, die über ihre Köpfe sprang, von Baum zu Baum, durch die knisternden Geräusche der Nacht, während die bange Stille sich verschärfte dort an dem fernen Punkt, auf den sie zusteuerten, unsichtbar, verloren, unerreichbar noch.

»Vorsicht, hier ist ein Drahtzaun«, sagte der vor ihm. »Dahinter ist alles Gehweg, rechter Hand.«

Er sah, wie der andere in die Hocke ging, das runde Licht gegen den schlammigen Boden drückte, die lehmverschmierten Schuhe nebeneinander brachte; er tastete nach den Drähten und stieg darüber, drehte sich dem Licht zu und hörte gleich darauf die Schuhe auf harten Untergrund treten, sah die Backsteinmauer mit Gitterzaun und in der Mitte der Häuserzeile das zum Gehweg einfallende Licht und den Trupp Männer vor der Tür. Mit den Händen in den Taschen schritt er aus, hatte eine verworrene Erinnerung, als kehrte er nach langer Abwesenheit zurück, aus Jahren der Verbannung in der Nacht, hielt den Kopf gerade, knallte mit den Absätzen, so laut der Weg es ermöglichte. Er zog eine Schulter hoch und neigte den Kopf, um die Begrüßungen zu erwidern, und sah, daß Villar, der seinen Hut bis zu den Augen hinuntergezogen hatte und sich die leeren Hände rhythmisch auf Höhe des Magens rieb, einen Schritt auf ihn zutrat – er war von oben bis unten vom Licht erfaßt, das durch die eingeschlagene Tür fiel, sah erst klein aus im Licht, viel kleiner gleich darauf in der Dunkelheit, die über den Köpfen mit den Schiebermützen rings um ihn lastete – und wortlos mit einem Nicken nach drinnen wies.

»Gut«, sagte Morasán, während er stehenblieb und das Wiegen seines Gangs in einem weichen Schwanken nach rechts und links fortsetzte. »Und wie ist's gelaufen?«

»Er hat uns einen verletzt. Es gibt zwei Tote«, sagte Villar.

»War er's?«

»Ja, sicher«, er wies erneut mit einem Nicken nach drinnen. »Dort ist er.«

Da schob er die Lippe über sein Bärtchen und lächelte kaum merklich, spürte die Jugendlichkeit seines alten Hasses, die grimmige Liebe, die sie umgab.

»Gleich«, sagte er.

Er wandte sich nach rechts und ging weiter im grellen weißen Licht der Lampe, die über der Waage auf dem Verkaufstisch hing, im ekelhaften Gestank von Gemüse und Dreck und Detonationen, und suchte am Boden, wollte nicht geleitet werden, wollte geradewegs gehen, bis er Barcalas Körper unter seinen Augen hätte, tot, tot auf dem Rücken mit dem unvergeßlichen Gesicht ohne eine Schramme, tot mit zermalmtem Gesicht, tot mit dem Gesicht nach unten auf dem Holzboden, tot, die Arme gekreuzt, die Beine breit, hingegeben und schwach wie eine Frau.

»Er ist oben«, wurde gesagt.

Er ging vorbei, streifte mit der Schulter den Zopf Zwiebeln an der Wand und stieg langsam die Treppe hinauf, ohne die Hände aus den Taschen zu nehmen, ohne die Steifheit seines Körpers beim Anstieg aufzugeben, ging in die Knie, um die niedrige Tür zu passieren, ohne die Stirn zu senken, und sah die beiden Männer, die unter der Matratze und im Kleiderschrank suchten, sah Barcalas Körper – er lag auf dem Rücken, die Arme abgespreizt, in Hose und Hemd, der Kopf im Dunkeln unter dem Tisch, die Beine angewinkelt, die staubverdreckten Knie in der Höhe – und ging die beiden langsamen Schritte, die er brauchte, bis er neben dem Toten stand und dessen halbentblößte Brust betrachten, ohne Eile das trübe Dunkel erforschen konnte, in dem das Gesicht zu liegen gekommen war, bis er die schwärzlichen Augenhöhlen des anderen zu erkennen vermochte, die gebogene Nase, die harten und wie Holz schimmernden Lippen, die hohe Stirn, die ohne Heftigkeit abfiel in die schwarze Schattenzone, in der nichts mehr zu sehen war; da nahm er die Hände aus den Taschen und urinierte fast mühelos der Länge nach über den gefallenen Körper.

XV

Ossorio löschte das Streichholz und nahm wahr, wie die Kleine sich im Dunkel des Flurs ein wenig von ihm löste und das verhaltene Geräusch einer Grammophon-Membran aus ihrer Kehle drang wie vor oder nach dem Weinen; dann klopfte er zart an die Tür und näherte sich ihr mit dem Ohr. Er dachte an eine endlose Nacht, durch die er mit dem unrhythmischen Trippeln des Mädchens an seiner Seite lief, Türen öffnete, treppauf, treppab, Telefonate führte, die Dunkelheit der Hauseingänge suchte, sich hineindrückte, in das schutzlose Zwielicht der Taxis stieg, müde und schmutzig, bei jeder Bewegung den Angstgestank des eigenen Schweißes in der Nase, ohne Hoffnung auf Rast, ohne ganz daran zu glauben, daß die Nacht ein Ende nehmen würde, und versuchte doch zu erraten, malte sich ohne Logik, unvermittelt, das Ende der Nacht aus, das von jeher für ihn vorbereitet war, unvermeidlich, wie die Landschaft, die einen hinter dem Ausgang eines Tunnels erwartet.

Er fühlte das Rund der Klingel unter der Handfläche, neben dem kalten Türrahmen, und stieß den Finger hinein. ›Möglich, daß sie, wenn sich die Tür öffnet, wenn das Licht aus der Diele fällt, verschwunden ist, und auch wenn ich nicht völlig aus dem Traum erwache, werde ich aus diesem Teil des Traums erwacht sein: Sie mit ihrem Schweigen, den schweren Augenlidern, wie sie mich ansieht.‹ Er schluckte geräuschvoll den Speichel hinunter, der ihm den Mund füllte, während drinnen Gläser klirrten und Schritte sich näherten – ein Rechteck aus Licht umrahmte die Tür – und jäh stillstanden.

»Die himmlische Ungeduld«, sagte Farlas Stimme, verborgen hinter der Tür, die sich eben geöffnet hatte. Die Kleine schaute ins Licht, hatte die Arme vor der Brust verschränkt und war nicht verschwunden. Er sah sie an, und sie traten langsam, geblendet, in den leeren Raum, in dem ein gedeckter Tisch mit Flaschen und Gebäcktellern stand, mit einem schimmernden, rötlichen Samowar, Konservendosen und einer Zigarrenkiste aus Holz, offen und gefüllt. Sie atmeten den Duft von Bett und Schlaf.

Ossorio nahm seinen Hut ab und sah dabei Farlas möhrenrotes Haar an, frisch gekämmt, über den Ohren und oben am Kopf dunkler, stärker angefeuchtet, wie ein runder Metallhelm über dem dicken und wütenden Gesicht, auf dem der verärgerte Mund vom gestutzten Schnurrbart entblößt wurde. Farla trat näher und rückte sich seine Goldrandbrille zurecht, ließ sie erst gegen den einen, dann gegen den andern aufblitzen; er lächelte aufseufzend, vergrub die Hände in den Taschen seiner gestreiften, über dem Bäuchlein spannenden Hose.

»Kein Geringerer als Ossorio«, sagte er mit scheppernder Rednerstimme. »Nach einer Ewigkeit der ungelegenste Besuch zu ungelegener Stunde. Höflich ist es nicht, gleichwohl muß ich auf dem Ausdruck ungelegen bestehen. Und die junge Dame?«

Ossorio wedelte mit der Hand, ohne zu antworten, und ging sich auf die Couch setzen, warf den Hut auf einen Stuhl, während Farla den Teppich mit der Schuhsohle streichelte und mit lächelnder Fratze das Kind ansah, das zurückwich, bis es den Tisch berührte.

»Nein, nicht«, sagte Ossorio. »Nichts davon, nichts von alldem. Wir wissen nicht, wohin für die Nacht. Wenn du vorhast, in einem Ton daherzureden, wie man sich im Café gern reden hört, wenn du anfängst, so daherzureden, falle ich hier auf der Stelle tot um. Nichts in der Art kann ich ertragen. Wir wissen schon nicht mehr, wohin.«

»Gut«, sagte Farla. »Mal sehen, welcher Ton dir ein langes Leben beschert. Du kannst dir Töne und Untertöne dazudenken, in denen ich dir sage, daß ihr hier nicht bleiben könnt. Ich erwarte jemand. Wie steht's?«

»Wie wohl. Wenn ich herkommen muß.«

»Ja, Zeichen der Freundschaft«, sagte er grinsend, überquerte den Teppich und lachte kopfschüttelnd und Ossorios Oberschenkel tätschelnd offen heraus. »Aber ihr könnt nicht bleiben. Wer ist die junge Dame?«

»Die Tochter eines Freundes, kann dir egal sein.«

»Wieso kann mir das egal sein? Sie könnte ... genau: Die Töchter meiner Freunde sind auch meine Töchter.« Jetzt überquerte er den Teppich und berührte ihr Gesicht mit zwei Fingern, hob ihren Kopf durch Druck gegen das Kinn an, bis ihren Augen keine Wahl blieb, als in den Glanz der Brillengläser zu schauen. »Sie ist niedlich.« Er kehrte in die Zimmermitte zurück und blieb auf dem Teppich stehen, sein Oberkörper hob und senkte sich, während die Schuhe auf dem Teppich launig quietschten. »Im Ernst, ihr könnt nicht bleiben. Ein Schluck Wein, eine Zigarette, und dann gute Nacht. Ich kann euch eine Tasse Tee anbieten. Ich erwarte Besuch, als du geklingelt hast, dachte ich, er sei schon da.«

»Unsinn. Wir verkriechen uns irgendwo, wenigstens sie wird doch irgendwo schlafen können, ich gehe.«

»Bedauerlicherweise nein. Ausgeschlossen«, er rundete seinen Mund, schüttelte bedächtig den Kopf. »Ich erwarte eine Person, und es gibt nichts als diese Couch für sie und ihren Herzbuben. Die Einzelheiten erspare ich euch. Nein, es geht nicht. Du hättest Bescheid geben sollen, obwohl, auch dann hätte ich nicht zurückgekonnt.«

Ossorio strich sich mit geöffneten Händen über die Augen und stand mühsam auf. ›Das hundsfottige Schwein muß sich an dem andern Mistvieh schubbern, nachdem sie die Kekse gegessen haben und noch ein Fingerhütchen voll Wein, meine Liebe, der erwärmt dein Herz. Ich weiß, ich würde es nicht ertragen, sie die ganze Nacht mit der Pistole in Schach zu halten.‹

»Auf ein Wort«, sagte er. »Es wird ja wohl eine Ecke geben, wo wir ein Wort miteinander reden können.«

»Nein, gibt es nicht. Die junge Dame kann sich die Ohren zuhalten. Es gibt bloß das Bad.«

»Gehen wir ins Bad.«

»Gehen wir ins Bad«, sagte Farla lachend, trug das Rot seiner Haare unter der Lampe hindurch, berührte erneut das Gesicht des Mädchens mit zwei Fingern: »Iß ein Häppchen.«

Ossorio trat als erster ins Bad und betrachtete das nur wenig getrübte Wasser in der Wanne, von dem Wärme und der starke Geruch nach Kölnischwasser ausgingen, der einem Lust machte durchzuatmen, die schmalen Schaumränder, die zitterten wie das Wasser eines Sees, über den der Wind streicht, als reichten seine Schritte oder sein sich darüber neigendes Gesicht aus, um es leicht in Bewegung zu setzen, und wenn man es genau bedachte, bewegte es sich durchsichtig und so voller Geheimnis – im Licht der Lampe, die Farla, mit einem hohlen und trockenen Klacken angeschaltet hatte, während er die Tür anlehnte –, so unbegreiflich und rätselhaft wie eine enorme und tiefe Masse eingesperrten Wassers und klatschte sanft gegen die Marmorwände, grünlich wie die Wasser der Weltmeere. Er atmete tief ein und betrachtete den zarten Dampf, der noch immer aufstieg, roch das üppig vergossene Kölnischwasser.

»Es mag seltsam wirken«, sagte Farla und richtete sein Einstecktuch vor dem Spiegel über dem Waschbecken, »daß ich bade und das Wasser aufhebe, statt es durch den Abfluß zu jagen. Aber es steckt etwas dahinter. Wir alle besitzen und respektieren solche Riten. Der Versuch, sie zu ergründen, hinter ihr Geheimnis zu kommen, scheint mir eine unverzeihliche Taktlosigkeit. Ehrlich gesagt, dachte ich, du wärst gekommen, um mit der jungen Dame allein zu sein.«

»Ja, Schweinereien ...«, sagte Ossorio; er sah sich um, klappte den Klodeckel zu und setzte sich.

»Nein, das ist keine Schweinerei. Beziehungen zu einer derart jungen Dame zu unterhalten ist eine Schweinerei, aber wenn ich das denke, ist es keine Schweinerei. Was soll man sagen, alles ist in Ordnung und geht uns nichts an. Womöglich kann man durch die Decke des Badezimmers das Auge dessen, der zusieht, nicht sehen. Es geht nur ihn was an, amen.«

»Amen«, sagte Ossorio und streckte mit den Händen in den Hüften erschöpft die Beine von sich. »Aber ich muß hierbleiben, ich muß die Kleine hierlassen, und falls dir das zufällig deine Liebesnacht ruiniert ...«

Farla trat still lachend einen Schritt vor, faßte mit einem Finger an sein Brillengestell, zielte mit dem gestreckten Finger auf Ossorio, bewegte ihn wie die Nadel eines Manometers, um weiter auf Ossorios Kopf zu zeigen, der über die Kühle der Kacheln rutschend hin und her schwang.

»So klug bin ich«, sagte er; jetzt beschränkte er sich darauf, melancholisch zu grinsen. »Ha! wenn ich überlege, wieviel Zeit ich vertan habe, was ich hätte tun können. Aber unter den aktuellen Umständen neige ich zum Glauben, daß es etwas spät ist, darüber nachzudenken. Und womöglich für immer, mein lieber Ossorio, zu spät, überhaupt etwas zu denken, entmutigend früh für das arme Menschenhirn, das nichts weiter ist als ein von Optimismus geblähtes Rudiment, überhaupt etwas zu denken. Als ich mich eben im Spiegel ansah und du den Grad an Sauberkeit angesehen hast, in dem das Wasser von mir hinterlassen wurde, dachte ich, du hättest vor, mir einen Revolver an die Brust zu setzen und mir zu sagen, daß du auf jeden Fall bleibst. Stimmt's?«

Ossorio hielt den Kopf vor dem ausgestreckten Zeigefinger still.

»Das wäre eine Möglichkeit. Für die ich mich jedenfalls in aller Form entschuldige.«

»Das ist es ja, klar, was ich eben meinte. Ach, Ossorito, auch du, wieviel Zeit du vertan hast. Aber ich bleibe bei meinem Nein, und bleibe dabei vor deinem Revolver oder der dicken Berta, falls du die einsetzen willst. Nein.«

»Wann ist die Verabredung?«

»Diese Nacht.«

»Wieviel Uhr?«

»Noch Zeit. Eine Viertelstunde etwa.«

»Und bis wann?«

»Unbegrenzt. Nein, da ist nichts zu machen. In der nächsten Viertelstunde seid ihr nicht mehr da, weder du noch die junge Dame.«

»Verstehe«, sagte Ossorio und wiegte wieder mit halb geschlossenen Augen den Kopf. »Da ist noch ein Gesichtspunkt. Es ist nämlich so, daß ich verfolgt werde, daß ich erledigt bin, wenn sie mich kriegen, daß sie wissen, ich bin mit einem Mädchen unterwegs, mit ebendiesem Mädchen. Folglich, denk dir, muß ich sie loswerden, sie mir abhacken wie einen Finger, den eine Klapperschlange gebissen hat. Leg sie irgendwo in eine Ecke, und sie soll schlafen.«

»Nein, für mich wäre es genauso. Sie würde zu meinem von einer Schlange gebissenen Finger.«

Ossorio knöpfte den Hemdsärmel auf und machte seinen Unterarm frei; durch Drehen des Oberkörpers konnte er die Hand ins Wasser tauchen, das kalt zu werden begann, und es heftig aufwühlen, einen kleinen Sturm entfachen, Wellen, die spritzend gegen die gebogenen Wände der Wanne schlugen. Er wischte sich Arm und Hand mit dem Taschentuch trocken und lehnte sich wieder an, wiegte den Kopf von rechts nach links, von der einen zur anderen Wand, drückte ihn mit Kraft in den Winkel der beiden Wände und sah mit halbgeschlossenen Augen in Farlas Gesicht, das geistesabwesend lächelte.

»Ich weiß, wer du bist«, sagte Farla und richtete sich wieder, die Absätze vom Boden hebend, auf. »Man darf annehmen, daß ich mir vorstellen kann, in welcher Art Sachen du steckst, wer hinter dir her ist und was dich erwartet, wenn sie dich kriegen. Es ist, im Gegenzug, auch möglich, daß du weißt, wer ich bin, daß du weißt, wie oft ich dir jeden möglichen Dienst erwiesen hätte, Risiko hin oder her. Ich habe dir nicht eine Frage gestellt, ich sage nichts dazu, daß mir das gleiche passieren kann, weil du hier bei mir gewesen bist. Keine Rede von Angst. Aber weder du noch die junge Dame können hierbleiben. Noch meine Mutter, noch der Heilige Geist. Alles übrige existiert nicht.«

»Außer?« sagte Ossorio in phlegmatischem Ton. ›Unterdessen sind wir hier.‹

»Aber wenn sie mich kriegen ...«

»Außer der Frau, die heute nacht herkommen wird.«

»Niemand wird das mehr bedauern als ich, irgendwann, falls ich da rauskomme, falls ich außer diesem noch was bedauern kann. Aber es ist nicht möglich.«

»Man dankt«, sagte Ossorio.

»Aber gut, wir vertun unsere Zeit. Du läßt sie an irgendeiner Ecke stehen, du gehst in ein Café, und dann gute Nacht durch den Hinterausgang, du setzt sie in ein Taxi und nennst dem Fahrer irgendeine Adresse.« Er sah wieder in den Spiegel, um seine Krawatte zu richten, und fuhr, seinen Atem gegen das Glas hauchend, fort: »Obwohl die klassische Variante wäre: ›Warte hier, ich geh Zigaretten holen.‹«

»Nein«, sagte Ossorio und sah ihn an, ließ seine Stimme zwischen dem Weiß der beiden Wände widerhallen, die sich hinter seinem Nacken trafen. »Das kann ich nicht.«

»Absolut dämlich. Ich verstehe es, ich darf mich brüsten, es zu verstehen. Auch was ich tue, ist absolut dämlich.«

»Das tröstet mich sehr«, sagte Ossorio und stand auf. »Ich weiß nicht, wieso, aber ich kann dir keine Kugel in den Bauch jagen.«

»Die Kleine würde nicht bleiben.«

»Ja, sie würde nicht bleiben. Aber noch wegen was anderem; es spielt keine Rolle.«

Farla zuckte die Achseln und lächelte wieder, und während

er sich das Sakko zuknöpfte, schwand sein Lächeln wie Wasser auf der Straße, das die Sommersonne trocknet.

»Als wir hier reingingen, dachte ich, wer das Herz der Frauen verstehen will, muß es bewerkstelligen, ihrer Unterhaltung im Badezimmer zu lauschen, am Ende eines Besuchs, wenn die Hausherrin die Besucherin fragt, ob sie sich noch frisch machen möchte, ehe sie geht. Etwas, das ich ihnen im Grunde meines Herzens nie werde verzeihen können, diese Teilhabe an den Offenbarungen und an den kleinen Bedürfnissen. Aber hier bin ich, mein lieber Ossorio. Nicht daß du stirbst, daß die Welt vor die Hunde geht, daß ich bis in alle Einzelheiten den Tod jedes einzelnen kenne. Das kümmert mich nicht. In der Atmosphäre gibt es einzig und allein das: mit dieser Frau schlafen, in dieser Nacht. Schlußendlich bleibt nach den Sätzen über die Brüderlichkeit des Menschen nichts übrig als der persönliche Wahn jedes einzelnen. Manchmal trifft sich der Wahn mit den Wünschen der übrigen, und dann tritt der Übermensch auf.«

Ossorio hob die Schultern und ging zwischen Farla und der Wanne hindurch, hörte hinter sich, kurz bevor das Badezimmerlicht ausgeschaltet wurde und nachdem das Licht ausgeschaltet war – das Licht war mit einem Klick mitten im Satz erloschen:

»In meinem Alter, wenn ich mit jedem Tag ein bißchen weniger ich sein müßte ...«

»Steck dir die Ausreden ...«

Er ging zum Tisch und sah sich um, drehte sich zu Farla, der mit hängendem Kopf eintrat.

»Wo?« sagte er.

Farla hob die Hände, nachdem er sich im Zimmer umgesehen hatte, querte es und öffnete die Tür, trat auf den Gang hinaus. ›Und dick ist er, er muß einen schönen, wabbelnden, schwappenden bleichen Bauch haben, und erst berührt er sie mit dem Bauch, und er muß große Frauenarschbacken haben, und später, wenn sie einander gehören, wird sie ihm dort kleine Klapse verpassen, und auch im Liegen, mit dem Gesicht nach oben, wird er etwas von einer Frau haben, wenn das Doppelkinn seinen Hals begräbt. Nur an ihn, an nichts sonst will ich denken, ich will nicht an eine kleine Victoria Barcala denken, Kind unbekannter Eltern, weil es die niemals gegeben hat.‹ Farla schloß die Tür geräuschlos wieder, ging geradewegs zum Tisch und goß zwei Gläser ein, wobei er die Flasche zu hoch hielt.

»Mein lieber Ossorio«, sagte Farla und reichte ihm ein Glas. »Gott hat dir unter lokaler Betäubung den Klapperschlangenfinger amputiert. Die Schlange benimmt sich wie eine. Das kommt schon mal vor, Gott irrt sich schon mal im Finger, wie in dieser Geschichte mit dem Zahnarzt.«

»Sie weiß aber doch nicht, wohin. Hat sie uns von hier gehört?«

»Nein, wohl kaum. Sie hat nicht gehört, was wir gesagt haben. Noch ein Glas, ein letztes?«

»Nein.«

»Aber sie hat gehört, daß wir uns streiten.« Er lachte wieder, ohne einen Laut von sich zu geben, ein Bein auf dem Tisch abgelegt. »Ich bin alt, ich sollte mich darauf beschränken, den, der mit seinem Auge von der Decke schaut, zu bitten, daß er mich bei sich aufnimmt oder mich hierläßt, aber fern der Städte, verloren in irgendwas Grünem«, er nahm einen Schluck, entfernte das Glas aus seinem Lächeln, stellte es behutsam auf den Tisch zurück. »Was ist dort draußen, Ossorio? Zweitausendkilobomben, dein Tod, mein Tod.« Er sah auf die Armbanduhr. »Ist gleich soweit. La dernière de la dernière?«

»Nein«, sagte Ossorio und nahm seinen Hut. »Was meinst du, weshalb sie gegangen ist?«

»Man hat alle seine Finger lieb, den gesunden Finger, den fingerfertigen Finger, den vergifteten Finger ...«

»Geh zum Teufel.«

»Das denke ich auch zuweilen. Ich für mein Teil nehme

das letzte des Vorspiels«, und er schenkte sich nach und betrachtete das Glas mit einem dümmlichen Grinsen. »Sie hat gehört, daß wir streiten und daß es um sie geht.« Er trank das Glas halb aus, stellte es auf den Tisch und trat vor Ossorio, klopfte ihm auf die Schulter, ging sich auf die Couch setzen, die breit war, aus Leder, mit einer dicken geschwungenen Armlehne, auf die er den Ellbogen legte. »Dort im Bad waren wir beide, untergründig, unter der Oberfläche des Gesprächs, darauf aus, Zeit zu gewinnen.«

Ossorio drehte sich um, damit er das behäbige Grinsen des anderen ansehen konnte, ihn ansehen konnte mit seinem aufgestützten Ellbogen auf der Couch, die hängende sommersprossige Hand, die gespreizten Beine, die Lichtflecke auf seinen Augen.

»Du wolltest vollendete Tatsachen schaffen«, sagte Farla, zum Teppich hin nickend. »Ihr beide wart hier untergekrochen, und die Zeit lief. Ich bin klüger und habe auf etwas anderes gesetzt. Mir sind die abschätzige Ausstrahlung und der starrsinnige Haß der jungen Dame aufgefallen, und ich habe, ohne mir sicher zu sein, klar, erwartet, daß sie geht. Der Stolz-Scham-Verzweiflung-Komplex. Ich habe gewonnen, die junge Dame ist weg.«

Ossorio ging zum Tisch und trank das halbe Glas leer, das Farla dort abgestellt hatte.

»Gut, ein Jammer, daran zu denken, daß wir uns nicht mehr wiedersehen«, sagte er von dort.

»Wer?« fragte Farla, stand auf und trat unter das Licht.

»Du und ich. In einer anderen Welt hätten wir uns eine Menge zu sagen.«

»Ja, eine verlorene, frühere Welt. Kann vorkommen. Es ist Zeit, mein Lieber.«

»Ja, ich gehe. Irgendwo werde ich mich verstecken können; so wird es einfacher sein.«

»Augenblick.« Er zog ein Notizbuch aus der Tasche und blätterte darin. »Notier dir das. Eine Adresse.«

»Merke ich mir.«

»Och, die müßtest du sowieso kennen. Meine Miethöfe in der Calle Capac.«

»Ja«, sagte Ossorio und setzte den Hut auf.

»Gut«, er steckte das Notizbuch weg. »Du fragst nach Ganosky in Zimmer sechs. Beruf dich auf mich. Ich habe lange genug keine Miete von ihm kassiert, daß du dort unterkriechen kannst. Außerdem tauge ich bestimmt als Sicherheit. Wenn du ihm sagst, du kommst von mir ...«

»Ich muß dringend schlafen; wenn ich nicht schlafe, verliere ich den Verstand.«

»Ausgezeichnet. Es ist soweit.« Er streckte lächelnd die Hand aus, besah sich Ossorios Miene, verstärkte sein Lächeln, während er die Hand des anderen nahm, sie fester drückte, dann lockerließ.

»Ja«, sagte Ossorio. »Warum hätte ich dort nicht mit der Kleinen hingehen können?«

»Wegen nichts. Es ist mir nur eben erst eingefallen.«

»Das ist schade.«

»Ja, ihr hättet beide hingehen können.«

»Ich gehe.«

»Leb wohl. Ja, in einer anderen Welt haben wir uns eine Menge zu sagen.«

Ossorio trat auf den Gang und blickte ein letztes Mal, während er die Tür schloß, auf den Tisch mit der Zigarrenkiste, den Flaschen und Gläsern, dem Samowar, der umgeben von Dosen mit Fischen und Buchstaben auf den Etiketten matt schimmerte, blickte dann auf die geschlossene Tür, dachte, daß, wenn er den Glanz des dunklen Holzes sehen konnte und die Klingel und das Metallschild mit der Nummer, jemand das Licht im Gang angeschaltet haben mußte.

Er betrat den Fahrstuhl und ließ sich Zeit damit, die Gittertür zu schließen, zuckte zusammen, als der Motor nach dem Knopfdruck ruckte und quietschte, lehnte sich an die Metallwand, lenkte den Blick vom Spiegel weg, um sich nicht zu sehen, um sein Gesicht nicht zu betrachten, das ihn betrachtet hätte, um nicht daran zu denken, wie klein das Mädchen war oder wie weitläufig die Stadt, die von Polizeiwagen durchkämmt wurde, nicht an den Schrecken, unter dem schweren bedrohlichen Himmel. Er stieg unten aus, im Dunkeln jetzt, und spürte im Gehen die Dichte der Finsternis, die er durchquerte. ›Und Farla verbringt diese Nacht in einer Zeit, die für mich vorbei ist, in einer Nacht von vor zwei Jahren, mit dem schamhaften Frauchen, das gekommen ist, aber schüchtern nein sagt, in der Gewißheit, von Glas zu Glas, von Zigarette zu Zigarette, von Satz zu Geste, Satz zu Geste, daß er seine Stirn an ihre Brüste legen wird auf der Ledercouch, auf der ich in aller Ruhe hätte schlafen und von der ich hätte aufstehen können kurz vor Tagesanbruch und Victoria, ohne sie zu wecken, von mir hätte schieben können und ihr einen Kuß auf die Stirn hätte geben, sie hätte verlassen können, da ihr doch nichts endgültig Schlimmes zustoßen kann.‹ Er umfaßte den Knauf der Eingangstür, geschlossen. Er schob die Riegel zurück und öffnete die beiden Türflügel. ›Sie muß jeden Augenblick hiersein, oder womöglich kommt sie nicht, und dann gehe ich hoch und bitte Farla (halbe Stunde später), daß er mich eine Weile bei sich schlafen läßt.‹ Jemand kam, leicht, den Hausflur entlang näher; er atmete nicht länger die abgekühlte Nachtluft ein und drehte sich um, stand still und gegen die Wand gelehnt, als das Mädchen zart seinen Arm berührte und die Hand gleich darauf zurückzog, als sie die Hände in den Taschen des dunklen Mantels vergrub und das Gesicht abwandte, um in die Nacht auf der gegenüberliegenden Straßenseite zu sehen.

»Was war mit dir los?« Er betrachtete ihr Profil, die kurze Nase, das strenge Auge, die gebogene Mundhälfte, die kühl die Wange kerbte.

»Der Mann gefällt mir nicht.«

»Man sagt einen Ton.«

Sie sah zu Boden, während sie mit dem Fuß über die

Eingangsstufe schabte, die Arme wieder vor der Brust verschränkte.

»Ich habe ja gewußt, daß Sie wieder rauskommen.«

Ossorio blickte rechts und links die Straße hinunter und packte eine Schulter des Mädchens, lockerte seinen Griff sofort, ließ langsam den Arm sinken, während er erneut ihr Profil betrachtete und rasch dachte: ›Victoria Barcala, Victoria Barcala.‹

»Geh rein, versteck dich kurz drinnen«, sagte er.

Sie verschwand, während die Schritte auf dem Trottoir anwuchsen und die Frau schwärzer als das Dunkel näherkam, klein, breithüftig, dicht an der Hauswand entlang, und dann, als er ihr in den Weg trat, das blasse Gesicht hinter dem Schleier und das Zuviel an Parfüm vor ihn stellte.

»'n Abend«, sagte er. »Sie wollten zu Herrn Farla, vierter Stock?« Sie sagte nichts, wich zurück, bestätigte mit einem Kopfnicken. »Ich rate Ihnen zu gehen. Herr Farla wurde verhaftet. Wenn Sie keinen Ärger wollen, rate ich Ihnen zu gehen.«

Sie war fast bis zur Bordsteinkante rückwärts gegangen, klein, pummelig, ließ durch den Schleier ein rundes und gequältes Gesicht sehen, in dem der dunkelrote Mund dreimal zuckte.

»Verhaftet?« sagte sie mit hochgerecktem Kopf.

Gegen die Wand gelehnt, mit den Händen in den Hüften, gab Ossorio keine Antwort, sah sie an, taxierte ihren kurzen rundlichen Körper.

»Gute Nacht«, sagte die Frau; sie ging schräg von der Bordsteinkante zur Hauswand, drängte sich wieder dagegen und ging mit dem unvermeidlichen Klackern ihrer Absätze fort, bis sie um die Straßenecke bog.

Da trat er zurück ins Dunkel des Hausflurs und sagte in schadenfrohem Ton:

»Victoria Barcala«, verminderte sein Grinsen mit jedem vorsichtigen Schritt, den das Mädchen auf ihn zukam, atmete auf, als er, ohne hinzusehen, erkannte, daß der Körper der Kleinen an seiner Seite auf der Eingangsstufe stand, neben ihm und seinem Stumpfsinn, vor der Nacht auf der Straße, das geneigte Profil dicht bei seiner Schulter, die flachen Schuhe reglos neben seinen auf der Stufe vor der Tür.

XVI

Morasán nahm einen brennenden Schluck und hielt die Whiskyflasche Villar hin, der eben die Ärmel seines Seidenhemds aufgekrempelt hatte und den Kopf mit dem schräg auf dem Ohr sitzenden Hut hob, für einen Augenblick schaute, als begreife er nicht, die Hände mit den Kärtchen auf den Oberschenkeln, in dem tiefen Segeltuchsessel.

»Nein«, sagte Villar. »Nicht pur.«

Morasán stellte die Flasche auf den Tisch und setzte sich, lockerte seine Krawatte, zog sein Taschentuch heraus, um sich seufzend über Stirn und Wangen zu wischen.

»Warm hier«, sagte er. »Meine Frau hält immer alles geschlossen.«

»Macht nichts«, sagte Villar. »Wo gibt's Wasser?«

Morasán stand auf, seufzte noch einmal und legte sich das aufgefaltete Taschentuch wie ein Barbiertuch um den Hemdkragen und querte die warme und lichte Luft des Raums – achtete auf die Stille oben, ging unter der Stille des Schlafzimmers hindurch wie unter einer niedrigen und brüchigen Zimmerdecke –, stieß mit verschwitztem Gesicht den rauhen, am Türsturz befestigten Vorhang auf, daß die Metallringe über seinem Kopf klirrten, war sich jeder kleinen Bewegung bewußt, bis er in die größere Hitze der Küche trat, die weiße, duftende, als eben der Motor des Eisschranks knirschend ansprang und ein Bausch Fliegen vom Lampenschirm aufstob und an seinem Kopf vorbei zart auf das dichte Gewebe vor dem Fenster zuschwirrte. Er nahm ein Glas aus dem Schrank und hielt es unter den Gummischlauch, der den Wasserhahn verlängerte, drehte schwach auf, wartete geduldig, bis das Glas randvoll war, kippte es dann in einem Schwung aus, um es gleich erneut zur Hälfte mit Wasser zu füllen. Eine Weile stand er mit dem Glas in der Hand, schwenkte sanft das Wasser. ›Wenn ich das Ministerium erreichen könnte, über Telefon ausgeschlossen, irgendwie reinkommen oder schlimmstenfalls in eine Botschaft gehen, wenn ich nicht selbst aus der *Bouver* eine Falle gemacht hätte, wenn ich tatsächlich an Bord könnte und raus.‹

Langsam kehrte er mit dem in fünf Fingern gehaltenen Glas zurück, spürte wieder die zerbrechliche Decke aus Stille über seinem Kopf. ›Eine Eisschicht, und sie wach oder schlafend, es bleibt sich gleich, ich kann sowieso nicht hingehen und es ihr sagen und sie in den Arm nehmen, und wir suchen zusammen etwas.‹ Er schüttete Whisky in das Glas, bis es voll war, und reichte es wortlos Villar, der einen Schluck nahm, dann noch einen und das Glas auf dem Boden neben seinem Schuh abstellte, wieder die Kärtchen mischte und aus dem Augenwinkel auf den Stein an seinem Ring sah.

»Aber daß sie noch nicht hier sind«, sagte Morasán, der sich hinsetzte, sein Kinn gegen das Tuch rieb, das über seine Krawatte fiel.

»Sie werden glauben, daß wir noch nicht von der Sache mit Barcala zurück sind. Ich hatte gemeldet, Barcala sei entkommen und daß wir ausgerückt sind, um ihn zu suchen, ich habe es runtergespielt, gesagt, es wird schon klargehen.«

»Absetzung und Haftbefehl.«

»Ja. Wir alle.«

»Das bringt nichts mehr, aber wenn wir zugelassen hätten, daß Barcala ... Wir hätten das schon eingerichtet. Wenn wir Cot zuvorgekommen wären.«

»Du hattest gesagt, du willst dem Ministerium zeigen können ... Ich wollte sofort gehen. Stimmt, das bringt nichts mehr.«

»Willst du rauchen?« sagte Morasán und deutete auf das Päckchen auf dem Tisch; Villar schüttelte den Kopf, und er wollte sich auch keine anzünden, nahm noch einen Schluck aus der Flasche, behielt ihn im Mund, stand mit einem übertriebenen Lächeln wieder auf und ging zum Grammophon unter dem Blumenbild, das Beatriz gemalt hatte, ehe sie heirateten, und ihm zu irgendeinem Anlaß geschenkt hatte, der ihm beim besten Willen nicht einfiel; er wählte eine Platte, und als sie auf dem Plattenteller lag, rieb er sie sorgfältig mit dem Ledertuch ab und redete dabei, ohne die Stimme zu erheben.

»Mir kommt das dumm vor. Du mußt versuchen abzuhauen oder dich stellen. Sie werden dir sowieso nichts tun. Es geht um mich.«

»Nein, die erledigen mich. Nicht wegen Cot, der würde es nicht mitbekommen. Max und die anderen.«

Morasán setzte das Grammophon in Gang und hörte der Musik zu, während er es fertig aufzog.

»Cot hat clever gespielt«, sagte er. »Es muß alles längst vorbereitet gewesen sein.«

Er lauschte der Musik, die heiter war, aus einem einzigen Satz gemacht, der sich bereits wiederholte, der flinken Stimme einer Frau, dem unverständlichen Chor aus Männerstimmen, die die Worte der Frau aufgriffen, sie ihr fast aus dem Mund nahmen, um sie zu strecken, zu vergröbern, sie sich untereinander zuzuspielen, sie wieder im Flug zu fangen, rasch, ohne Atempause, mit makelloser Präzision, wie in einem Basketballmatch, plötzlich sich öffnend, damit die Frau allein ihren Refrain wiederholen konnte, und jäh auf sie zuspringend, um ihr den Satz zu entreißen und ihn wieder von einem zum anderen zu spielen, von einem zum anderen, in immer schnellerem Rhythmus, bis wer zuhörte und zuzuschauen meinte, nicht mehr erkennen konnte, wer den Satz jetzt hatte, nicht erraten konnte, in wessen Gewalt er gleich sein würde.

Er kehrte langsam zum Sessel zurück, und jetzt wollte er doch eine Zigarette anzünden, sog gierig den Rauch ein und flüsterte über Villar hinweg, der sich das Sakko, aufgeknöpft, über die Schultern gelegt hatte:

»Es ist eine Zamba, ich weiß nicht einmal, wie sie heißt.« Villar antwortete nicht, streckte müde die Finger aus und lehnte sich mit halbgeschlossenen Augen im Sessel zurück. »Ich wollte Musik hören, ich mag das ab und an. Ich werde ein paar umlegen, wenn sie mich holen wollen. Es ist dumm, wenn du hierbleibst.«

»Ich helfe.« Villar nahm das Glas vom Boden.

»Gut. Tu's, aber nicht meinetwegen.« Er setzte sich wieder. »Ich kann sonst nichts machen; wenn es eine Möglichkeit gäbe, ins Ministerium zu kommen ... Der Chef ist auf Cots Seite, das sieht man, es ist alles von langer Hand eingefädelt. Wenn ich mir aussuchen dürfte, wer mich holen kommt ... Willst du nicht rauchen?«

Villar schüttelte den Kopf, betrachtete sein Glas verwässerten Whiskys im Gegenlicht, sah, wie die Möbel sich darin wölbten, drehte die linke Hand, um den Stein in seinem Ring durch die gelbliche Flüssigkeit zu betrachten, und gähnte. Die Frau sang allein auf der Schallplatte, setzte zu einem Zungenbrecher an, schneller, und als er von der Stimme eines Menschen schon nicht mehr rascher ausgesprochen werden konnte, verlängerte ihn eine Trompete zu einem einzigen Ton, einem zitternden, schnitt ihn jäh ab, ließ die Nadel über die Oberfläche der Stille kratzen.

Morasán hörte den Grammophonarm anschlagen, und während das schräg in die Höhe steigende Rauchband sein Gesicht zerschnitt, ertappte er den doppelbödigen, den verhohlenen Eindruck, den Villars Finger beim Bewegen der Kärtchen vermittelten, und verlor sich in der Betrachtung und den Gedanken darüber, analysierte die wiederkehrenden Zeichnungen der Finger in der Luft, als studierte er eine Botschaft, die ihm die Finger überbrachten, betrachtete die Punkte und Striche, die dem Funkeln am kleinen Finger entsprangen, und zugleich nahm irgendeine dunkle Zone die doppelte Botschaft auf, fügten sich die sonderbaren Linien und Leuchtzeichen irgendwo in logischer Weise. Ihn fröstelte, ein bißchen müde vielleicht, ohne das brennende Gefühl der Niederlage, ohne Haß, gleichgültig und mit irgendeinem Traum unter der lastenden Decke aus Stille, zu der er unvermittelt aufsah, an die von Räucherduft schwere Luft dort oben dachte, an das Dämmerlicht, das Gegenstände und reglose Körper niederdrückte – höchstens daß etwas im Hundekorb einen Moment zitterte und wimmerte –, an das kleine Licht vor der Statue.

»Ich gehe kurz hoch«, sagte er und stand auf, knöpfte sein Sakko zu, sah, wie sich Villars Stirn neigte, als neben dem gerahmten Porträt auf dem Tisch das Telefon klingelte.

Er wartete und betrachtete die Reglosigkeit des anderen, zählte im Kopf die Sekunden zwischen einem Klingeln und dem nächsten, beobachtete starr Villars Gesicht, sah, wie dessen Augen sich hoben, um ihn anzusehen, und sich gleich darauf wieder senkten, matt zu den Fingern hinglitten, die – etwas schneller als zuvor, mit sichtbarer Präzision jetzt, sich einer unbegreiflichen Ordnung fügend – die Zeichnungen um, über und unter den Kärtchen wiederaufnahmen. Unterdessen hatte er, Morasán, ohne es zu merken, eine Hand zu Villar hin gehoben, um ihn aufzuhalten, damit er den Hörer nicht abnahm, und er sah diese Hand, seine Hand, vor seinem Gesicht, die Finger gespreizt und ein wenig nach außen gebogen, und er spannte die Muskeln, um der Hand gewahr zu werden. Er ließ sie zum Tisch wandern, das Glas nehmen und an seinen Mund führen, es neigen, damit die Flüssigkeit ein wenig seine Lippen netzte und dort bliebe, ohne sie zu passieren, während ein kleiner an das Klingelgeräusch gehefteter Ton anzeigte, daß die Verbindung unterbrochen worden war.

»Die haben doch nicht geglaubt, daß ich drangehe«, sagte er und stellte das Glas auf den Tisch.

»Wer weiß, wer das war?« sagte Villar.

»Es hat fünfmal geklingelt, fünfmal«, sagte er, ohne zu wissen, warum.

»Ich habe nicht mitgezählt«, kam es von Villar, und er stand weiter da und schaute auf die Botschaft der Finger und das Funkeln des Brillanten. Er griff noch einmal nach dem Glas und trank ein wenig, schnalzte mit der Zunge gegen den Gaumen und wiederholte:

»Fünfmal.«

Villar krallte die Finger in die Karten, als wollte er die Schnitze einer Orange teilen, sah sie aufgefächert und begann wieder zu mischen. Er sagte nichts.

»Ich gehe kurz hoch«, sagte Morasán.

Auffällig langsam setzte er sich in Bewegung, zog die Füße ein wenig nach, lehnte den Oberkörper zurück, als er, mit der Hand am Geländer, die Treppe hinaufstieg. Nicht so, als stiege er jetzt, in dieser Nacht, die Treppe hinauf, sondern als wäre er jetzt irgendwo fern und erinnerte sich an eine andere, vergangene Nacht, in der er die Treppe hinaufstieg und versuchte, dabei kein Geräusch zu machen, in der unter den Lidern verborgenen Hoffnung, etwas anderes sei in Beatriz' Schlafzimmer geschlüpft, irgend etwas Unbekanntes sei gekommen, sich dort einzurichten, und sei lebendig und heiß in Erwartung auf ihn und wisse auch nichts davon, daß er nachts die Treppe hinaufstieg in der Hoffnung, es zu finden, oder daß etwas in unbegreiflicher Weise unterdrückt worden wäre in diesem Raum, daß etwas von Unlust und Verweigerung dem Schlafzimmer genommen wäre; und wenn er die Tür aufstieß, wenn er unter ihrem Blick, unter ihrem kleinen Lächeln ins Zimmer trat, würde dieses eingedrungene oder abwesende Etwas Beatriz in irgendeiner Weise beeinflußt haben, und wegen der offensichtlichen Veränderung, die zu erklären sie vielleicht nicht imstande wäre, die ihr aber doch nicht entgehen konnte, würde er sich mit einem Seufzen in den Lehnstuhl setzen können und von dort zu Beatriz sprechen, und Beatriz würde mit zehn Fingern ihre Frisur befühlen, während sie ihm ein paar schlichte Worte zur Antwort gab.

Dann stieß er die Tür auf und sah sie in einem rosafarbenen Morgenmantel auf dem Bett sitzen. Er sah die dünne Kerze, aufrecht, neu, vor der bunten Statue des Bärtigen mit dem Hirtenstab und erahnte die brodelnden Welpen im Korb, während er schweigend über den dicken Teppich ging und im Schein der Kerze den Weihrauchduft und den Geruch von Schmutz und Eingesperrtsein roch. Dazu hörte er das Schnaufen der großen Hündin im Schlaf, die sich zwischen Traum und Traum wälzte, um zu erlauben oder zu verhindern, daß die Welpen an ihren Zitzen zerrten, und lauschte wie auf etwas endgültig dort drinnen Plaziertes, auf etwas, das niemals aufhören konnte, zu keinem bestimmten Zeitpunkt begonnen hatte, auf die vorsichtigen S, die Beatriz im eiligen Gebet flüsterte, dieses Wölkchen von Insekten, deren sie sich nur erwehren konnte, indem sie die Lippen bewegte, um sie zu vertreiben, und langsam beugte er sich vor, um sich hinzusetzen, und saß mit einem Seufzen still, schweigend, sah sie an, reckte den Kopf ein wenig zum weißen Profil der Frau, das im Licht flirrte und verschwamm, flach war gegen die aufgehäufte Nacht, fast ohne Tiefe, wie ausgeschnitten aus einem Bogen Papier. Er wartete auf die Stille im Korb, tat sie zur Stille unten, zu ihrer, zu der Stille der von Jalousie und Vorhang getilgten Straße, und kniff die Augen kräftig zu, als könnte er damit vermeiden, sich zu hören:

»Beatriz.«

Aber er hatte das Wort deutlich gehört, die Stimme, die Laute, die er geformt hatte, die kleinen darin versteckten Laute, die harten Kanten der einen, die ungestalte und teigige Weichheit von anderen, und er wunderte sich, als er an das Wort zurückdachte, weil es schon kein Name mehr war, kein Ruf, weder vor noch nach diesem Wort etwas kam, weil er es sich ins Gedächtnis rufen konnte als nicht zu verstehenden

Klang, wie ein langes Knurren der Hündin, wie das Knarren eines Möbelstücks. Und selbst die Vorstellung davon, daß das Wort einmal eine Bedeutung besessen hatte, entfernte sich unter der Vibration des stillen Gebets der reglosen Frau, löste sich in der verfaulten Hitze des Schlafzimmers auf, und die rasche Scham, die er verspürt hatte, weil er das Wort trotz allem gehört hatte, war gleich darauf verschwunden, und schon wußte er wieder, daß er eine weitere Nacht schweigend den sitzenden Körper der Frau betrachtete, verschwitzt und unruhig das abgemagerte Gesicht betrachtete, die kleine und gerundete Wange, die Nase, über die ohne Zärtlichkeit, kalt, die goldene Flamme strich.

›Ihr sagen zu können, daß ich nichts weiter verlange, als nicht allein zu sein in dieser Nacht, die warme Haut und ein einziges fallengelassenes Wort, das ich aufheben könnte, eine Beschimpfung, ein für mich gesprochenes Wort, eine Regung, einige wenige Schritte vor meinen Augen, irgendein schweifender Blick, der für einen Moment auf mein Gesicht treffen könnte, auf mich, weil ich in dieser Nacht nicht allein sein will, es nötig habe, eine Minute in dieser Nacht nicht allein zu sein, es nötig habe, zu begreifen, daß sie weiß, daß ich hier bin, daß ich sie schlagen könnte und sie nicht schlage, sie anschaue und es nicht Liebe ist, schon nichts mehr in mir ist, das sich mit ihr zu vereinen wünschte, weder Liebe noch Zuneigung, noch der Groll, daß sie nichts zu tun hat mit mir, wie ich im Sessel lehne und ihr beim Beten zusehe, daß sie für sich ist in dieser Welt, in der man kaum atmen kann und das Licht sie ungerührt beobachtet und der wollige Welpe mit dem Fleck auf dem Kopf mit geschlossenen Augen wimmernd über den Haufen aus Rücken und Schnauzen und nackten, roten Bäuchen kriecht, sie, für immer hier versunken. Und ich werde die Hand nicht ausstrecken, um sie herauszuziehen, werde die spitzen Töne aus dem Korb und die S aus ihrem Mund nicht überdecken, indem ich sage, daß ich nicht allein sein will, einfach das, diese Nacht, daß ich ein Zeichen erwarte, eine Regung, einen kleinen Aufschrei, ein Innehalten und Schweigen ihrer Lippen, um im Wissen zu gehen, daß es diesen flüchtigen Moment in der Nacht gegeben hat, in dem ich nicht allein gewesen bin, in dem wir vorhanden waren, nichts weiter, jeder von uns beiden wußte, daß auch der andere vorhanden ist, ein schwaches bedeutsames Zeichen, das in ihr und in mir wie ein Pfropfen sein könnte, für einen Moment die Öffnung der Angst verschlösse, durch die ich auslaufe, das Loch in ihr, durch das sie sich im Gebet auflöst, ein einziges schlichtes Etwas der Haut oder der Augen oder des Mundes von ihr für mich, von mir für sie, und sich (auch wenn die Angst wiederkommt) an die Minute erinnern, an die Sekunde, in der ich nicht allein gewesen bin in dieser Nacht.‹

XVII

Über der Straße lag ein Widerschein wie von Mondlicht unter der dicken Scheibe eines Glasdachs, und Ossorio mühte sich, daß seine Schritte nicht zu sehr hallten, während er beunruhigt auf die sanften und raschen Schritte des Mädchens lauschte, horchte, als horchte er mit den Eingeweiden, mit unvermeidlicher Furcht, sich mühte, entferntere Geräusche auszumachen, vorne und hinten nach jeder Seite, Geräusche, die näher kämen, die innehielten, um sie an irgendeinem Punkt zu erwarten, an den sie würden gelangen müssen.

Der Kleinen den Weg abschneidend, blieb er stehen, haßte sie im Vorübergehen, ohne einen Blick auf sie, und trat vor das Schaufenster des Ladens mit den im Halbkreis angebrachten vergoldeten Holzbuchstaben, betrachtete die Eisenkasse mit dem Nachtlämpchen, die beiden Sessel, den Verkaufstisch mit Vitrine. Das Schaufenster war leer, über dem polierten Holz lag der Glanz eines breiten zynischen Lächelns, als wäre etwas vom Gestus des Mannes, der am Abend das Schaufenster von

Schmuckstücken leergeräumt hatte, als wäre etwas von der Seele des Juwelierangestellten an der Einkaufsstraße dort geblieben, glänzend, unrein, am Abend dort vergessen, an einem Tag wie jedem anderen.

Er sah das Spiegelbild seines Körpers und knapp dahinter, heller, den Körper des Mädchens, und zum erstenmal, seit er sie gesehen hatte, kam ihm der Gedanke, daß sie die Komödie der Kindlichkeit spielte, daß all ihre Gesten, die Ruhe ihres Blicks, die präzise Reihe der von ihren Lippen fast ständig entblößten Zähne, daß alles der irgendwann früher erfaßten Idee davon gehorchte, was ein Mädchen war. ›Weil das zuviel ist, sie ist zuviel‹, dachte er. ›Das kann unmöglich lange so gehen, unmöglich zu fliehen, wenn ich Ossorio bin, von dem man weiß, daß er mit einem ungefähr zwölfjährigen Mädchen unterwegs ist.‹

»Wie alt bist du?« fragte er die Gestalt der Kleinen im Schaufenster.

»Dreizehn.«

»Dreizehn«, wiederholte er. ›Und jetzt bleibe ich um wer weiß wieviel Uhr in der Nacht vor einem Juwelierladen stehen. Genau das Richtige, wenn man nicht auffallen will. Warum ist wohl das Gitter nicht heruntergelassen?‹

»Ich bin erkältet«, sagte sie. »Ich habe kein Taschentuch.«

Er suchte in seinen Taschen und reichte ihr ein Taschentuch.

»Behalt es.«

›Die Geschichte mit dem Taschentuch wirkt wie ein Zeichen; es wird immer besser. Über eine Nabelschnur mit einem dreizehnjährigen Mädchen verbunden. Sobald der Jude die Tür aufmacht, stoße ich sie hinein und verschwinde.‹ Er ging weiter, und sie schloß sofort zu ihm auf mit diesem Schritt, der mustergültig dem Gang einer Dreizehnjährigen glich, die Fußsohle immer vollständig aufsetzend, kaum je in den Knien nachgebend.

»In der Straße hier ist es«, sagte er an der Ecke. »Hau bitte nicht gleich ab, wenn dir das Gesicht des Mannes nicht gefällt, dir nicht gefällt, daß er gestreifte Krawatten trägt oder den Schnauzbart so.«

»Nein«, sagte sie und schüttelte den Kopf. »Der Mann dort hat mir nicht gefallen, und Sie sind auch nicht geblieben.«

»Wie auch, wo du fort warst.«

»Deshalb sind Sie nicht geblieben?«

»Gut, nicht nur. Still jetzt.« ›Und diese Art, nicht zu duzen, ein bißchen spöttisch, und diese Sanftmut, derart sicher, daß ich sie nicht sitzenlassen werde, wie eine in die Jahre gekommene Geliebte, die weiß, daß es auf der Welt und im Bett noch immer zwei, drei unfehlbare Tricks gibt.‹ »Hier ist es«, sagte er und berührte ihren Arm. Er wollte sie im Dunkel des steinernen Korridors festhalten, hinter den Mülleimern, und ihr sagen, daß das ihre letzte Chance auf Rettung war, sie, wenn sie hier nicht bleiben konnten, nirgends mehr würden hingehen können und sechshunderttausend Menschen die Stadt durchstreiften, mit Taschenlampen und Gewehren auf den Dächern waren auf der Suche nach ihnen.

Er hielt sie ohne Druck fest, eine Hand auf jeder Schulter, sie hob den Kopf, bis sie ihn, das runde Kinn vorschiebend, gegen die schwarze Wand lehnen konnte, und er erriet, daß die Kleine die Augen geschlossen hatte und daß sie ruhig war, abwartete, in ihn dasselbe Vertrauen setzte wie in die Nacht und das Leben, an ihrer absurden, närrischen Sicherheit Halt fand wie an dem Stück Mauer.

»Du bist erkältet?« fragte Ossorio.

»Ein bißchen.«

»Nicht schlimm. Wir schauen hier, und auch wenn es dir nicht sonderlich gefällt, bleiben wir. Nur ein paar Stunden. Dann sehen wir weiter.«

»Ja«, sagte sie, ohne sich zu rühren, weiter das fleischige Kinn zu ihm hochgereckt.

Da wartete Ossorio einen Moment, nahm sie dann bei der Hand und führte sie den gekrümmten und gefliesten

Korridor entlang, in dem sich nicht vermeiden ließ, daß die Schritte widerhallten, zitternd ineinanderfielen, ein dröhnendes Echo auslösten, das ihm in den Ohren schmerzte, als würde er tauchen. Er schlug an die Tür vor der ausgehöhlten Schwärze, konnte das Warten nicht ertragen, schlug wieder voll Zorn und noch einmal, während er hörte, daß sich drinnen etwas regte. Sein Kopf schaukelte vor dem Licht und der Frau, die ihren Morgenrock vor der Brust zusammenhielt; und Victoria schaute, während sie die Lippen bewegte, um das Fließen aus ihrer Nase aufzuhalten, auf die Katze mit dem getigerten Rücken, dem hängenden Bauch, der fast den Boden berührte, die im Hof hinter der Frau zügig Wasser aus der Pfütze über dem Ablaufgitter leckte.

»Abend«, sagte Ossorio und wußte wie durch eine ferne Erinnerung, daß sein Kopf weiter schwankte, grundlos, nur zur eigenen Zerstreuung, und daß er die Hände in die Taschen des Sakkos schob und reden mußte, bis er dem dunklen, abweisenden Kopf der Frau mit seinem grauen, nach hinten gestrafften Haar irgendeinen Ton entlockt hätte und, sich an diesen beliebigen Ton haltend, eintreten und bleiben, Victoria am Arm nehmen und die Tür zwischen sie beide und das schieben würde, was von der Nacht übrig war. Die Frau beugte sich vor, während sie die Lippen immer fester aufeinanderpreßte, und dann tat sie den Mund auf, mußte den Mund aufgetan haben, um diesen furchtsamen bedeutungslosen Ton hervorzubringen.

»Von Farla. Wir müssen hier über Nacht bleiben.« Schon war es unmöglich, die Tür zu schließen, schon konnte das Türblatt sich nicht mehr in den Rahmen fügen, seinen Arm zerquetschen, seinen Fuß, den unruhigen Kopf. »Von Farla.«

»Er ist nicht da«, sagte die Frau mit erhobenem Arm, als hielte sie sich an der Tür hängend aufrecht.

»Wer?«

»Er, mein Mann.«

»Verstehe«, sagte Ossorio und setzte sich in Bewegung, betrat den Hof gleichzeitig mit der Kleinen und blieb stehen, um der Frau zart die Tür aus der Hand zu nehmen und sie zu schließen, während das Mädchen fast bis in die Mitte des Hofs weiterging.

»Gibt es einen zweiten Eingang?« fragte Ossorio.

»Aber was haben Sie vor? Wenn ich Ihnen doch sage, daß mein Mann nicht da ist.«

»Sicher, aber ich kann Ihnen nichts sagen. Gibt es einen zweiten Eingang?«

»Nein, nur den.«

»Sei's drum. Einen Platz, irgendeinen, wo sie schlafen kann.«

Die Frau raffte bedächtig den über den Unterrock gefallenen Morgenmantel, tat einen Schritt und wandte Victoria ihr breites maskulines Gesicht mit dem verzogenen und ungläubigen Mund zu.

»Wenn Sie einen Augenblick warten wollen?« sagte sie.

Ossorio sah ihr hinterher, wie sie gemächlich in ihren Hausschuhen davonschlurfte, ohne Kraft nach der Katze trat, und blickte sich um – eine niedrige bröckelnde Mauer zur Nachbarwohnung hin, Kübel und Dosen mit Pflanzen, Bambusstengel, die ihr Papierrißrascheln wiegten, ein Trog mit feuchter Wäsche –, ging noch weiter nach hinten, um mit dem Fuß die Eisenstufe der Treppe zum Dachboden zu erreichen und sich aufzurichten, schob Victoria dabei mit der offenen Hand, bis sie die Geranien zertrat, und wartete mit der Hand an der Pistole.

»Warum wackeln Sie mit dem Kopf?« fragte das Kind leise.

(Er hatte gewußt, daß sie das fragen würde, es war unmöglich, ihr etwas zu sagen, unmöglich, irgendwas auszuhalten, wenn er nicht bald aufhörte, darüber nachzudenken, warum er mit dem Kopf wackelte, wie er sich von dem Kopfgewakkel befreien konnte, um alles zu vergessen außer dem Warten im Hof.)

»Ich wackle mit dem Kopf«, sagte er.

Ein Mann im Unterhemd trat auf den Hof und ging barfuß voran, suchte mit den kleinen glänzenden Augen zwischen den Pflanzen, an der Tür.

»Hallo«, sagte Ossorio.

Aus dem schroffen Geraniengeruch heraus sah sie ihn lächeln, während er mit dem Kopf wackelte, von oben auf den Mann sah, der mit einem Schritt in die Wasserlache innegehalten hatte, die Hände flach über dem Bauch an den Hosenbund drückte.

»Was ist?« fragte er laut.

»Schreien Sie nicht«, sagte Ossorio. Jetzt lächelte er nicht, und sein Kopf verkürzte die Bewegungen, die immer langsamer und vereinzelter wurden, bis er hart und zu dem bärtigen und fettigen Gesicht des Mannes in der Pfütze geneigt verharrte; sie sah ihn nicht länger an und wandte das Gesicht ab, versuchte die Luft anzuhalten, um dem Geraniengeruch zu entgehen. »Schreien Sie nicht«, sagte Ossorio leise. »Ich komme von Farla, um über Nacht hierzubleiben.«

»Das ist keine Art, hier einzudringen. Was weiß ich, ob Sie von Farla kommen.« Die Zehen krümmten sich und streiften das Wasser auf den Platten.

»Ich kann Ihnen nichts sagen, ich komme von Farla. Hören Sie, ich habe weder Lust noch Zeit, mich zu unterhalten. Irgendein Platz, wo die Kleine die Nacht verbringen kann.«

Die Frau stand in der Tür zum Zimmer, und ohne ihren Morgenrock vor der Brust festzuhalten, das Haar zu beiden Seiten des Gesichts herabfallend, die offenen Hände achtlos an den Hüften, schaute sie bloß starr auf das Unterhemd des Mannes, der den Kopf drehte, bis er Victoria entdeckte und sie weiter stumm ansah, während seine Füße mit einem kleinen, sich nicht wiederholenden Geräusch im Wasser platschten.

»Nicht auf die Pflanzen treten«, sagte die Frau.

»Irgendein Platz, damit sie schlafen kann«, sagte Ossorio wieder.

Der Mann sah weg von ihr und hob die Schultern, während er die Füße, einen nach dem anderen, aus der Pfütze nahm und am Saum seiner Hose abwischte.

»Sie zertrampelt mir die Pflanze«, sagte die Frau mit ruhiger Stimme.

Victoria tat einen Schritt und atmete kräftig ein, schwächer jetzt der Geraniengeruch, sah zur Katze hin, die um den Knöchel der Frau scharwenzelte.

»Wo wollen Sie hier schlafen?« fragte der Mann.

»Aber laß uns doch nachsehen, wer er ist«, sagte die Frau. »Wenn Farla ihn schickt.«

»Sie sind auf der Flucht«, sagte der Mann und warf sich in die Brust, als wäre er zornig. »Farla hat kein Recht, mich in Schwierigkeiten zu bringen.«

»Er soll dir sagen, wer er ist«, sagte die Frau und gähnte. Ossorio kam die Stufe hinunter und trat auf den Mann zu, nahm den Ladengeruch des Unterhemds wahr, vom Kopf den sauren Geruch nach Schlaf.

»Nein, so nicht. Ich muß hierbleiben, wir bleiben hier.« Er zog die Hand mit der Pistole heraus und bemerkte, daß sein Kopf wieder nach rechts und links schwankte. »Die Kleine irgendwo, Sie bleiben bei mir.«

»Drohen Sie nicht«, sagte der Mann; da war kein Erschrekken in seiner Stimme, die kleinen, geröteten Augen sahen Ossorio ins Gesicht.

»Wenn er auf der Flucht ist, ist er wohl kaum ...«, sagte die Frau, und man hörte, wie sie sich an die Tür lehnte.

»Haben Sie Papiere?« sagte der Mann.

»Wenn Sie fragen.« Während er lächelte, spürte er, daß es ihm unmöglich war, mit dem Kopfwackeln aufzuhören. »Ich komme aus dem Norden, auf der Flucht vor den ›Hunden‹. Jetzt Sie.«

Victoria trat, den Blick auf den Boden gerichtet, vor und blieb mitten im Hof stehen, einen Schuh auf jeder Seite der Pfütze, der Mann drehte den Oberkörper ein Stück, damit er ihr nicht den Rücken zuwandte.

»Die aus dem Norden haben Papiere vom Exekutivkomitee«, sagte die Frau, und der Mann bewegte den Kopf, sah Ossorio an, als hätte der eben gesprochen, abwartend. Ossorio griff in die Brusttasche (›den Ausweis des Exekutivkomitees rausziehen, und nur den Ausweis‹), spürte durch das Hemd, daß er ihn gefunden hatte, und gab dem Mann die Papiere, die der mit nur einer Hand, das Gelenk schüttelnd, aufklappte, während die andere Hand vor dem Bauch gefangen war, und lange ansah, ohne eine Miene zu verziehen, den Arm sinken ließ, ihn nach hinten hob und wartete, daß die Frau sich von der Tür löste, mit dem Schnappen ihrer Hausschuhe zu ihm kam und nach dem Ausweis griff. Zwischen den beiden hindurch sah Ossorio mit leicht gedrehtem Kopf zu der reglosen Kleinen hin, die sich sein großes weißes Taschentuch an die Nase hielt, schaute noch einmal und sah, daß sie nicht weinte, sich nur bedächtig die breite Nasenspitze trocknete.

»Ja«, sagte die Frau und gab den Ausweis an den Mann zurück, der noch einen Blick darauf warf und ihn Ossorio wiedergab. »Ja«, sagte sie noch einmal, und ihre Stimme schien näher an Ossorio herangerückt, obwohl ihr Körper sich nicht bewegt hatte. »In Ordnung, aber wir können euch nicht hierbehalten.« Sie warf einen Blick auf die Hand mit der Pistole. »Nicht unseretwegen, aber wir sind vorgemerkt, und sie werden jeden Moment hiersein.«

Der Mann trat einige Schritte zurück, beide Hände gegen die Hose gedrückt, und die Frau kam neben Ossorio, sah wieder auf den Lauf der Pistole.

»Aber ihr könnt an einen Ort gehen, wo ihr sicher seid.« Sie schüttelte den Kopf. »Gleich hier, hier nebenan, über das Dach.« Sie warf den Kopf zurück. »Er bringt euch hin.«

Der Mann war krummfüßig, um mit den Fersen nicht auf den Boden zu treten, im Zimmer verschwunden, und während Ossorio die Pistole wegsteckte, pfiff der Mann drinnen, und die Frau drehte sich um, und an Victoria vorbei, als stünde das Mädchen nicht fast mitten im Hof, ging sie mit ihrem weichen Hanfschuhschnalzen ins Zimmer.

Da dachte Ossorio, daß er es nicht länger nötig hatte, den Kopf zu bewegen, daß er eine erbärmliche Grenze überschritten hatte, hinter der es ihm keinerlei Freude mehr bereiten würde, weiter mit dem Kopf hin und her zu wackeln, und er sah zu der ruhig über der Pfütze am Boden stehenden Kleinen hin und mußte langsam schnauben bei dem plötzlichen Gedanken daran, wie sehr er sie mochte, seit sie in den Hof gekommen waren, seit sie, einen Schritt hinter den Mülleimern, den Kopf im Korridor gegen die Wand gelehnt hatte, und wie er seitdem wegen ihr gelitten und den Kopf gewiegt hatte, auch – nicht ausschließlich – um im Hof irgendwie mit ihr in Verbindung zu bleiben, durch die Unterhaltung hindurch, den Mann und die Frau, den Geruch der Pflanzen, durch den langen Schundroman, in dem sie Barcalas Tochter war, mit ihr und ihrer verschlossenen Miene, ihrem Schweigen, ihrer gnadenlosen Verachtung.

»Wer weiß, ob das geht«, sagte die Stimme des Mannes über das Geflüster hinweg, das die Frau von sich gab, und dann: »Um die Uhrzeit.«

Ossorio ging, in die Pfütze tretend, zu Victoria hin und legte ihr einen Arm um den Rücken, drückte kräftig ihre Schulter, steigerte mit berechneter und unruhiger Kraft den Druck seiner Hand, bis der Körper des Mädchens nachgab und näher kam, um sich gegen seine Flanke zu lehnen, und er mit dem Kinn den unbedeckten Teil ihrer Haare berühren konnte, nahe der Stirn, und er schloß die Augen über ein grandioses Scheitern, dessen Schmerz darin wurzelte, daß er es hier entdeckt hatte, jetzt, wie es sich gegen die starre Nacht abzeichnete, gegen das plattgedrückte Haar, das die Härte des Schädels umhüllte, an dem sein Unterkiefer für einen Augenblick geruht hatte, den entscheidenden Augenblick, um es zu erkennen und sich dann zu lösen.

Ein Widerschein bewegte sich in der Scheibe der Tür, und

er sah das Paar erneut auf den Hof treten, die Frau mit dem Kopf nah beim frostigen Glanz in der Scheibe stehenbleiben, während der Mann hinterhergeschlurft kam, in einem nicht zugeknöpften Sakko, bei jedem Schritt die Schnürsenkel seiner Schuhe schleifen ließ. Wie zuvor die Frau ging er an der Kleinen vorbei, ohne sie anzusehen, wirkte, als wäre er ebenso unbeteiligt, mit der gleichen geradlinigen Blindheit durch ihren Körper hindurchgegangen, und trat, das schläfrige Gesicht weiter verschlossen, auf Ossorio zu, betrachtete ihn jetzt jedoch unumwunden und zeigte, daß er ihn sah und überdachte.

»Über die Treppe«, sagte er mit einer Kopfbewegung. »Es ist gleich hier, seien Sie leise.«

»Auf«, sagte Ossorio mit einem Blick zu dem Mädchen hin, sah sie den Kopf heben, fast einen kleinen Sprung vollführen, um nicht aus dem Gleichgewicht zu geraten, als sie losging, denn sie hatte die Füße bewegen wollen, ohne das Wasser zu berühren, hörte das rasche Geräusch der Sohlen auf den Platten (die Frau schaute von der Tür aus zu, das gekämmte Haar vom anbrechenden Morgen erfaßt, vom zögerlichen Licht aus einem nicht zu erinnernden Alptraum, ihr Körper an der Wand oder dem unsichtbaren Türblatt ruhend, die nackten Arme hinter der Hüfte angewinkelt, in aufmüpfig unterlegenem Schweigen) und begann, eine Hand am kalten Metall, mit dem Aufstieg, sah die Beine der Kleinen, die vor seinem Gesicht hinaufging, hörte die großen Schuhe des Mannes auf der Treppe stapfen.

Sie blieb an der Tür stehen, und da murmelte der Mann »Verzeihung«, berührte Ossorios Hose, damit der ihm Platz machte, und schob sich seitlich an der Wand entlang nach oben, stieß die Tür mit der Faust auf und riß ein Streichholz an, während er auf den Dachboden trat – alte Unterlagen, Feuchtigkeit und Pisse, eine Truhe, zwei Stühle ohne Sitz, eine Leiter, Rollen aus Draht und Seilen an den Wänden –, wartete, bis alle drei drinnen waren, löschte durch ein Wedeln der Finger in der Luft und mit einem Zungenschnalzen das Streichholz. Ossorio streckte eine Hand aus, bis er die Schulter des Mädchens zu fassen bekam, und schob die andere in die Tasche mit der Pistole.

»Sie fragen nach Doña Rosa«, sagte in erleichtertem Ton die Stimme des Mannes im Dunkeln. »Klopfen Sie nicht; sobald die Tür aufgeht, weiß sie Bescheid, über die Straße macht Ihnen keiner auf.«

Er schwieg abrupt und rührte sich nicht, als würde er sich mit der Erinnerung an seine Worte umgeben, als wartete er, daß die Löcher, die seine abschätzige Stimme in der kalt und traurig riechenden Finsternis geöffnet hatte, sich ganz wieder schlössen. Ossorio drückte die Schulter; er spürte die Härte des Knochens, die kurze Nachgiebigkeit des Fleischs und seine Wärme. Der Mann riß ein zweites Streichholz vor der Brust an und hob die Hand, sah sich um, trat einen Schritt auf die Leiter zu und löschte das Streichholz.

»Ich sehe erst nach, weil vor ein paar Stunden jemand auf dem Dach unterwegs war. Wenn was ist, rührt ihr euch nicht, bloß nicht reden.«

Man merkte ihm die verhinderte Gewohnheit an, mit sich selbst zu sprechen, während sie ihn Dinge herumzerren und wegschieben hörten, das Ende der Leiter gegen die Dachluke stieß.

»Mal sehen«, sagte der Mann und begann hinaufzusteigen.

Er ließ langsam die Schulter los und seine Hand ein wenig hinabgleiten, bis sie den Arm umfaßte, und blieb so, genoß seine physische Macht, sie durch ein bloßes Anwinkeln des Arms zu sich heranziehen zu können, genoß, daß er es nicht tat und sich ihr gegenüber nicht in der Schuld fühlte, keine Gewissensbisse empfand, nichts, was man hätte gutmachen oder wofür man hätte dankbar sein müssen. Er spürte, daß sie den Arm bewegte, um das Taschentuch herauszuziehen, das plötzlich weiß im Licht auftauchte, das eben mit einem Knarren dort oben hereingelassen und gleich darauf vom Kopf des Mannes verdeckt wurde, von seinem Rücken, während die klobigen Schuhe eine Sprosse höher stiegen, und er hörte, wie sie sich gemächlich die Nase schneuzte, ihr kindliches Benehmen damit unter dem fernen Glanz des Himmels auf die Spitze trieb, die Schwächlichkeit des Körpers, für ihn ein Spiel spielte, das »Die Kleine ist erkältet, ein wenig verschnupft« hätte heißen können oder »Die Kleine ist ruhig und denkt nur an ihren Schnupfen«. Der Kopf schob sich vor dem Himmel vorbei und kam eingezogen nach unten.

»Nichts zu sehen, kommt hoch.«

Sie sahen ihn hinausklettern und verschwinden. Ossorio bewegte die Hand, um sie hinaufzuschicken und kletterte hinterher, während er an den Innenhof dort unten dachte mit dem eigenartigen, im Türglas eingefangenen Licht und an die Gestalt der Frau, die ihnen hinterhergeblickt hatte, grimmig und unbeteiligt, als könnte sie sich schon nie mehr aus der Ruhestellung ihres Körpers an der Tür lösen, als stünde sie unvermeidlich noch immer so dort unten, starr und gelassen, als hätte nichts von dem, was mit ihnen geschah oder geschehen würde oder was die Menschen antrieb, sie wach hielt, mitriß oder aufhielt in dieser unermeßlichen Nacht, der unermeßlichen Welt, irgend etwas mit ihr zu tun, frei von allem wie ein unversehrter und lotrechter Leichnam.

Sie kletterten aufs Dach hinaus und richteten sich auf – sie nahm ihn am Arm und nieste erstickt in ihr Taschentuch –, der Mann blieb gegen die aufgeklappte Dachluke gelehnt stehen, streckte die Hand ein wenig aus und zeigte quer über die Dachebene. Der Himmel hatte dunkle Stellen und andere mit ziehendem Dunst vor dem Licht des Mondes, der nicht zu erkennen war; eine silbrige Brise regte sich, etwas frisch, und sie ließ ihre Zähne hören, knirschte damit.

»Dort drüben ist es«, sagte der Mann langsam mit einer gewichtlosen Stimme, die ohne Kehle auszukommen schien, als würden die Worte zwischen der Zunge und den geöffneten Lippen geformt. »Ihr geht um den Lichtschacht herum ... Macht auf, ohne anzuklopfen.«

Ossorio trat ins Bodenlose, ohne die Kleine anzusehen. Sie wartete, einen Schritt vor ihm, noch im Schatten, den das Nachbarhaus warf, die Schuhe nebeneinander am Rand des Schattens, den fernen Glanz des Mondes streifend, der sich über die Dachfläche spannte, über die Dächer weiter unten, die Abdeckungen der Dachfenster, am Rand der Nacht wie an einem Meer, diesseits des Kalkweiß der Wände, der wenigen Fenster mit Licht, der dunklen Fenster, der gewaltigen, kalten Traumluft, in der sich Häuserskelette erhoben, Hundegeschrei.

Er nahm sie am Arm, und sie traten ins Zwielicht hinaus, hinein, ohne daß ihnen kälter geworden wäre, sahen für Augenblicke die langen und dunklen Schatten über den Boden huschen, während sie ausschritten, sich zur Seite wandten, am Lichtschacht vorbei, und er dachte, daß er eines Tages an diese Minute des schnellen und stummen Marschs über das Dach zurückdenken und erst dann mit Gewißheit die Worte finden würde, die er hätte sagen sollen, ohne im Gehen innezuhalten, ohne den Arm des Kindes loszulassen, bevor er an der Tür war und auf die verborgene Klinke drückte. Er stieß die Tür auf, bis sie die Wendeltreppe erkannten, und sie gehorchte seiner Hand und ging hinein, und da hörten sie die Schüsse krachen; er spürte den Aufprall am Bein, während ein Lichtstrahl über das Dach und die Tür fegte, die er hinter sich zuriß. Er lehnte im völligen Dunkel an der Wand; gab sich Mühe, mit dem rechten Fuß nicht den Boden zu berühren, tastete, bis er ihre Schultern zu fassen bekam, und fragte:

»Und?«

»Nichts«, sagte sie und hob die Handflächen, um sein Gesicht zu berühren. »Schüsse?«

Er meinte ferne Stimmen zu hören, und das Gesicht der Tür nähernd, lauschte er in die Stille. ›Es kam nicht von der

Seite, wo der Mann stand, von dort wurde nicht geschossen. Da haben wir sie, die endgültige Falle.‹

»Gut, ist vorbei«, sagte er lächelnd, obwohl sein Lächeln für sie nicht zu sehen war; er spürte, wie sie an ihn gedrückt zitterte, und malte sich das Blut aus, das sein Bein hinabrann, während er mit geschlossenen Augen, den Schmerz suchend, seinen Fuß nach und nach auf den Boden stellte. Es tat nicht weh, aus seiner Wade und dem tauben Bein wuchs Hitze, ein langes Ziehen, in dünnen Fäden von oben nach unten, die sich dehnten und zusammenzogen, sich immer heftiger dehnten. Unter ihnen ging ein Licht an, er reckte den Kopf und roch den Atem des Mädchens, spürte, daß die feuchte Nase ihm eine Wange eindrückte.

»Ist dort oben jemand?« sagte eine Frauenstimme auf der Höhe seiner Füße.

»Ja, Freunde«, sagte er. »Freunde«, wiederholte er noch einmal, nicht sicher, daß er gesprochen hatte. Er spürte, daß die Kleine weinte, spürte die Hände an seinem Revers ziehen. Sie hörten Schritte und Tuscheln, dann sagte eine andere Stimme:

»Kommen Sie runter.«

»Freunde«, sagte Ossorio. »Ja, wir kommen jetzt runter.«

Er schob das Mädchen von sich und begann mit dem Abstieg, bemüht, nicht mit dem verletzten Fuß aufzutreten, bemüht auch, nicht zu hinken, den Zipfel des Sakkos von der Pistole angehoben, bis er die Frau mit den graublonden Haaren sah, die geschminkt, schwarzgekleidet, in der weiträumigen Küche stand, mit den Händen über dem Schoß, mit ihrer ruhigen, beschwichtigten Miene darauf wartete, daß er unten ankam, sein Körper vollständig im Licht wäre und er den halslosen, dunkelhaarigen Jungen sehen konnte, der rauchend am Küchenschrank lehnte.

»Ich bin mit meiner Tochter auf der Flucht. Man hat mich übers Dach geschickt, um nach Doña Rosa zu fragen.«

Die Frau bewegte den Kopf, der Junge schnippte die Asche

von der Zigarette, steckte sie sich in den Mund und vergrub die Hände in den Taschen seiner gewebten Wolljacke.

»Wir wissen nicht, wohin, ich will sehen, ob sie…«, sagte Ossorio.

»Waren das Schüsse?« fragte die Frau, und er glaubte, sie habe gelächelt.

»Ja, Schüsse, aber nicht auf uns. Es hat aufgehört.«

»Warum kommt Ihre Tochter nicht herunter?« fragte die Frau.

Er hörte die Schritte auf der Treppe und sah, wie sie neben ihn trat, dabei zur Seite auswich, um ihn nicht zu berühren, das Gesicht tränenlos, ein wenig gerötet nur, sah, wie die Frau die Brauen bewegte, sich umdrehte, um wortlos zu dem Jungen zu sehen, und dann einen Schritt vortrat, das Mädchen von ihm fort und zum Tisch zog, unter die Lampe, ihr Gesicht in beide Hände nahm, es anhob und wortlos betrachtete, lächelnd, ihr dann einen Kuß gab und sie wieder betrachtete.

»Wenn sie bis zum Morgen hierbleiben könnte«, sagte Ossorio.

»Kommt«, sagte die Frau; sie wandte sich zum Gehen und schien die Beine unter dem langen Rock nicht zu bewegen. Victoria folgte der Frau, und als sie an dem Jungen vorbeikam, der am Küchenschrank lehnte, warf der seine Zigarette fort und ging hinter der Kleinen her; da lehnte Ossorio den Rücken gegen die Wand und stieß sich mit einem Schwung der Hüften ab, spürte beim Gehen, daß die Hitze im Bein und das Ziehen dem Schmerz ähnlicher wurden, nach und nach, und daß sich der Schmerz mit dem Blut nach unten verlagert hatte und die gesamte Fußsohle ihm weh tat, als wäre er am Fuß verletzt. Er griff mit einer Hand nach der Schulter des Jungen.

»Kann ich mich waschen?«

Der antwortete mit einem langsamen Kopfnicken, sah ihn aus großen Frauenaugen an; sie betraten ein Zimmer mit

Sesseln und Sofas, Bücherschrank, einigen Bildern, einem Ofen, und als sie in der Mitte des Zimmers waren, bog der Junge nach links ab und ließ die hohe Gestalt der Frau einige Schritte weitergehen und sich dann nach dem Mädchen umdrehen, sich zu der Kleinen hinabbeugen und sie anlächeln – das Gesicht der Frau wirkte jetzt viel jünger –, und Ossorio folgte ihm, ohne etwas zu sagen, hinkte ein bißchen, als sie einen kühlen Innenhof querten, einen kurzen Korridor, bis der Junge eine Tür öffnete, den Arm hineinschob und das Licht anschaltete. Er setzte sich auf den Wannenrand und zog das Hosenbein hoch; mit schräggelegtem Kopf besah er sich das durchschossene Bein, die beiden Wunden an der Wade, wenig Blut, das zur Socke hinabrann. Im Sitzen stieg der Schmerz bis zur Hüfte, begann sich dem Unterbauch zuzuwenden. Er machte ein Handtuch im Waschbecken naß, um sich zu reinigen, aber das Blut war sofort wieder da, hellrot, gleich darauf dunkler. Er zuckte die Achseln, warf das Handtuch hinter die Wanne und hüpfte auf einem Bein nah ans Waschbecken, drehte den Hahn auf und trank etwas Wasser aus der hohlen Hand, benetzte sich die Schläfen und noch einmal den Mund. Als er eben das Licht ausschalten wollte, entdeckte er das verspiegelte Arzneischränkchen, öffnete es und suchte zwischen Flaschen, Spritzen, Mullpäckchen, Pillenfläschchen und Schachteln. Er schluckte drei Aspirin mit Wasser aus der Hand, und während er vornübergebeugt dastand, dachte er: ›Selbst wenn einer an die Mauer hämmert.‹ Aber wie er den Satz auch drehte, er konnte nicht erkennen, weshalb er ihn gedacht hatte, wußte nicht, was das zu bedeuten hatte, und ahnte nur, daß es unmöglich war, etwas zu erreichen, wie sehr man auch an die Mauer hämmerte, aber man konnte unmöglich herausfinden, was das für eine Mauer war, noch, was man hinter der Mauer zu erreichen hoffte, etwas, das sich auf der anderen Seite befand und das man haben wollte, oder eine Tür, um zu entkommen, vielleicht das, eine Bresche in die Mauer reißen. Er durchquerte erneut die Kühle des Hofs und trat in die Wohnstube, wo die Frau und Victoria saßen und die Frau ihr ein Glas Milch anbot – er mußte die Kehle anspannen, als er die Milch sah, und hätte verstanden, wenn einer gegen die Mauer gehämmert hätte für ein großes Glas von dieser Milch – und der Junge rauchend am Bücherschrank lehnte.

»Keinen Hunger?« fragte die Frau.

Er antwortete, und wenig später trank er das Glas Milch aus, weil Victoria sie nicht trinken wollte; er saß und redete mit der Frau, redete über Dinge, die nichts mit der Nacht zu tun hatten, und sie lächelte.

»Wir bleiben hier«, sagte die Frau. »Nebenan ist ein Schlafzimmer, und ihr könnt euch ein bißchen ausruhen.«

»Ja«, sagte Ossorio und stand auf. ›Meine Socke ist durchnäßt, wenn der Schuh voll ist, wird das Blut überlaufen.‹ Er dachte, wie lange ein schwerer Schuh, wie der des Mannes, der sie über das Dach geführt hatte, wohl brauchen würde, bis er mit Blut gefüllt wäre.

»Ruht euch ein bißchen aus«, sagte die Frau. Sie benahm sich, als hätte sie in normalen Zeiten alte Freunde zu Besuch, mit ihren präzisen, ein wenig arroganten Bewegungen, ihrer feinen, antiquierten Art, ihrem bereitwilligen Lächeln, ihrem sanftmütigen Wahnsinn.

Von der Schlafzimmertür aus betrachtete Ossorio den Jungen, der rauchend am Bücherschrank lehnte und nicht zu ihm hinsah, die halbgeschlossenen Augen auf das Bild über dem Ofen gerichtet, und nachdem er die Worte gesucht hatte, sagte er noch einmal, sie würden sich ein wenig ausruhen, und bat darum – er unterbrach sich mit einer Grimasse, spürte, wie der Schmerz in der Steifheit der Socke zuckte –, bat, ihn in einer Stunde zu rufen, nur eine Stunde, und er schloß die Tür. Sobald die Schritte der Frau sich entfernten, schob er den Riegel wieder zurück und ließ die Tür angelehnt. Die Frau hatte ihm erklärt, wo der Lichtschalter war, aber er reichte Victoria den Arm und folgte mit ihr dem Streifen aus

Licht, der sie bis zum Umriß des Bettes führte, stieß sie heftig an, damit sie sich hinlegte, und warf sich aufatmend auf den anderen Rand des großen Bettes, spürte, daß er einschlafen würde, daß er im nächsten Moment schlafen würde und vom eigenen Los entbunden wäre, und mit Mühe setzte er sich auf, um an dem Fußüberwurf zu ziehen und Victoria zuzudecken, die ungerührt an die Zimmerdecke starrte. Er deckte sich bis zur Taille zu und schloß die Augen, während er in einem Bogen den Arm von sich streckte, damit seine Hand mit gespreizten Fingern auf dem Arm der Kleinen zu liegen kam, und er sagte ihr, sie solle schlafen, oder wünschte, es ihr mit überzeugender, unwiderstehlicher Stimme zu sagen, einer Stimme, der es gelänge, sie mit der gleichen schlichten Raschheit schlafen zu lassen, mit der man ein Licht ausschaltet, und er holte tief Atem und glaubte einzuschlafen; doch am Ende des Atemholens empfand er keine Müdigkeit mehr, der Schmerz stechend in einer Hälfte seines Körpers, und es war Victoria, die mit einem groben Pfeifen atmete, ihm die Hitze auf die Fingerspitzen blies.

XVIII

Morasán hörte, daß jemand das Türschloß zuschnappen ließ, ein Stuhl wurde unten gerückt, und schleppende Schritte durchquerten einen kurzen schallenden Bereich, keine Stimmen; unter dem gedehnten Peitschen der Flüssigkeit füllte jemand ein Glas. Sie bewegte weiter die Lippen, eine Hand jetzt vergessen auf der rosafarbenen Schulter des Morgenmantels, die langen Finger mit den fleckigen Nägeln näher bei ihm. Nichts mehr dort unten. Er ging zur Tür und riß sie auf, den Revolver an der Hüfte. Er hörte, daß ein Streichholz angezündet wurde, das Ratschen über die Reibfläche, das Flirren der sich auffächernden Flamme, mit einem Knall wurde ein Glas auf den Tisch gestellt. Beatriz saß reglos auf dem Bett, mit dem Rücken zu ihm, die Gürtelbänder des Morgenmantels zu einem V gespreizt auf der Zudecke; die Hündin knurrte vor dem Seufzen.

Er ging, ohne sich um seine Schritte zu bekümmern, bis er an der Treppe war und die vier Männer mit Villar unten sehen konnte, die dunklen und hellen Hüte ohne Nachdruck auf den Köpfen, zwei Männer am Tisch sitzend, trinkend, zwei nahe der Eingangstür stehend, jeweils mit einem Glas in der Hand, ohne zu sprechen, als schauten sie an einer Straßenecke im Viertel zu, wie der Tag sich neigt, mit dieser Gebärde gelangweilten Wartens, den eingefrorenen Haß allzeit einsatzfähig auf dem Grund jedes einzelnen; die altvertraute Gebärde seiner Männer, seine eigene während all der Jahre, in dieser Nacht – die Gebärde unerbittlicher Erwartung –, als er im Auto auf das Ende der Schießerei bei Barcala gewartet hatte, als er gewartet hatte, daß Irene sich auf dem Boden des Büros wieder rührte, wenn die Zeit sich langsam dahinschleppt, in einem selbst vorantickt. ›Klar. Ich hätte es wissen müssen. Villar war immer für Cot.‹

Sie hatten ihn nicht angesehen, keiner den Kopf zu ihm gehoben; sie warteten einfach, wußten, daß man sich etwas früher oder etwas später treffen würde, er auf sie, das Überraschende keinen Platz hatte. Villar hatte sein Sakko zugeknöpft und eine brennende Zigarette schlaff im Mund und mischte mit seiner geölten Geduld die Kärtchen zwischen seinen Knien, ohne jemanden anzusehen, ohne Interesse an den Mienen oder den Händen oder dem Gähnen des dikken Mannes mit roter Krawatte, der ihm gegenübersaß und trank.

Morasán trat ins Schlafzimmer zurück – jetzt lag die Hand nicht mehr auf Beatriz' Schulter, der Oberkörper war nach vorn gebeugt und das Gesicht auf die Fäuste gestützt – und schloß die Tür ab; er dachte nicht daran, zu fliehen, wußte, daß es notwendig war, auf die Männer zu treffen in dieser Nacht, noch vor dem nahen Morgen. Vom Lehnstuhl aus sah er sie reglos, beseelt allein durch die Bewegung der die Fingerknöchel streifenden Lippen, das starre Licht unter der Braue, die länglichen Nasenlöcher, das Ohrläppchen, brandrot, gebogen, obszön zwischen dem schlaffen Haar, der breite Hals, die gesenkte Stirn. ›Weil ich wußte, daß ich es nötig haben würde, nicht allein zu sein in dieser Nacht, die Arme heben würde, um meine Bedürftigkeit hinzunehmen. Nach all der Zeit hat etwas, das in mir aufgewacht und ohne Gnade ist, gewartet und erkannt, hat gewartet, bis es den Augenblick erkannt hat, in dem ich keine Stunde länger in Einsamkeit leben könnte, und jetzt wird es nicht mehr einzuschläfern sein, nie mehr, bis zum Tagesanbruch, in dem ich nicht mehr vorhanden sein werde. Immer unmöglicher ist es mir, sie zu sehen, das Abwesendsein liegt schon hinter ihr, auch ihr abgemagertes papiernes Profil ist schon jenseits jeder Erinnerung, ihr sinnloses Gewisper, ihr geöffneter Wasserhahn, ihr atemloses Hauchen durch Blätter. Unbrauchbar. Und sie würde auch nicht ausreichen, ihr ganzer Körper nicht, um in dieser Nacht nicht allein zu sein; aber ich schlösse die Augen, könnte ich die versprengte Freundschaft mit Hilfe der kleinen, persönlichen Wärme ihrer Brust spüren; ich würde die Menschen spüren, von denen die Nacht voll ist, könnte ich ohne Anstrengung an ihren Zähne nagen, ohne Bitte.‹

Er hörte die Treppe knallen und stand auf, ging ans Fußende des Betts, bis seine Knie anstießen und einknickten; er haßte den alten Duft des unfrisierten Kopfs, schloß die Augen – ›die Tür ist abgeschlossen‹ – und öffnete sie wieder, sah von oben, wie ihre Nase sich erstreckte, bis sie sanft auf das gedunsene Beben der Lippen stieß.

»Beatriz.«

Näher knarrte eine Treppenstufe, er hörte die Kerze knistern, während das Licht das Gesicht unter dem dichten Schopf verformte, spürte, wie das Blut durch seine Schulter floß, und in geregeltem Zorn die Mündung des Revolvers auf den gesenkten Kopf der Frau richtend – er betrachtete, ohne zu begreifen, die Weiße des grubenlosen Nackens –, löste er den Schuß, wartete in dem schroffen Geruch auf die Wiederkehr der Stille und sah sie träge zu einer Seite gleiten – es wurde wütend an die Tür gehämmert, gleich darauf hörte das Hämmern auf, ein enger Schreckenskreis bevölkerte den Hundekorb – und sah sie dann sich nach vorn werfen, den Kopf herumschleudern wie in jugendlichem Übermut, an dem sich kühn der ganze rosafarbene Körper beteiligte, gegen den Teppich zwischen Bett und Korb, wo die Hündin zu bellen aufhörte und anfing, die Schlafgesichter der Welpen zu lecken.

XIX

Ossorio hörte durch den Türspalt die Unterhaltung zwischen der Frau und dem Jungen, ein Zwiegespräch sich wiederholender, einander in boshafter Regelmäßigkeit anstoßender Sätze, die wie gemächlicher Sommerregen auf sein Träumen niedergingen, und er bewegte die Lippen dazu, um sich vorzusagen, daß er diese unverständliche Unterhaltung niemals vergessen werde, das Plaudern und gelegentliche Schluchzen der beiden Personen im Nebenraum, die zwei-, fünf-, zehntausend Stimmen, die diese beiden im endlosen Verlauf der Zeit einmütig untereinander aufteilten, als wiederholten sie eine Lektion, als probten sie ein für tausend und abertausend Figuren geschriebenes Theaterstück, eine Figur für jeden kurzen Satz, die nächste, um ihn zu wiederholen, die nächste, um ihn mit einer fast unmerklichen Variation zu wiederholen, und so ohne Pause bis zum nicht absehbaren Ende, eine Tragödie, in der jede Figur starb, sobald sie ihren kurzen Satz gesprochen hatte.

Bis er vor einem unverhofften gelblichen Licht, das aussah wie von meterhohem Wasser bewegt und bedeckt, in die Musik hineinzuhorchen vermochte – er hielt inne, spürte, wie seine Füße auf der feuchten Erde ausglitten – und gleich darauf die Stimme der Frau, die sich im Nebenzimmer mit dem Jungen unterhielt, singen hörte: »Auf zu Tanz und Wein, wir alle und das Lied. Hin wird es morgen sein, mein hartes Heutekind.« Das war die Stimme der Frau, ein bißchen heiser, erkältet, die jetzt einen einzigen Ton von Traurigkeit und Stumpfsinn gebrauchte, an das einsetzende Pianola abgab, nach einer Weile wiederkehrte: »Die weißen Zähne glänzten, Hals, Hüfte und die Brust. Hat alles gehabt und gegeben, erkaltet ist schon der Schweiß.« Er behielt die Holztür im Auge, aus einem Stück, ohne Fugen und Verzierungen, ein wenig schimmernd wegen des Nebels und des schwebenden Lichts, an die er nicht mit den Fingerknöcheln klopfen konnte, weil irgendwo in der Nähe im Dunkel Morasán erwachen und den Kopf heben würde, um ihn anzusehen, sich auf alle viere aufrichten würde, um ihm zu folgen, mit schleifendem Bauch an der Mole entlang, bis er herausgefunden hätte, wo Barcala sich versteckt hielt. Drinnen die kauernde, vor der Nebelnacht geschützte Stimme: »Sagte, sich in den Nieren wiegend: ›Immer, nie und nimmer, die Meine.‹ Von Runzeln voll, ist er gefallen, tot sein eisesstarrer Sabber.«

Er begann an der Tür vor Kälte zu zittern und spürte, wie die Feuchtigkeit über sein Gesicht kroch, kalt und heiß, zäh, ihn blind machte, bis er sich ein Herz faßte und gegen die Tür drückte, sah, wie sie sich geräuschlos auftat, und weitergehen konnte in die Wärme, wo die Frau nicht mehr sang, wo die Pianolamusik verstummt war, zwischen schwächlichen Möbelstücken auf gedrechselten Füßen, zwei grauen Bildern, Schwarzweiß an den Wänden, dem Tisch aus Onyx neben dem Ofen mit einem älteren Grammophon darauf, der geneigte Trichter geformt und gefärbt wie eine Glockenblume. Er drehte sich um, damit er die Frau ansehen konnte, die mit ihren von Ringen schweren Händen zwischen den Spitzen der Ärmelaufschläge vor der geschlossenen Tür stand und ihn, ohne zu sprechen, mit demselben verdünnten

Lächeln beobachtete, das sie gebraucht hatte, als sie sich in der Küche über Victorias Gesicht beugte. Er sagte etwas, und sofort begann die Frau an etwas anderes zu denken und kam herüber an seine Seite, ließ die kleine Nippsache und die laue und duftende Luft erzittern, setzte sich mit dem Rücken zur Wand an einen Tisch, der voll war mit den Wattepaketen, an denen sich die Korporalin Luisa im Kasino der Kaserne zu schaffen machte, und verdeckte mit ihrem angewinkelten Arm zum Teil den Blick auf einen konischen Haufen welker Blumen.

Noch immer lag Victoria neben ihm auf dem Bett, und er berührte ihren Arm, weil es draußen bald tagte, verneinte mit dem Kopf, schüttelte ihn leicht auf dem Kissen, um zu sagen, daß das anders war, als er gedacht hatte, sich dafür zu entschuldigen, daß er eine Bordellszene geträumt hatte, eine komische Art von Bordell, gewiß, und er wußte nicht genau, was der Junge dort tat, ob er vor dem Pianola saß und die Pedale bediente und die singende Frau sich in eins dieser großen Ehebetten gelegt hatte und mittleren Alters war, beleibt, einen über der Brust klaffenden Morgenrock trug. Und die Szene hätte vollständig auf dem Gesicht der Frau zusammengefaßt sein können, nur hätte man dafür Phrasen denken müssen wie »die Spuren des Lasters«; die Züge des Gesichts nicht durch das Laster entstellt, sondern entstanden, Ausfluß von schmutzigen Wünschen, Geld, Neid, Scheitern und den komplizierten Stellungen des Körpers. Auf diese Weise die Szene vollständig zusammengefaßt auf dem Gesicht der Frau und auf das Gesicht gerichtet ein rotes Licht, es hängt eine rote Laterne über einem Tisch aus Kiefernholz, und der Abstand zwischen der Laterne und dem Gesicht der Frau ist gerade so, daß das Licht weder zu rot ist wie eine blutige Übertreibung noch so rosa wie die Wäsche für ein Neugeborenes. Weil Victoria nämlich tot auf dem Bett lag und die Frau sagte: »Das ist nicht Ihre Tochter, Ihr Name ist nicht Santana.« Er nutzte den Augenblick des Friedens, um sich im Spiegel zu betrachten, die Augen und die großen, unförmigen Ohren, den bitteren Geschmack, der seinen Mund ausgetrocknet hatte, den Schmerz, der von der Hüfte in den Bauch zog, ertappte entsetzt die unaufhaltsame Bewegung des Kopfes, die ihm im Takt des Schmerzes, der von der Hüfte in den Bauch zerrte, die weißen Schläfen im Spiegel zeigte.

Die Wörter wanden sich hinter seinen Zähnen und machten, daß der speichellose Mund sich immer schwächer zusammenzog, und der war mit einer Kruste aus getrocknetem Blut ausgepolstert, obwohl die Brust feucht war von Schweiß, als die Frau seine Schulter auf dem Bett bewegte und er im Zwielicht die Augen aufschlug, um in ihr verschwommenes Gesicht zu sehen und ihr die Frage zu stellen, die er stellen mußte.

»Eine Stunde vorbei«, sagte die Frau leise.

Victorias Arm lag unter seiner Hand, er umgriff ihn erneut.

»Wie spät?« sagte er und schüttelte den Kopf. »Ist schon Morgen?«

»Nein«, sagte sie leise. »Es wird gegen fünf sein, noch dauert es.« Sie betrachtete das Gesicht der schlafenden Kleinen.

»Ja«, sagte Ossorio. »Danke.«

Die Frau ging um das Bett herum und beugte sich hinunter, um Victoria zu betrachten. ›Die *Bouver* läuft um sechs aus‹, dachte Ossorio und betrachtete das geradlinige Lächeln auf dem Gesicht über Victoria.

»Wir sind nebenan«, wisperte die Frau und richtete sich auf. Sie ging geräuschlos hinaus, öffnete die Tür und lehnte sie an; da begann er sich zu bewegen, schwitzte wieder, als er seine Bewegung in den Raum einzupassen versuchte, in dem er nicht mit dem Schmerz in seinem Schenkel noch mit Victorias Schlaf kollidierte; er trat den Schmerz zu Boden und mußte sich mit einem Aufgrollen und zitternder Kinnlade noch einmal hinsetzen. Gegen die Wand gelehnt, blieb er sitzen, das verletzte Bein waagerecht auf dem Bett, das andere angewinkelt, den Fuß auf den Boden gestellt. Eine Stunde noch; von hier konnte er in zehn Minuten am Hafen sein. Er drehte den Hals und wartete, bis er aus dem Dunkel das schlafende Gesicht des Mädchens lösen konnte, weiß, den weiten Abstand zwischen den Brauen, sah schließlich, der Nacht mit jeder Sekunde eine kleine Fläche Haut abringend, das ganze Gesicht und eine neben dem Bein ausgestreckte Hand. Er hörte die Frau und den Jungen tuscheln, den Strudel aus S und R hinter dem vertikalen Lichtstreifen. Ohne den Blick von der gerundeten Form auf dem Kopfkissen zu lassen, streckte er den Arm aus, bis er das Bündel Scheine in der Hosentasche berührte, und lehnte sich wieder zurück an die Wand. ›Ich habe eine Stunde; ich muß es zum Hafen schaffen.‹

»Nein«, sagte die Stimme des Jungen. »Ich weiß, daß es eine Zeit so sein wird, als wäre sie immer noch da.«

Sie ließ einen Satz los, gerundet und weich in jeder Pause. Ossorio wandte den Blick von der Kleinen und hob, die Finger spreizend und schließend, die Hände. ›Ich muß es zum Hafen schaffen. Man kann das nicht restlos verstehen; jahrelang lernen, die Hände auszustrecken, Geld, Gläser, Frauen, die Hände von Freunden; alles war möglich für die Hände, glaubte man. Aber wenn man etwas mehr greifen will, eine ganze Stadt in den Händen halten, dann taugen sie nicht. Von oben bis unten, von Anfang bis Ende. Ich muß es vor sechs auf die *Bouver* schaffen. Von Anfang an, wenn die Leute anfangen, die die Büros reinigen, die Menschen mit Häusern und Straßen, die Stadt durch den Lauf der Jahreszeiten. Die Stadt in der Nacht, mit ihren Lichtern, kurz nachdem die Nachbarinnen ihren Plausch beendet haben, das Glas Wein, ein erster Geruch nach Essen. Möglich, daß es genügt hätte, sich einen einsamen Schwips anzutrinken und in den Himmel zu sehen, ohne zu begreifen, aber ich begreife auch das nicht, was ich mit Händen berührt habe.‹

»Sie ist neben mir hergegangen«, sagte die melancholische

Stimme des Jungen. »Hat mich angelächelt, mich leicht am Arm berührt. In Männerschuhen, knochendürre Fesseln, schrumplige Strümpfe wie die Luft rausgelassen. So abgerissen, und läuft neben mir her, und ihr Parfüm riecht nach Wut. Und dieses Rausdrücken der Pobacken, wenn man das Pobacken nennen kann, beim Laufen, bei jedem Schritt, weil sie unbedingt verführerisch sein mußte.«

Ossorio ließ sanft die Hände sinken und schloß die Augen. ›Ich werde auf der *Bouver* schlafen, wenn ich es vor sechs an den Hafen schaffe. Man kann töten mit den Händen, kann eine Frau berühren, Kinder berühren oder Hunde, Knöpfe aus Bein, weißes Papier, einen Bund Möhren, den Regen.‹

XX

Morasán konnte sich nicht erklären, wie es ihnen gelungen war, ihm das Licht abzuschalten; er blieb nah am Bett, wieder nur im Kerzenlicht, schnappte mit offenem Mund die Luft, die zart an seiner Nase brannte, betrachtete aus den Augenwinkeln den Körper, der auf dem Teppich lag, gerade, nur ein Bein angezogen, die Hände über dem Kopf ausgestreckt, zwei Fingernägel fast am Geflecht des Strohkorbs. Das Licht ausschalten wozu, und die Treppe hinuntergehen, nicht länger an die Tür hämmern. Über seine Ratlosigkeit hinweg, die sich erst in seinen Tiefen regte und dann geradewegs aufstieg, bis sie zutage trat und an der unsichtbaren Luft weiterwuchs, hörte er den Alarm der Sirenen, zuweilen vereint in einem einzigen Heulen, dann wieder einzeln, schmiegsam, die schwächeren um die näheren sich ringelnd wie eine Schlange um einen Baumstamm. Einen möglichen Luftschlag hatte er vergessen, und das traf ihn jetzt unvorbereitet, ließ ihn irgendeine unverhoffte, durch diesen Schlag forcierte Rettung erahnen, die in der Nacht und in diesem Moment seines Lebens stak. Nah an der Tür hörte er die ersten Explosionen, das Beben der Scheiben, die Härte der gegen sein Gesicht gedrängten Luft, wieder Explosionen, die das Dauerschluchzen der Sirenen überdeckten, die Finsternis, das Entsetzen rings um den Körper der toten Beatriz, den entfesselten Zorn.

Er zitterte – er öffnete die Tür über dem totalen Dunkel –; er spürte den Schweiß an seinem Körper, die Erregung, die ihm die Luft raubte, während er entdeckte, daß er dafür geboren worden war, sein ganzes Leben jetzt zu einer Vorbereitung auf diesen Augenblick schrumpfte, jeder frühere Moment des Friedens oder der Unruhe, der Freude, der Unlust, des Widerwillens, einen Sinn bekam, sich in ein mächtiges Licht gleitend klärte, sich eilig in einen unvermeidlichen Platz fügen, endlich seine Bestimmung dort finden wollte. ›Gut‹, dachte er, als das ganze Haus barst und ihn zerfetzte, ›Cot hat sich zum Schlag entschlossen.‹

XXI

Der dicke Mann mit dem Schnauzbart sah in die Ferne, hinter das Schienenstück, das er in der kümmerlichen Bahnhofsbeleuchtung zu erkennen vermochte, auf der Suche nach dem weißen Auge der Lokomotive, die von jenseits des Arms mit der roten und grünen Lampe kommen mußte. Langsam ging er zurück zu der Bank im Dunkeln, auf der die Frau wartete, zündete sich eine Zigarette an und nahm ihre Hände. Eine Weile sprachen sie nicht, suchten nach neuen Wörtern, um wieder dasselbe zu sagen; sie sah auf die unbewegte Glut der Zigarette vor dem Schnauzbart des Mannes.

»Nicht mehr lang«, sagte sie mit junger Stimme. »Werden wir einen Moment im Waggon beieinander sein?«

Er nahm die Zigarette aus dem Mund und hustete.

»Sicher«, sagte er. »Ich muß diese Angelegenheit nur in einer Woche erledigt haben.«

»Und wenn es zehn Tage werden«, sagte sie und berührte den Mantel des Mannes mit ihrem Kopf. »Zehn Tage, aber nicht viel mehr.«

»Wenn du ankommst, brauche ich einen Brief. Nicht daß sich das als Zuchtbetrieb ohne Brutkasten erweist.«

Sie lächelte und fühlte, wie sie errötete; dann wandte sie ihm abrupt ihr Lächeln zu und streichelte mit ihrer behandschuhten Fingerspitze die Höhlung seines Ohrs.

»Natürlich wird alles sehr schön sein«, sagte sie.

Er steckte sich die Zigarette in den Mund und tätschelte ihr die Wärme der behandschuhten Hände, zwei- oder dreimal; sie streifte rasch einen Handschuh ab, und da tätschelte er weiter die Haut der Hand, schleifte ein wenig die Finger nach, ehe er sie zurückzog und aufhörte, an die Frau zu denken, denn obwohl er spürte, daß er sie sehr mochte, obwohl er die Reise und das alles schließlich akzeptiert hatte, hatte er ihr in diesem Augenblick nichts zu sagen. Er lauschte in die sich rechts vom Bahnhof ausbreitende Dunkelheit, erwartete das Stampfen des Zuges auf den fernen Rangiergleisen; er hörte auf, die Hand zu tätscheln, und erhob sich.

Sie schaute von der Bank aus auf den breiten Körper des Mannes, seinen vorsichtigen Gang, das der Ferne zugewandte Profil, erinnerte sich mit schläfriger Leichtigkeit daran, daß sie am Morgen eine Häuschenschnecke an der Wand ihres Zimmers gefunden hatte, über dem Bett.

»Jetzt vermutlich doch«, sagte der Mann, und ihr kam es vor, als würde seine Stimme sich gelb von seinem Mund lösen hinaus in die Nacht.

XXII

Ossorio hörte die Sirenen und spürte, wie Victoria sich im Bett aufrichtete, mit ihrem Gesichtsausdruck kleinen, verschlafenen Erstaunens vom Kissen hochschnellte und sofort im Dunkeln verschwand, während im Zimmer nebenan ein Stuhl gerückt wurde, die Frau mit lauter Stimme sprach und jemand gegen eine Tür stieß. Er streckte den Arm aus, bis er die offene Hand um Victorias Kopf wölben konnte, folgte der

Kontur des Gesichts mit dem Finger, Wange, Mundwinkel, das Kinn, fleischig und eingekerbt. Dann begannen die Explosionen zu bersten, mit einem doppelten Lärm, als würden sie an den Hausdächern beginnen und mit einer dumpfen Erwiderung in den Kellern enden, unter den Fundamenten, im Innern der Erde. Der Junge erschien in der Tür, bewegte den runden Fleck einer Stablampe über Boden und Bettrand, und da trat er mit dem gesunden Bein fest auf und drehte den Oberkörper, bis er stand, einbeinig, die Fingerspitzen auf den Schmerz im Bauch gepreßt, und spürte, daß der Schmerz im Bein zu stark war, um ihn berühren zu können. Er ging los, auf eine langsame Reise am Bettrand entlang, bog nach rechts ab und hielt auf die beleuchteten Knie des Jungen zu, sah den langen dunklen Rock der Frau an sich vorbei auf das Bett zugehen, ließ die Stimme der Frau hinter sich, die mit Victoria sprach; und als er die Tür erreicht hatte, tippte er dem Jungen an die Brust und fragte im selben beiläufigen Ton, in dem er darum gebeten hatte, sich irgendwo waschen zu dürfen:

»Wo ist die Haustür?«

Wortlos wandte der das Licht ab, den weißen Kreis, der sich im Raum weitete und verengte; dann führte er den Schein über das eigene Gesicht und Ossorios Nase.

»Ja«, sagte er. Er ging quer durch das Zimmer mit den Bildern und dem Ofen, zog das Licht über den Boden. Mit seinem gleichförmigen Gang trat er hinaus (den Oberkörper etwas nach vorn geneigt mit einer Andeutung von Buckel, wenn er das Licht über die Schulter nach hinten richtete, um Ossorios Schritte zu beleuchten) auf den Hof, in dem die Luft kälter geworden war, und beugte sich vor, um das Schloß und den Riegel an der Tür zu öffnen, und machte dann, ohne sie aufzustoßen, einen Schritt zur Seite, ergoß das Licht über Ossorios Gesicht, ließ es erneut auf die Platten am Boden sinken und fragte:

»Und sie?«

»Ja«, sagte Ossorio, »es ist besser, sie bleibt hier, vorerst.« Er dachte, daß er wütende, zerfasernde Explosionen hörte und andere, die abgerundet klangen und sofort verschwanden. »Bei alldem ist es besser.«

Der andere gab keine Antwort, wartete, daß er weiterredete oder hinausging; langsam hob er das Licht, bis er mit der weißen Scheibe die Türklinke berührte. Von drinnen kam die Stimme der Frau mit einem klappernden Eindruck von Bestürzung näher, und er hörte einen Schrei und ein Schluchzen – beides schwach und aufgeschreckt – von der Kleinen, die in irgendeine unklare Richtung rannte, fähig schien, endlos zu rennen, ohne im Haus gegen Möbel oder Wände zu stoßen, immer ein Schlupfloch zu finden für ihren erschrockenen Lauf, wie eine aufgescheuchte Ratte, ihre Rufe und Schritte für Momente übertönt, wenn draußen ein Lärm barst und die Wände ihn erschaudernd verbreiteten.

»Wie Sie wollen«, sagte der Junge. »Da ist eine Stufe.«

Er sagte noch einmal »Da ist eine Stufe«, während Ossorio sich nach draußen warf, den frischen Wind auf dem Gesicht spürte und herabregnenden Staub, keinerlei Form in der Nacht zu erkennen vermochte, nichts als ein starres rotes Licht am Himmel, die Arme der Scheinwerfer, Fetzen angestrahlter Wolken. Er ließ den Schmerz in seinem Körper in den stürmischen Chor aus Explosionen, Schreien, Einstürzen und schnellen Motoren einfallen, die unter Läuten und Hupen die Straße immer hinunterrasten, aus allen Enden der Stadt die Straße hinunter auf den an der Küstensenke gestauten Strudel zu.

XXIII

Er war sehr jung, hatte kurzgeschorenes blondes Haar und knöpfte sich, verärgert über die Fahrigkeit seiner Finger, vor dem Spiegel die Uniformjacke zu, kurz bevor die Lichter verlöschten und der fühllose Ruf der Sirenen ertönte; ohne einen Gedanken daran, während er die goldenen Knöpfe zwang, in die hartkantigen Knopflöcher zu gleiten, daß die jähe Dunkelheit den Rückweg auslöschen würde, sobald er auf die Straße hinaustrat. Er ließ den feuchten Kamm mechanisch über seinen Kopf gleiten, und mit dem Kamm in der Hand drehte er sich nach der schlafenden Frau um und erlangte die Regung der Furcht in seinem Unterleib wieder. Er straffte sich, nahm das Käppi vom Tisch und trat zum Spiegel, um es sich im gewünschten Winkel aufzusetzen. ›Ach, Idiot, ich armer Idiot!‹ Er mußte sich noch einen Moment selbst betrachten, den Kopf und den Körper bis unterhalb der Taille im Spiegel, von der Tür aus; er warf einen lüsternen, falschen Blick ebenfalls falscher Spötterei und Erfahrung auf das Relief der Hüfte und auf die Schulter der schlafenden Frau und trat auf den Korridor hinaus. Er zündete sich eine Zigarette an, während er die Treppe hinunterging und sich mit dem Geräusch seiner Stiefel tröstete, die kleine, haltbare Klangspuren auf den Stufen und im Hof des Hotels hinterließen, immer kleiner, kurzlebiger und entfernter leider, je näher er dem Ausgang kam, ohne jede Macht, als er auf der Straße auszuschreiten begann, die Hände an den Seiten, eine davon die Zigarette verbergend, aus der er verstohlen, in die dunklen Bereiche der Straße gedrängt, runde Rauchwölkchen holte, die er sofort wegblies und über seinem Kopf sich auflösen sah. Die Frau sprang aus dem Bett und lief zum Telefon, barfuß, bewegte die Zehen gegen das Tischbein und betrachtete ihren Nagellack, während sie auf die Verbindung wartete, fröstelnd, einen Blick auf die hastigen Notizen warf, die sie dem Frauenfoto auf der Streichholzschachtel über das Gesicht gekritzelt hatte, aufschrie, als die Lichter ausgingen und das Tuten des Telefons an ihrem Ohr verstummte und nichts mehr zu hören war als das Lamento der Sirenen; als hätte die Welt sie eben ertappt und fiele erbarmungslos über sie her.

XXIV

An der Ecke schied Ossorio aus dem Lärmen das Geräusch der Motoren am Himmel, wachsend und sich entfernend, immer im Kreis; er stieß gegen ein Gerüst und fiel auf die Seite, riß sich die Hände an den Splittern der Bohlenbretter auf, als er sich daran wieder hochzerrte, jetzt mit dem Gefühl, daß der Lärm am Himmel kam, um sich wie eine gleißende Mittagssonne genau über ihm zu ergießen. Der Lärm ging und kam näher, duckte sich, wirbelte herum, und er, auf die Bohlen gestützt, vom Schmerz wie an einen Pfosten gefesselt, dort gehalten, umgeben von Schreien, konnte an nichts als die zehn Blocks denken, rechter Hand die Straße hinunter, durch die er gehen, laufen, sich schleppen mußte bis zum Hafen; die zehn abschüssigen Blocks, wo eine Frau schrie, ohne Worte, nur schrie, ohne lauter zu werden, bis sie innehalten mußte, um Luft zu holen, und wieder zu schreien begann, die Stimme aus einem unsichtbaren Ort nah am Boden riß. Die Leute rannten davon und blieben keuchend stehen, um die Nacht zu ertasten, und entdeckten vor ihren blutenden Nasen und zerschnittenen Lippen wie Flächen für Kinderwettrennen Meter um Meter ohne Hindernisse, wurden verfolgt und voneinander geschieden durch die hohen Kuppeln der Explosionen, ihre tiefen Krater düsteren Lärms. Die Frau schrie wieder; und als der Schrei endete, erinnerte sich der blonde Kopf mit dem geschorenen Haar, daß der Duft des Dekolletés der Mutter im Bett sich aus den Arzneigerüchen löste und ihm entgegenwehte, wenn er eintrat, und dann dachte er nichts mehr. Der Kopf lag auf der Bordsteinkante, während der nicht ganz abgetrennte Arm die blaue Uniformjacke überspannte, vom Kragen bis zum Hosenschlitz, an dem ein Handschuh ruhte. Ossorio stolperte und stürzte, sank in den Nachtgeruch nach verbranntem Fleisch, biß die Zähne zusammen, um wieder an die Oberfläche zu kommen, nur zehn Blocks zu rennen bis zu dem weißen, grell gegen die Mole strahlenden Schiff. Er kam auf die Knie, dachte, als er wieder auf den Füßen war, daß die Welt hinter seinem Rücken in Flammen stand, daß er in der düsteren und roten Welt nicht mehr als zehn Blocks die abschüssige Straße hinunterrennen mußte bis zum Hafen, vergessen der Schmerz in seinem Bein inmitten des lodernden Brandes.

Er sah unter seinem das Gesicht von Victoria und sagte nichts, fragte sich nichts, erkannte mit wiederkehrender Langsamkeit die Form der Frisur, die Rundung der Wangenknochen, das Weinen mit offenem Mund, das sie an seinem Arm hängend von sich gab; und den Kopf an die Mauer gelehnt, begriff er, daß ihm nichts übrigblieb, als zu akzeptieren, während er zusah, wie etwas aus dem Himmel fiel, rasch zwei sich bewegende Lichtstreifen kreuzte und verschwand; entsetzt, weil er sich in Frieden fühlte, während er die Bomben und das fast animalische Weinen des Mädchens hörte. Am Boden hockend, konnte er sie vor dem Gerüst erkennen, reglos, auf das rötliche Flackern des fernen Feuers gebettet; er dachte nur daran, sie zu berühren, während er auf einem Knie und den Händen zu ihr hinkroch, das verletzte Bein nachschleifte, das ständig mit der Schuhspitze hängenblieb. Er berührte das Blut, die nackte Haut, die Stücke von Kleidung um Beine und Brustkorb, bog die Arme, bis er das Gesicht ohne Nase berühren konnte, schleckte lange mit den Lippen die Höhlen der Augen, den unverwechselbaren Geschmack, der das Gesicht überzog, erkannte mit der Zunge die glitschige Rundung des Stirnbeins, versuchte entschlossen herauszufinden, ob die Haut des Gesichts unter dem Blut verborgen war, ob das Gesicht keine Haut hatte, versuchte den wäßrigen Glanz zu stillen, der sich ständig neu in einer der Augenhöhlen bildete.

Er küßte sie wieder und stand auf, beugte seinen Körper noch einmal hinab, um sie aufzuheben, zog den hängenden Kopf an seine Brust, der das harte Licht eines einsamen und neuen Zahns zeigte, hörte schon weder die Explosionen noch die Sirenen; auf der Straße kein Laut außer dem unregelmäßigen Klagen der unter dem Tod verlorengegangenen Menschen. Er spürte sie nackt in der Hand, in der die Last ihres Körpers lag; er preßte sie an sich und rannte los, nicht die zehn Blocks hinunter zum Hafen, sondern mühsam die Straße hinauf, auf die Stadt zu, mit etwas vorneweg, das ihn nicht gegen Körper und Stimmen stoßen ließ, obwohl er die Augen schloß vor dem Lodern der Brände; im Wissen, daß er ans großspurige Ende einer Zeit gelangt war, daß alles vorüber war und daß, wenn alles vernichtet wäre, das Leben, die Angst und der Tod, ein neuer unschuldiger Beginn aufscheinen würde wie ein Lächeln des Mädchens ohne Gesicht, das er an sich gedrückt forttrug. Und er konnte die frohe Botschaft nur durch einen einzigen, immer gleichen Fluch verkünden, den er mit aller Kraft ausstieß, ohne im Laufen innezuhalten, bekam aus dem Dunkel Schreie und Klagen zur Antwort, immer weiter laufend, erstickt, sich die Stimme ermüdend, mit der er das dreckige Wort wiederholte, bis er spürte, daß er aus dem Hinterhalt geschlagen wurde, und fiel, aufhörte, an irgendeinem Ort zu sein.

Noch auf das Nichts gestützt, kehrte er zurück, an das Nichts genagelt durch den überbordenden Schmerz in den Nieren, und in einer Zeitspanne ohne Maß löste er den Mund von der klebrigen Erde, konnte sich bewegen, bis er mit dem Gesicht zum Himmel lag, und atmete auf. Danach bewegte er den Arm, und seine Hand kletterte in einer sich hinziehenden Reise, in der jeder zerbrechliche Knochen, jedes weiche Stück Haut Erinnerungen sammelte, mit unbeholfenem Starrsinn Millimeter für Millimeter hinauf, bis sich auf dem Körper des Mädchens ihre Anspannung löste; und nachdem sie sich ausgeruht hatte, breitete sie sich über der Weichheit aus, die nackt war wie eine Lippe, und ein Finger verharrte beim Überschreiten des Mysteriums.

Wieder ertönten, abgehackt jetzt, die Sirenen, und irgendwo rückten Lichter heran; ein umgestürzter Transporter öffnete ein einzelnes gelbes Lichtauge und ergoß seinen Schein behutsam über den reglosen Mann am Boden, der spürte, wie von seiner aufliegenden Hand aus die ursprüngliche Reinheit und der Glaube zurückkehrten, während er in die nie endenden Tage eindrang, die ihm verheißen waren. Und er lächelte in der gelben Lache, die der Scheinwerfer bildete, bewegte ein bißchen die Zunge im Versuch, Bruchstücke seit Kindertagen vergessener Gebete zusammenzufügen, spürte undeutlich, daß etwas Schwammiges rutschte und fiel, erkaltend, tot seine Hand, verhärtet im Mysterium.

Anmerkungen

S. 7 – Für Eduardo Mallea: Eduardo Mallea (1903-1982), argentinischer Schriftsteller, Herausgeber der Literaturbeilage von *La Nación*, in der ab Mitte der 30er Jahre viele Erzählungen Onettis erstmals erscheinen.

S. 11 – Aber 1943 in Buenos Aires wog der Verleger ab: Im Spanischen kann der Titel »El perro tendrá su día« als Anspielung auf Juan Perón verstanden werden, der beim Militärputsch 1943 eine tragende Rolle spielte.

S. 11 – die Ballade des alten Yeats: In dem aus sieben Teilen bestehenden Gedichtzyklus *Upon a Dying Lady* von William Butler Yeats (Erstveröffentlichung 1917) heißt es im 3. Teil:

> *Because the priest must have like every dog his day*
> *Or keep us all awake with baying at the moon,*
> *We and our dolls being but the world were best away.*

Yeats spielt seinerseits auf das Ende des V. Akts von Hamlet an:

> *Let Hercules himself do what he may,*
> *The cat will mew, and dog will have his day.*

Onetti wird den Titel *Auch für den Hund kommt der Tag* schließlich 1976 für eine Erzählung doch noch verwenden.

S. 82 – »Verliebter Staub«: Die beiden letzten Strophen von Francisco de Quevedos Sonett *Amor más allá de la muerte (Über den Tod hinaus beständige Liebe)* lauten:

Alma a quien todo un dios prisión ha sido,
venas que humor a tanto fuego han dado,
medulas que han gloriosamente ardido

su cuerpo dejará, no su cuidado;
serán ceniza, más tendrá sentido;
polvo serán, más polvo enamorado.

In der Übertragung von Werner von Koppenfels:

Seele, die einen Gott gefangen hielt,
Adern, die solcher Flamme Öl geleitet,
ein Mark, vom eigenen Feuer groß gefüllt,

kann Tod vom Leben, nicht vom Lieben scheiden:
Asche zu sein, doch Asche, die noch fühlt,
Staub sein ihr Los, doch Staub, der Liebe leidet.

(Zitiert nach: Francisco de Quevedo, *Aus dem Turm*, Ausgewählt und übertragen von Werner von Koppenfels, Dieterich'sche Verlagsbuchhandlung, Mainz, 2003, S. 154 f.)

S. 91 – die Menschen mit Hirnfäule, die viele Künste suchen: In Prediger 8,30 heißt es: *Allein schaue das: ich habe gefunden, daß Gott den Menschen hat aufrichtig gemacht; aber sie suchen viele Künste (Luther-Bibel 1912)*

S. 158 – Palaver über eine verstorbene Kindheit: Onetti spielt auf Maurice Ravels *Pavane pour une infante défunte* an. Aus der spanischen Pavana, Pavane, wird die Pavada, das Gerede, Gewäsch oder eben Palaver.

Nachbemerkung

Die Originalausgabe, *Para esta noche*, erschien im November 1943 in dem ein Jahr zuvor gegründeten Verlag Poseidón in Buenos Aires. Onetti, der wie viele Uruguayer arbeitsuchend schon einmal Mitte der dreißiger Jahre für einige Zeit nach Buenos Aires gekommen war, lebte seit 1941 wieder dort und hielt sich mit verschiedenen Redaktionstätigkeiten über Wasser. Als er das im Verlauf des Jahres 1942 geschriebene Manuskript dem Verleger Juan Merli Pahissa übergab, steckte Argentinien – wie schon im Jahrzehnt davor – in einer schweren politischen Krise. Das Militär hatte sich an die Macht geputscht, Oberst Juan Domingo Perón war der starke Mann und Strippenzieher, und Onettis Verleger, ein exilierter spanischer Republikaner, hatte Bedenken, der ursprünglich vorgesehene Titel *El perro tendrá su día* (»Auch für den Hund kommt der Tag«) könne als Angriff auf den Machthaber verstanden werden und zu Repressionen gegen den engagierten Verlag führen.

Der Stoff, dessen Dringlichkeit Onetti in seiner knappen Vorbemerkung zur ersten Auflage auf seine Weise darlegt, war ihm zuerst 1939 in Montevideo zu Ohren gekommen, als er Redakteur der linksliberalen Zeitschrift *Marcha* war und nächtlich in dem von Intellektuellen und Künstlern frequentierten Café Metro verkehrte. Zwei Anarchisten, ein Spanier und ein Italiener, die gegen die aufständischen Truppen Francos mitgekämpft hatten, erzählten Onetti, wie es nach dem Zusammenbruch der republikanischen Front zu einem Chaos in der Hafenstadt Valencia gekommen war, der letzten Stellung der republikanischen Truppen und internationalen Brigaden. Ein von dem in London gegründeten Non-Intervention Committee zur Evakuierung der Republikaner geschicktes Schiff lag im Hafen, doch nur Kommunisten bekamen Schiffspassagen mit einem speziellen Stempel, der ihnen tatsächlich den Zugang erlaubte.

Onetti hat in seiner Vorbemerkung zur ersten Auflage die politische Situation zur Entstehungszeit des Romans umrissen: der Krieg in Europa in vollem Gang, ein Sieg über den deutschen Faschismus noch nicht abzusehen. Die unvermittelt im Text auftauchenden Namen Weiss und Braun deuten diesen internationalen, europäisch geprägten Hintergrund des Geschehens an. Zugleich vermeidet Onetti innerhalb des Romans eine gängige politische Wortwahl, die eine eindeutige Zuordnung der gegeneinander agierenden Parteien nahelegen würde. Innerhalb der als links zu vermutenden Gruppierung taucht etwa der Begriff *compañero*, »Genosse«, nur zweimal auf, davon einmal ironisch gebrochen.

Wem Onettis politische Sympathien galten, steht allerdings außer Frage. Der spanische Bürgerkrieg wurde am Río de la Plata von den jungen Intellektuellen als epochale Auseinandersetzung mit dem Faschismus verstanden, der in Italien und Deutschland bereits an der Macht war, und 1936 hatte Onetti selbst kurzzeitig mit dem Gedanken gespielt, sich auf seiten der Republik als Freiwilliger zu melden. Doch muß der bebrillte Vielleser und tastende Schriftsteller rasch erkannt haben, daß er nicht zum Soldaten taugte. Mitte der dreißiger Jahre suchte er nach seiner eigenen Ausdrucksform; als Leser europäischer und nordamerikanischer Literatur – insbesondere William Faulkners – hatte er sich von dem als inzüchtig empfundenen Schreiben Südamerikas abgewandt und experimentierte mit neuen Erzählweisen. Nach eigener, selbstironisch getönter Aussage schrieb er damals an einem »irgendwie surrealistischen« Roman, wurde sich aber durch das, was die Exilanten erzählten, dessen bewußt, »was in der Welt geschah«, und konnte so nicht weiter in jenem stilistischen »Byzantinismus« schwelgen. In seinem Romanerstling *Der Schacht* von 1939 läßt er seinen Ich-Erzähler Linacero bündig sagen: »Der Surrealismus ist Rhetorik.« Allein die durch keine erklärende Vermittlung gemäßigte Kühnheit seiner Bilder mag in *Für diese Nacht* noch von einem gewissen Einfluß surrealistischer Literatur zeugen.

Stärker spürbar ist Onettis lebenslange Vorliebe für die *novela negra*, die *hardboiled*-Variante des Kriminalromans. Sie hatte im Programm des Verlags Poseidón ihren festen Platz, was den Verleger ermutigt haben mag, einen so offensichtlich düsteren Text anzunehmen. Gegen Gattungsgesetze des Genres Kriminalroman verstößt Onetti in seinem Roman freilich vorsätzlich und fortwährend, indem er die Handlung immer wieder anhält und Gesten, Gesichter, Bewegungsabläufe in Zeitlupe sprechen läßt.

Das verbindet diesen Roman mit dem Kino, für das Onetti früh Interesse gezeigt hat. Seine ersten Artikel in Zeitungen, noch in den dreißiger Jahren, waren Filmbesprechungen. Und Anfang der vierziger Jahre firmierte er als Autor einer Reihe von Glossen in der Zeitschrift *Marcha* als »Grucho Marx«, wie der Name des ältesten der anarchischen Filmbrüder südamerikanisch ausgesprochen wird. Als Onetti 1975 der willkürlichen Inhaftierung unter der uruguayischen Militärdiktatur entkommen war, reiste er nach Buenos Aires, um am Drehbuch zur Verfilmung der Erzählung »El muerto« von Jorge Luis Borges mitzuarbeiten. Neben dem ungebärdigen Deutschargentinier Roberto Arlt (*Das böse Spielzeug*; *Die sieben Irren*; *Die Flammenwerfer*), der Onettis Anfänge prägte, hat das Werk von Borges, seinem Antipoden am Río de la Plata, zweifellos in Anziehung und Abstoßung eine starke Rolle im Leben des Lesers Onetti gespielt. Umgekehrt wird berichtet, daß der Weltbibliotheksbürger Borges Onettis Literatur nie zur Kenntnis genommen hat.

Wie bei den meisten frühen Büchern Onettis – *Für diese Nacht* ist sein dritter Roman – kam es zu einer zweiten Auflage bzw. Ausgabe erst Jahrzehnte später. Sie erschien 1966 im Verlag Arca, Montevideo. Bereits Anfang der fünfziger Jahre hatte Onetti davon gesprochen, den Roman für ein erneutes

Erscheinen zu überarbeiten; nun nimmt er zum Teil erhebliche Streichungen vor in der klaren Absicht, das Profil der Figuren weiter zu schärfen und das Geschehen zu verdichten. In Onettis wiederum knapper Vorbemerkung heißt es, der Roman habe ein »kleines, beharrliches Schicksal«. Das setzte sich fort: In viele Sprachen ist der Roman inzwischen übersetzt; 1977 wurde er von Carlo di Carlo unter dem Titel *Per questa notte* ein erstes Mal verfilmt, 2008 von Werner Schroeter unter dem Titel *Nuit de chien* (nach dem Titel der französischen Übersetzung; deutscher Titel: *Diese Nacht*) erneut.

Der Übersetzung liegt der 2005 von Hortensia Campanella im Verlag Galaxia Gutenberg, Madrid, herausgegebene Band *Novelas I* der auf drei Bände angelegten *Obras Completas* zugrunde. Da auch diese sorgfältige Ausgabe nachweisbare Druckfehler und Auslassungen enthält, wurden zahlreiche andere Ausgaben zu Rate gezogen, u.a. die vom Autor selbst besorgte zweite Ausgabe im Verlag Arca, Montevideo, aus dem Jahr 1966.

Für diese Nacht wird im Rahmen der Werkausgabe Onettis im Band 1 erscheinen, zusammen mit Onettis Erstling *Der Schacht* und seinem zweiten Roman *Niemandsland*.

Jürgen Dormagen